사뮈엘 베케트
Samuel Beckett, 1906-89

사뮈엘 베케트는 1906년 4월 13일 아일랜드 더블린 남쪽 폭스록에서 유복한
신교도 가정의 차남으로 태어났다. 더블린의 트리니티 대학교에서 프랑스 문학과
이탈리아 문학을 공부하고 단테와 데카르트에 심취했던 베케트는 졸업 후
1920년대 후반 파리 고등 사범학교 영어 강사로 일하게 된다. 당시 파리에 머물고
있었던 제임스 조이스에게 큰 영향을 받은 그는 조이스의 『피네건의 경야』에 대한
비평문을 공식적인 첫 글로 발표하고, 1930년 첫 시집 『호로스코프』를, 1931년
비평집 『프루스트』를 펴낸다. 이어 트리니티 대학교에서 프랑스어를 가르치게
되지만 곧 그만두고, 1930년대 초 첫 장편소설 『그저 그런 여인들에 대한 꿈』(사후
출간)을 쓰고, 1934년 첫 단편집 『발길질보다 따끔함』을, 1935년 시집 『에코의
뼈들 그리고 다른 침전물들』을, 1938년 장편소설 『머피』를 출간하며 작가로서
발판을 다진다. 1937년 파리에 정착한 그는 제2차 세계대전 중 레지스탕스로
활약하며 프랑스에서 전쟁을 치르고, 1946년 봄 프랑스어로 글을 쓰기 시작한 후
1989년 숨을 거둘 때까지 수십 편의 시, 소설, 희곡, 비평을 프랑스어와 영어로
번갈아 가며 쓰는 동시에 자신의 작품 대부분을 스스로 번역한다. 전쟁 중 집필한
장편소설 『와트』에 뒤이어 쓴 초기 소설 3부작 『몰로이』, 『말론 죽다』, 『이름
붙일 수 없는 자』가 1951년부터 1953년까지 프랑스 미뉘 출판사에서 출간되고,
1952년 역시 미뉘에서 출간된 희곡 『고도를 기다리며』가 파리, 베를린, 런던, 뉴욕
등에서 수차례 공연되고 여러 언어로 출판되며 명성을 얻게 된 베케트는 1961년
보르헤스와 공동으로 국제 출판인상을 받고, 1969년 노벨 문학상을 수상한다.
희곡뿐 아니라 라디오극과 텔레비전극, 영화 각본을 집필하고 직접 연출하기도
했던 그는 당대의 연출가, 배우, 미술가, 음악가 들과 지속적으로 교류하며 평생
실험적인 작품 활동에 전념했다. 1989년 12월 22일 파리에서 숨을 거뒀고,
몽파르나스 묘지에 묻혔다.

COMMENT C'EST
L'IMAGE
by Samuel Beckett

Cet ouvrage a bénéficié du soutien des
Programmes d'aide à la publication de
l'Institut français.

이 책은 프랑스문화진흥국 출판 번역 지원
프로그램의 도움으로 출간되었습니다.

사뮈엘 베케트   전승화 옮김

그게 어떤지 / 영상

wo
rk
ro
om

일러두기

1. 이 책은 사뮈엘 베케트(Samuel Beckett)의 『그게 어떤지(Comment c'est)』(파리, 미뉘 출판사[Les Éditions de Minuit], 1961)와 『영상(L'Image)』 (미뉘, 1988)을 한국어로 옮긴 것이다.
2. 주는 옮긴이가 작성했다.
3. 원문에서 작가가 대문자로 강조한 부분은 굵게 표기했다.

차례

그게 어떤지

그게 어땠는지 내가 그대로 전하자면 핌 전에는 핌과는 핌
다음에는 그게 어떤지 세 개의 파트¹ 나는 그걸 들리는 대로
말한다²

목소리 먼저 밖에서 까까³ 사방에서 그러고는 헐떡임이 그치자 내
안에서 어디 나한테 또 말해 봐 아니 이제 좀 그만 말해 간구

지난 순간들 다시 떠오르는 오래된 몽상들 아니면 스쳐 떠오르는
것 같은 풋풋한 몽상들 아니면 사물 언제나 사물 그리고 추억들
나는 그것들을 들리는 대로 말한다 진흙탕에서 그것들을
속삭인다

내 안에서 밖에 있었다가 헐떡임이 그치자 오래된 한 목소리의
파편들이 내 안에서 내 목소리는 아니다

진흙탕에서 잘못 말하니까 잘못 듣고 잘못 알아보니까 잘못
속삭이게 되는 마지막 상태에 이른 내 삶 하관(下觀)의 잰
움직임들 여기저기 널린 손실들

어쨌거나 받아들인 삶 그러는 편이 좋지 어딘가에서 매 순간의 삶
그 모습 그대로 그러나 완전히 거의 완전히 사라진 100만 번째
순간은 말고 듣고 있는 어떤 자 기록하는 다른 자 아니면 같은 자

여기 그러니까 첫 번째 파트 핌 전에는 그게 어땠는지 이건
이어지는 거야 내가 그대로 전하자면 거의 순서 내 삶은 마지막
상태 남아 있는 건 파편들 그 이야기가 들려 다소 순서대로 내
삶의 이야기 내가 그걸 알게 되는 거야 내가 그대로 전하자면
엄청난 한 시기가 지나고도 한참 후에 주어진 한 순간 그러고는
그때부터 시작되는 그 순간과 이어지는 몇몇 순간들 엄청난
시간들의 자연스러운 순서

첫 번째 파트 핌 전에 어쩌다 여기로 밀려 들어온 걸까 말도 안 되는 소리 모르지 말이 없으니까 그러면 자루는 자루와 나는 어디서 온 걸까 만일 그게 나라면 말이야 말도 안 되는 소리 불가능하다니까 기운 없어 아 안 중요해

삶 삶 내가 가끔씩 누려 봤을지도 모르는 빛 가운데 펼쳐진 다른 종류의 삶 그 삶으로 거슬러 올라가는 일은 말도 안 되고 또 그만큼 그런 일을 나한테 요구하려던 사람도 전혀 없었어 진흙탕에 가끔씩 땅 하늘 존재들 그런 몇몇 영상들 때때로 서 있는 빛 속의 어떤 이들

만져지는 건 오로지 자루뿐 50킬로그램짜리 삼베로 된 축축한 작은 석탄 자루 하나 내가 그걸 꽉 쥔다 거기서 물이 뚝뚝 떨어진다 현재형 그러나 멀고도 먼 과거 엄청난 한 시기[4] 초반부 여기서의 삶은 완전히 생명의 첫 징표

그러고는 팔꿈치로 몸을 일으킨다 내가 그대로 전하자면 나는 나를 보고 있어 거기다 깊숙이 집어넣는 거야 그 자루 안에다 지금 자루에 대해서 말하고 있으니까 거기다 팔을 깊숙이 집어넣는 거야 깡통들을 세는 거지 한 손으로는 힘들어 그래도 계속하는 거야 언젠가는 될 거니까

진흙탕에다 깡통들을 쏟아 내기 하나씩 자루 안에다 다시 넣기 불가능해 기운도 없는데 잃어버릴까 봐 겁나

식욕부진 작은 참치 한 조각 그리고 먹기 곰팡이 핀 참치 자 보자 나는 안 먹어도 끄떡없어 한동안은 이렇게 계속 끄떡없을 거야

상처 난 깡통 자루에다 도로 넣은 깡통 손에 들고 있는 깡통 나는 그걸 생각한다 돌아온 식욕 아니면 그걸 더 이상 생각하지 않고[5] 다른 깡통을 하나 딴다 이게 둘 중 하난데 아 근데 뭔가 말이 안 되는 게 이상이 지금 작성되는 글 내 삶의 초반부다

다른 확실한 요소들 진흙 어둠 간단하게 정리해 보자 자루 깡통들
진흙 어둠 침묵 고독 당장은 이게 전부

나는 엎드려 누워서 나를 본다 눈을 감는다 푸른 눈 말고
뒤에 다른 눈을 그렇게 배를 깔고 누워서 나를 본다 나는 입을
연다 혀를 내밀어 진흙탕에 담근다 1분 2분 그리고 갈증으로
그것도 아니야 그동안에 목 말라 죽는다는 건 말도 안 돼
엄청난 한 시기

빛 속의 삶 최초의 영상 평범한 어떤 사람 창문으로 밤마다 거울에
비친 그를 나는 멀리서 몰래 내 방식대로 바라보았다 최초의 영상

나는 나한테 말하고는 했다 그 사람 더 좋아 보이네 어제보다
더 좋아 보여 덜 못생겨 보이고 덜 바보 같아 덜 고약해 보이고
덜 더럽네 덜 늙어 보이고 덜 불행한 것 같아 그렇게 나는 나는
나한테 말하고는 했다 그리고 나는 부단히 이어지는 돌이킬 수
없는 악화일로로

아 근데 뭔가 말이 안 되는 게

나는 나한테 말하고는 했다 잘 못 지내 더 안 좋아 나는 나를
속이고는 했다

나는 오줌 누고 똥을 쌌다 다른 영상 그 후로는 그렇게 깨끗한 적
없던 내 요람[6]에서

나는 나비들의 날개를 한쪽 한쪽 또 가끔은 변화를 주려고 두
쪽을 잘 겹쳐서 가위로 얇게 오려 가느다란 리본들을 만들었다
그 후로는 그렇게 정확하게 찾은 적 없던 한복판에다 나는 그
몸뚱이를 다시 자유롭게 놓아주었다

일단은 끝났어 거기서 나는 떠난다 소리가 들린다 진흙탕에 대고

속삭이는 소리 당분간 거기서 나는 떠난다 빛 속의 삶 거기
불이 꺼진다

배를 깔고 어둠 속 진흙탕에서 나는 나를 본다 그저 한번 멈춰 본
거야 나는 여행하고 있으니까 한 번의 휴식일 뿐

질문들 내가 깡통 따개를 잃어버린다면 자 또 다른 물건이야 또는
언제쯤 자루가 비워질까 뭐 그런 종류

비열한 비열한 시대들이지만 다음 시대들이 보기에는 영웅적인
시대들 어디까지가 마지막 시대고 어느 시대가 나의 황금기일까
쥐[7]도 제각기 블뤼테차이트[8]가 있는데 나는 그걸 들리는 대로
말하는 거다

무릎을 다시 끌어 올리고 등을 둥그렇게 만 채 나는 꽉 붙잡은
자루를 꼬옥 껴안는다 바로 그렇게 나는 모로 누워서 나를 본다
나는 그걸 잡고 있다 자루를 자루에 대해서 말하고 있으니까 한
손으로 등 뒤로 해서 꼭 잡은 채로 나는 내 머리 밑으로 그걸 밀어
넣는다 나는 그걸 절대로 놓지 않는다

아 근데 뭔가 말이 안 되는 게

그걸 잃어버릴까 봐 내가 그대로 전하자면 걱정이 되는 건 아냐
다른 건 몰라 말하지 않으니까 그게 비워지면 그때는 내가 거기다
머리를 그리고 어깨까지 집어 넣을 거야 내 머리가 그 바닥에 닿겠지

벌써 다른 영상 한 여자가 고개를 들고 나를 쳐다본다 첫 번째
파트 초반에 그 영상들이 나온다 그 영상들은 곧 중단될 거다 나는
그걸 들리는 대로 말하는 거다 진흙탕에서 그걸 속삭이는 거다
영상들 첫 번째 파트 핌 전에는 그게 어땠는지 나는 진흙탕에서 그
영상들을 본다 불이 켜진다 그 영상들은 곧 중단될 거다 한 여자
나는 진흙탕에서 그녀를 본다

그녀는 멀리 있다 10미터 15미터 그녀가 고개를 들어 나를
쳐다보고는 혼잣말을 한다 마침내 아 다행이다 공부를 하네

내 머리 내 머리가 어디 있지 그건 테이블 위에 있다 테이블 위에
놓인 내 손이 떨린다 그녀는 내가 자고 있지 않다는 걸 잘 알고
있다 거센 숨결로 이는 바람 작은 구름들이 재빨리 흘러간다
테이블은 빛에서 그림자로 그림자에서 빛으로 표류한다

그게 끝이 아니다 그녀는 침침한 눈으로 자기 일거리를 다시
잡는다 바늘이 땀을 뜨다 말고 한중간에서 멈춘다 그녀는 자세를
바로 하고 나를 다시 쳐다본다 내 이름을 부르기만 하면 일어나서
나를 건드리기만 하면 되는데 그녀는 그렇게 하지 않는다

나는 움직이지 않는다 그녀의 심적 고통은 커져만 간다 느닷없이
그녀는 집에서 나와 친구들한테로 뛰어간다

끝났다 그건 꿈이 아니었다 나는 그런 꿈은 꾸지 않았으니까
추억도 아니다 누구도 내게 추억을 남기지 않았으니까 이번에
그건 내가 봐 왔던 진흙탕에서 내가 가끔씩 보는 그런 영상들 중
하나였다

카드 딜러가 하는 동작으로 또 몇몇 씨 뿌리는 자들한테서도 볼 수
있는 그런 동작으로 나는 빈 깡통들을 던져 버린다 그 깡통들이
소리 없이 다시 떨어진다

그 깡통들이 다시 떨어진다 만일 가끔씩 길을 가다 알아보고서
내가 다시 있는 힘껏 던져 버리는 게 깡통들이라 확신할 수만
있다면

진흙 본연의 미지근한 온도 빛 한 줄기 뚫고 들어갈 수 없는 어둠

없었다가 생긴 모든 것들처럼 갑자기 나는 가 버린다 불결해서는

아니고 다른 걸로 모르지 말하지 않으니까 그래서 채비를
갑작스러운 연속 주체 객체 주체 객체 연이어서 앞으로

나는 자루 안에서 줄을 꺼낸다 자 또 다른 물건이야 자루의
끄트머리를 오므리고 그걸 목에 건다 두 손이 내게 필요하리라는
걸 나는 알고 있다 아니면 본능이 아 그게 둘 중 하난데 그리고
앞으로 오른 다리 오른팔 밀고 당긴다 10미터 15미터 정지

자루에는 보자 지금까지 깡통들 깡통 따개 줄 그럼에도 다른
사물에 대한 욕구가 그런 욕구는 내게 주어진 것 같지 않은데
이번에는 다른 사물들에 대한 영상 저기 나와 함께 어둠 속
진흙탕에 내 근방 자루 안에 아니다 내 삶에다 그런 걸 뒀을 것
같지가 않아 이번에는

유용한 사물들 내 몸의 물기를 닦는 데 필요한 천 같은 그런 종류
아니면 감촉이 좋은 사물들

욕구를 따라 때로는 이 깡통 때로는 저 깡통 깡통들 사이를
누비며 헛되이 찾아다니느라 그렇게 찾아다니느라 지쳐 버린
내가 나중에 덜 피곤해지면 약간 덜 피곤해지면 다시 찾아보리라
다짐하거나 그래 맞아 맞다고 이제는 생각하지 않아 이렇게 나
자신한테 말하면서 잊어버리려고도 할 수 있는 영상

그래 이제는 생각하지 않아 그게 헐떡임을 그치자 좀 덜 나쁜
상태이기를 바라는 욕망이 약간의 아름다움에 대한 욕망이 아
그런 소리는 나한테 전혀 안 들려 그런 식으로 나한테 이야기하지
않으니까 이번에는

내 삶에 방문객들이 없어 대수롭지 않은 일처럼 그들 자신에 대해
삶에 대해 죽음에 대해 어쩌면 마지막으로 나에 대해서도 나한테
말하러 내 삶을 지속하게 도와주러 온갖 데에서 온갖 부류들이
부랴부랴 와서는 안녕 다음에 봐 각자 자신들의 터전으로 향하는

그런 방문객들에 대한 욕망이 이번에는 전혀 없어

온갖 부류의 늙은이들 그 늙은이들이 레이스로 장식된 작은
포대기 뭉치에 불과한 나를 무릎 위에 올려놓고 얼마나 얼렀던지
또 내 행보는 얼마나 주시했던지

소문과 기록들을 통해 알아낸 정보 말고는 내 초창기에 관해서
아는 바가 전혀 없는 다른 이들

여기 마지막 자리에 다다른 나 오로지 그런 나만을 알고 있었던
다른 이들 그들은 그들 자신에 대해서 어쩌면 마지막에는 나에
대해서도 아무 일 없었다는 듯 죽고 태어나는 제국들의 덧없는
기쁨들과 애환들에 대해서 나와 논한다

끝으로 남은 다른 이들은 나를 아직 알지 못한다 그들은 다 제각기
홀로 중얼거리며 터벅터벅 무거운 발걸음을 옮긴다 그들은
마음에 담은 본심은 드러내지 않은 채 혼자 있으려고 결국은 그
본심을 표출하려고 인적 없는 곳으로 몸을 숨겼던 거다

그들이 보기에 나는 고독한 괴물이다 그런 괴물은 인간을 처음
보기에 도망가지 않는다 탐험가들은 그 가죽을 가방에 넣어
가져간다

갑자기 저 멀리서 발소리가 목소리가 아무것도 아니네 그러다가
갑자기 뭔가가 뭔가가 그러다가 갑자기 아무것도 아니잖아
갑자기 저 멀리서 침묵

따라서 방문객들 없이 지금 작성되는 글 내 이야기들 말고 다른
이야기들은 없이 내가 내는 소리들 말고 다른 소리들은 없이 내가
더 이상 원치 않으면 깨트리고 마는 그러나 함께 가야만 하는 바로
그 침묵 말고 다른 침묵은 없이 그렇게 살기

질문 다른 거주자들이 있을까 당연히 중요한 문제지 대개는
그래서 때때로 있다라는 대답으로 겁을 주기도 하는 그런 길고도
상세한 토의 하지만 결국 결론은 아니 선정된 나만 있을 뿐이야
그게 헐떡임을 그치자 오로지 그 소리만 가까스로 들린다 아주
작은 소리로 질문 대답 여기 나 말고 어둠 속 진흙탕에 붙박여
있는 나와 함께하는 다른 거주자들이 있을까 갈피를 못 잡는 긴
토의 결론은 아니 선정된 나만 있을 뿐이야

그럼에도 불구하고 하나의 꿈이 나에게 하나의 꿈이 주어진다
내 근처에서 역시나 꿈을 꾸고 있는 아담한 한 여자의 사랑을
맛봤을지도 모르는 누군가에게 주어진 꿈과 같은 그런데 그건
그 여자 근처의 아담한 한 남자가 꾸는 꿈이기도 하다 나는 이번
생에서 첫 번째 파트 여행하는 동안에 가끔씩 그걸 누린다

아니면 동족의 몸뚱이 하나 보이지 않을 경우 비상용 꿈으로서
라마 한 마리 알파카 같은 라마 한 마리[9] 내가 알고 있었던 분야가
박물학[10]이라

그게 나한테로 오지 않을 테니 내가 가서 그 덥수룩한 털에 몸을
파묻겠지 그런데도 짐승이라는 말을 덧붙이다니 여기서는 그러면
안 돼 영혼은 필수거든 지능도 마찬가지고 최소한의 영혼과
최소한의 지능 안 그러면 너무 기고만장해질 테니까

나는 내 손에다 자유로운 이 손에다 관심을 돌린다 나는 이 손을
얼굴 가까이 가져간다 이건 하나의 자원이 된다 영상들 꿈들 잠
사색의 재료 다 없을 때 아 근데 뭔가 말이 안 되는 게

그리고 큰 욕구들 더 멀리 가려는 욕구 먹고 토하려는 욕구 또
다른 큰 욕구들 내게 있는 존재의 큰 범주들 전부 다 없을 때

그럴 때 몸의 다른 부위보다는 이것에다 내 손에다 자유로운 이
손에다 관심을 나는 그걸 들리는 대로 말하는 거다 진흙탕에서

속삭이느라 하관의 잰 움직임들

손이 눈 가까이 온다 손이 보이지 않는다 나는 눈을 감는다 뭔가
빠졌어 평상시에는 떴다 감았다 하는 내 눈인데

만일 그걸로 충분치 않다면 나는 그걸 흔든다 내 손을 지금은 내
손에 대해서 말하고 있으니까 10초 15초 나는 눈을 감는다 막이
내려온다

만일 그걸로 충분치 않다면 나는 그걸 내 얼굴에 갖다 댄다 손이
얼굴을 완전히 가린다 그런데 나는 내 살 만지는 걸 좋아하지 않아
그래서 내가 그렇게 하도록 내버려 두지 않았던 거다 이번에는

내가 손을 부르나 그 손은 오지 않는다 나한테는 그 손이
절대적으로 필요한데 나는 손을 부른다 있는 힘껏 아 그 정도로는
안 돼 나는 다시 유한한 인간이 된다

내 기억이 분명 그게 헐떡임을 그친다 내 기억에 대한 질문이 분명
그것도 그것도 역시 중요한 문제지 대개는 이 목소리는 정말이지
변덕스럽다 내 안에 아직도 아주 약간 남아 있는 이 목소리의
파편들 그게 헐떡임을 그치면 들릴락 말락 들리는 그 파편들이
아주 약간 아주 작게 그래도 아마 100만 분의 일은 아닐 거야 나는
그걸 들리는 대로 말하는 거다 언제나 단어 하나하나 진흙탕에
대고 그걸 속삭이는 거다

무엇을 그것을 내 기억을 지금은 내 기억을 말하는 거니까 별거
아냐 그게 좋아지고 있다고 그게 나빠지고 있다고 어떤 일들이
떠오른다고 아무것도 떠오르지 않는다고 그래도 거기서 분명히
해 둘 것은

분명히 해 둘 것은 이제는 아무도 램프로 나를 비춰 보러 오지
않을 거고 또 앞으로 다른 날들과 다른 밤들은 전혀 없을 거라는

점 그래 없을 거야

곧이어 또 다른 영상 벌써 하나 더 아마도 세 번째 영상 그
영상들은 곧 중단될 거다 완전 나잖아 그리고 엄마 얼굴 내가 엄마
얼굴을 올려다보고 있다 그런 얼굴은 어디에도 없다

우리는 빛이 새어 들기는 하나 마편초[1]로 막혀 있는 어느
베란다에 있다 향기로운 햇빛으로 붉은색 타일 바닥이
반짝거린다 그래 맞아 확실해

꽃들과 새들로 장식된 모자를 쓴 거대한 머리가 곱슬거리는
내 머리 위로 쑤욱 다가온다 두 눈은 엄한 사랑으로 불타고 있다
나는 엄마한테 옅은 빛깔의 내 두 눈을 우리의 도움이 나오는
곳이자 아마도 내가 이미 알고 있는 바대로 시간과 더불어
이동하게 될 하늘을 이상적인 각도로 올려다보는 내 두 눈을
바친다

요컨대 꼿꼿한 자세로 방석 위에 무릎을 꿇은 채 헐렁한 잠옷
바람으로 두 손을 소리가 날 정도로 깍지를 꽉 끼고서 엄마의
지시대로 내가 기도하는 거다

그게 끝이 아니다 엄마는 두 눈을 감고서 사도의 기도라는
사도신경의 한 단편을 단조로운 어조로 읊조린다 나는 엄마의
입술을 몰래 훔쳐본다

엄마가 끝마치자 엄마의 두 눈에 다시 불이 켜진다 나는 다시
재빨리 올려다보고는 되는대로 따라 한다

공기가 곤충들의 윙윙거리는 소리로 진동한다

이제 끝났다 후 불어 끄는 램프처럼 불이 꺼진다

지속되는 어느 한순간 흘러가는 그 순간 이게 내 모든 과거다 나를 바짝 쫓아오는 작은 쥐 새끼 그 나머지는 거짓

거짓 아득한 그 옛날 첫 번째 파트 핌 전에는 그게 어땠는지 기어 다닐 수 있다는 데 매우 놀라워하며 내가 기어 다니고 기어 다니는 엄청난 한 시기 내 목을 켜는 줄 내 옆에서 요동치는 자루 절대로 다가오는 법 없는 구덩이를 향해 벽을 향해 앞으로 쭉 뻗은 한 손 아 근데 뭔가 말이 안 되는 게

그리고 핌 두 번째 파트 내가 그한테 했던 일 그가 했던 말

이 죽어 버린 머리[12] 같은 지어낸 이야기들 아직도 살아 있는 손 구름에 의해 흔들리는 작은 테이블 벌떡 일어나 밖으로 바람 속으로 뛰어드는 여자

상관없어 나는 더 이상 말하지 않으니까 나는 늘 인용만 할 뿐이야 그게 나인가 그게 나냐고 나는 더 이상 그런 내가 아니야 이번에 나는 제거되었거든 그게[13] 나는 그저 이렇게 말할 뿐이야 어떻게 지속할까 어떻게 지속해

첫 번째 파트 핌 전에 핌을 발견하기 전에 그 파트를 끝내기 두 번째 파트에서부터 핌과 함께 그게 어땠는지 그러고는 세 번째 파트 핌 다음에는 그게 어땠는지 그게 어떤지 엄청난 시기들

내 자루만 일정하지가 않아 내 날들 내 밤들 내 계절들과 내 명절들 그가 영원한 부활절이라고 하고서는 껑충 건너뛰어서 만성절이라고 말한다 그해에는 여름이 없었어 그게 같은 해라면 봄도 딱히 진짜 봄이라고는 하기가 거의 어려웠지 죽어 가는 어느 한 시대에서 내가 아직도 죽어 가고 있다면 다 내 자루 덕분

내 깡통들 줄어들고는 있으나 식욕보다는 더디게 줄어들고 있는 각양각색의 깡통들 각기 다른 모양들 특별히 좋아하는 건 없으나

무작위로 움켜쥐자마자 알아보는 손가락들

참으로 이상하게 줄어들고 있는 그런데 지금 뭐가 이상한 걸까
수년 동안이나 그대로 있다가 갑자기 반이나 없어져서

그들의 이런 말들 그런 그들한테는 그들 아래서 지구가 돈다 또
모든 게 돈다 여기에 또 이런 말들이 날들 밤들 해들 계절들 이런
계통의 말들이

실수하는 손가락들 체념한 입은 버찌인 줄 안 올리브 한 알을
받아먹는다[14] 그렇다고 뭘 특별히 좋아하는 것은 아니다 나는
나에게 알맞은 언어도 또 여기에 알맞은 언어도 찾으려고 하지
않는다 나는 더 이상 찾으려고 하지 않는다

자루 그게 비워질 때 내 자루 하나의 포세시옹[15] 아주 작게 쉬쉬
소리를 내는 이 단어 여기 하나의 포세시옹 잠깐의 심연과 접합
결국 근점(近點)[16]이야 근점 하나의 자루 여기 내 자루 그게 비워질
때 흥 나한테는 수 세기의 시간이 있는 걸

수 세기나 나는 나를 본다 전에 봤을 때만큼이나 아주 작은 나를
그러나 실제로는 훨씬 더 작은 아주 작은 나 더 이상의 물건도 더
이상의 식량도 없는데 그래도 나는 살아 있다 공기가 나를 먹여
살리는 거다 진흙도 나는 여전히 살아 있다

다시 자루 다른 식의 관계들 내가 그걸 품에 안는다 거기다 대고
말한다 머리를 그 안에 쑥 집어넣는다 볼을 거기다 대고 비빈다
거기다 입맞춤한다 화가 나서 그걸 휙 치운다 그걸 다시 꽉
끌어안는다 그걸 너라고 부른다 너라고

나는 말한다 내가 말한다 첫 번째 파트 아무 소리 없이 음절대로
움직인다 내 입술과 주변 부위 전체가 하관 전체가 그 덕에 나는
알아듣는다

자 이게 내게 줬던 말 첫 번째 파트 핌 전에는 질문 내가 그걸 많이
사용하고 있나 아무 말이 없는 건지 아니면 내가 못 듣는 건지 둘
중 하난데 증인이 나한테 증인이 필요할 거라고 말한다

그는 살아간다 내 쪽으로 몸을 구부린 채 자 그게 그가 받은
삶이다 그의 램프들에서 뿜어져 나오는 빛에 완전히 잠겨
드러나는 내 모습 내가 길을 나서자 그가 나를 따라나선다 몸을
반으로 접은 채

그한테는 조수가 한 명 있다 약간 떨어져 앉아 있는데 그가
그한테 알려 준다 하관의 잰 움직임들 조수는 자기 장부에다 그걸
기록한다

내 손이 오지 않는다 단어들이 오지 않는다 어떤 단어도 심지어는
무음의 단어조차 나는 그게 필요한데 한 단어가 내 손이 엄청나게
필요해 내가 할 수 있는 일이 없다 아 그것도 필요한데

유머 감각의 저하 게다가 적어진 눈물 그것도 그것도 부족해
그런데 아 저기 또 영상이 어둠 속 한 침대에 앉아 있는 한 소년
아니면 작달막한 한 늙은이 그가 손으로 얼굴을 감싸고 있어서
얼굴이 젊은지 늙은지 보이지가 않는다 어쨌거나 나는 그 심장을
가로챈다

질문 나는 행복한가 언제나 현재 시제로 아주 오래된 질문들
나는 가끔씩이라도 약간은 행복한가 첫 번째 파트 핌 전에는
잠깐의 심연 그리고 아주 작은 소리로 아니 내가 그렇게 느낄지도
모르지만 그리고 아주 작은 소리로 짤막한 설명 행복 불행 영혼의
평안 이런 걸 위해서 지어진 게 아냐 거의 그렇지 않아

쥐들 아니야 이번에는 쥐들은 더 이상 없어 내가 쥐들을 질리게
만들었거든 이 시기에 또 뭐가 있을까 첫 번째 파트 핌 전에는
엄청난 한 시기

집기 위해 갈고리 모양을 한 손이 익숙한 진창 대신에 엎드려 있는
한쪽 엉덩이에 꽂힌다 그자 전에 그 역시도 또 뭐가 있을까 그걸로
충분해 나는 떠난다

불결해서는 아니고 다른 걸로 나는 다시 떠난다 목에 자루를 건 채
나는 채비를 마쳤다 첫 번째 이유는 한쪽 다리가 마음껏 움직일
수 있게 어느 쪽 다리 잠깐의 심연 아주 작은 소리로 오른 다리
그쪽이 낫지

나는 허리를 꺾는다 어느 쪽 왼쪽 그쪽이 낫지 오른손을 앞으로
쭉 뻗고 오른쪽 무릎을 구부린다 이렇게 관절들이 움직인다
손가락들이 푹 박힌다 발끝이 푹 박힌다 이런 게 다 잡는
동작들이야 진창이라니 과장이야 잡는 동작들이라니 과장이야
전부 다 과장이야 나는 그걸 들리는 대로 말하는 거다

밀고 당긴다 다리의 긴장이 풀린다 팔이 접힌다 이렇게 모든
관절들이 움직인다 머리가 손 곁으로 간다 엎드려서 휴식

반대편 허리를 왼쪽 다리 왼쪽 팔 밀고 당긴다 머리와 상반신이
바닥에서 떨어졌다가 그만큼 확실히 줄어든 마찰 다시 바닥으로
떨어진다 나는 기어간다 측대보[17] 10미터 15미터 정지

졸려 잠깐 시간이 나는 잠에서 깨어난다 마지막 잠까지 그렇게
많이 남은 건 아니겠지

환상 한 환상이 내게 주어진다 그게 헐떡임을 그치자 생명 유지에
필요한 공기가 주입된 기계 30분간 산소통에 넣은 머리 숨이 탁
막혀 깨어남 이제는 다시 시작하는 수밖에 네 번 여섯 번 그러면
충분해 나는 가만히 충전 중이다 힘이 다시 돌아왔다 하루가
시작될 수 있다 아주 작은 소리로 한 환상에 대해 말하는 이
파편들

늘 졸린데 잠을 거의 못 자 이렇게 나한테 이야기하려고 애쓰는
이번에 잠에 먹혔다가 다시 토해지자 하품을 하고 하품을 하고 늘
졸린데 잠을 거의 못 자

이 목소리 까까거리다 그게 헐떡임을 그치자 내 안에서 세 번째
파트 핌 다음에는 그전이 아니고 함께도 아니고 나는 여행을
했고 핌을 찾았고 핌을 잃었다 그렇게 끝난 거다 나는 세 번째
파트에 있다 핌 다음에는 그게 어땠는지 그게 어떤지 나는 그걸
들리는 대로 말한다 다소 순서대로 파편들을 진흙탕에서 내 삶을
진흙에다 대고 속삭인다

내가 그걸 알게 된다 거의 순서대로 핌 전에는 핌과는 엄청난
시기들 사라진 내 삶 그게 어땠는지 그런 다음에 지금은 핌
다음에는 그게 어떤지 내 삶 파편들

나는 내 삶을 말한다 삶이 순서대로 다가오는 것처럼 내 입술이
움직인다 그 입술이 느껴진다 내 삶이 흘러나온다 진흙탕에 내
삶이 아직도 남아 있는 잘 못 말해진 잘 못 들린 잘 못 되찾아진 삶
그게 헐떡임을 그칠 때 현재형으로 진흙에다 대고 잘 못 속삭여진
내 삶 그 모든 게 아주 오래된 일들 자연스러운 순서 여행 커플
버림받기 그 모든 걸 현재형으로 아주 작은 소리로 파편들을

나는 여행을 했고 핌을 찾았고 핌을 잃었다 그렇게 끝난 거다
그 삶은 그 삶의 그런 시대들은 첫 번째 두 번째 이게 세 번째네
그게 헐떡이다 헐떡임을 그치자 나한테 들린다 아주 작은 소리로
어떻게 내가 자루를 깡통들을 가지고 어둠 속 진흙탕에서 여행을
하는지 자기도 모르는 사이에 핌한테로 측대보로 기어가는지
현재 시제로 된 파편들 아주 오래된 일들 그 일들을 듣고서 들은
그대로 진흙에다 대고 아주 작은 소리로 속삭인다

첫 번째 파트 핌 전에는 내가 여행을 한다 그건 이제 지속될 수
없어 그게 지속되고 있어 나는 더 차분해진다 차분하다고 믿는

거지 그런데 맨 밑바닥에서는 그렇지가 않아서 가장자리로 간다
나는 그걸 들리는 대로 말하는 거다 또 죽음이라고도 죽음이라
만일 죽음이 언젠가 온다면 그걸로 다 되는 건데 그게 죽으니까

그게 죽으니까 이어서 내 눈에 지하실 작은 안뜰 한 화분에 있는
크로커스 한 포기가 보인다 사프란 한 포기 햇빛이 벽을 타고
올라간다 손 하나가 끈 하나를 이용해서 그게 그것을 아 그 노란
꽃이 햇빛을 계속 받도록 만든다 그 손이 보인다 긴 영상 시간들
햇빛이 사라진다 화분은 다시 내려와 바닥에 안착한다 손이
사라진다 벽이 사라진다

빛 속 삶의 누더기 나는 부정하지도 믿지도 않으면서 듣고 있다
나는 이제 말하지 않는다 누가 말하는 걸까 더 이상 그런 말은
하지 않아 흥미가 없어졌나 보지 하지만 핌이 있기 전 지금과 같은
말은 그런 말은 아니 하지 않아 내 말이라는 내가 한 말이라는
그런 말은 하지 않는다고 들리지 않는 몇 마디 말 내가 할 수 있는
경우에는 소리 없이 하관 전체 잰 움직임들 그게 차이야 큰 혼란

본질을 담고 있는 온갖 크기들이 보인다 그게 내 본질일까
진흙탕에 불이 들어온다 기도 테이블 위의 머리 크로커스
눈물 흘리는 늙은이 손 뒤로 흐르는 눈물들 진흙탕에 갑자기 땅의
황금빛과 초록빛이 갑자기 파란색의 바다 위에 땅 위에 온갖
종류의 다양한 종류의 하늘들

하지만 지금과 같은 말은 핌이 있기 전에 내 말이 아닌 말은 그런
말은 아니 그런 말은 하지 않아 그게 차이야 나는 그때와 지금
사이의 유사성들 간의 차이점들 중 하나를 듣는다

핌의 말 강제로 빼앗긴 그의 목소리 그가 입을 다문다 내가
개입한다 가장 필요한 일 그가 다시 말을 한다 나는 언제나 그의
말에 귀를 기울이겠지 그래도 내 말 내 말과의 관계를 끝내기
핌이 있기 전에는 자연스러운 순서 아무 소리도 내지 않고 하는

내 적은 말 믿지도 부정하지도 않으면서 한 인생에서 내가 보는
적은 부분 그런데 무엇을 믿는 걸까 아마도 자루를 어둠을
진흙을 죽음을 아마도 그렇게나 많은 삶을 살고서 끝내기 위해
참 여러 순간들이 있다

어떻게 여기로 좌초된 걸까 그게 나인가 말도 안 돼 기운 없다
관심도 없고 하지만 이번에는 여기가 내가 시작하는 곳 지금
작성되는 글 첫 번째 파트 내 삶 자루를 꽉 쥔다 거기서 물이 뚝뚝
떨어진다 첫 번째 징표 이 장소 몇몇 파편들

누군가[8]가 저기 어딘가에 어딘가에 살아 있다 엄청난 한 시기
그러고는 끝이 난다 누군가는 이제 저기에 없다 그러고는 다시
저기에 다시 누군가가 있다 그게 끝난 게 아니었다 하나의 오류
그건 대체로 같은 장소에서 저 위 빛 속에서 새로운 영상 누군가가
어두운 병원에서 의식을 되찾을 때처럼 대체로 다른 장소에서
다시 시작되어야 하는 거다

그 장소와 같은 장소 어떤 장소 말이 없는 건지 내가 듣지를 못
하는 건지 이게 둘 중 하난데 대체로 같은 장소 더 축축하고 빛이
덜 드는 빛 한 줄기 없는데 그게 무슨 말이야 흐릿한 불빛들이
있는 어딘가에 있었다고 나는 그걸 들리는 대로 말하는 거다
언제나 단어 하나하나

더 축축하고 빛이 덜 드는 빛 한 줄기 없는데 그리고 들리지 않는
소리들 소중한 소리들 사색의 재료 내가 미끄러졌나 봐 누가 저
밑바닥에 있다 그게 끝이야 이제는 아무도 없어 누가 미끄러진다
이게 그 속편이야

다른 한 시대 이런 이상한 것들에도 불구하고 친숙한 또 한 시대
이런 자루 이런 진창 온화한 공기 칠흑 같은 어둠 천연색의 영상들
기어 다닐 수 있는 힘 이런 이상한 모든 것들

그런데 엄밀한 의미에서 진보들은 앞으로 다가올 폐허들 자기 자신 말고도 이상적인 한 풋내기한테 말할 수 있는 소중한 열 번째 진보에서처럼 소중한 스무 번째 진보에서처럼 아 네가 400년 전에 어떤 격변들이 있었는지 봤다면

아 내 젊은 친구 그 자루를 네가 그 자루를 봤다면 나는 그걸 겨우겨우 끌고 다닐 수 있었지 자 지금 내 정수리를 봐봐 그 안쪽을 만져 봐

게다가 나는 주름 하나 없어 하나도 없다고

무수한 시간들 끝에 한 시간 나의 시간 15분 참 여러 순간들이 있다 그건 내가 고통스러워했기 때문이다 분명 심적으로 고통스러워 하고도 연거푸 희망을 품고서 마찬가지로 절망했기 때문일 거다 뚝뚝 심장에서 피가 떨어진다 누군가 심장을 잃은 거다 때때로 속으로 소리 없이 울기까지 한다 영상들은 이제 없어 여행들은 이제 없어 이제는 배고프지도 또 목마르지도 않아 심장이 떠난다 누가 도착한다 나는 가끔씩 그 소리를 듣는다 좋은 순간들이지

희망이 있기 전의 천국 내가 잠에서 빠져나온다 그러고는 다시 잠으로 돌아간다 그 둘 사이에 전부가 있다 진흙탕이 다시 입을 벌리기 전에 이것 봐 나한테 말하고 싶어 하는 것 같잖아 해야 할 견뎌야 할 실패하게 될 대충 해치워야 할 잘 마무리해야 할 전부가 이번에는 픔이 있기 전 내 삶 첫 번째 파트 잠에서 잠으로

그다음에 픔 잃어버린 깡통들 더듬는 손 엉덩이 비명들 소리 없는 내 비명 힘차게 태어나는 희망 거기에 있기를 그것의 지지를 받기를 심장이 떠나가는 걸 느끼기를 네가 왔구나 이런 말을 듣기를

픔과 있기를 그러했기를 그의 지지를 받기를 그는 돌아올 거야 픔보다는 다른 사람이 올 확률이 더 높아 그가 왔네 이런 말들을 듣기를 오른 다리 오른팔 밀고 당긴다 10미터 15미터 어둠 속

진흙탕 거기에 조용히 머물러 있는데 네 손이 픔한테 했듯이 한
손이 갑자기 너한테 그렇게 두 개의 비명 소리 없는 그의 비명

네 목소리는 작을 거야 그래서 간신히 들릴 거야 너는 그의 귀에
대고 말하겠지 어떤 인생을 너는 어떤 보잘것없는 인생을 살게
될 테니까 너는 그의 귀에 대고 그 인생을 말할 거야 그건 다른
거겠지 완전히 또 다른 음악 너는 픔처럼 인생이라는 보잘것없는
음악을 약간 맛보게 되겠지만 네 입안에 있는 그 음악은 네게
새로울 거야

그러고서 작별 인사도 없이 네가 완전히 가 버리면 여러 시대들
중에서 그 시대는 끝장나겠지 아니면 오로지 너만 여행들은 이제
없어 커플들도 이제는 버림받는 일들도 이제 없지 결단코 이제는
그 어디에도 이런 말을 듣기

그게 어땠는지 픔 전에는 먼저 이걸 말하기 이걸 자연스러운 순서
똑같은 것들 똑같은 것들 나는 그것들을 들리는 대로 말하기
그것들을 진흙에다 대고 속삭이기 보다 분명하게 하기 위해서
단 하나의 영원을 세 개로 나누기 나는 잠에서 깨어나서 거기로
간다 평생토록 첫 번째 파트 픔 전에는 그게 어땠는지 그러고는
픔 그와는 그게 어땠는지 그렇게 하고 나서 픔 다음에는 그게
어땠는지 그게 어떤지 그게 헐떡임을 그칠 때 파편들 나는 거기로
간다 내 하루 내 삶 첫 번째 파트 파편들

잠이 든 나는 나를 본다 모로 누워 잠이 든 나는 아니면 엎드려
잠이 든 나는 아 이게 둘 중 하난데 모로 눕는다면 어느 쪽으로
오른쪽 그쪽이 낫지 머리 밑에 있거나 아니면 배에 바짝 붙어 있는
배에 바짝 붙어 있는 자루 끌어 올린 두 무릎 둥글게 구부린 등
무릎께에 있는 아주 작은 머리 몸을 웅크려 자루를 품고 있는 난
기다림에 지쳐 한쪽으로 쓰러진 채 은총이 남아 있는 심장들을
잊어버린 채 잠이 든 벨라콰[19]

자기 보물에 고꾸라져 있는 벌레가 나는 무슨 벌레인지 모르겠다
내가 돌아온다 빈손으로 나한테로 내 자리로 뭐라고 우선은
나한테 이런 맙소사 그걸 물어보려고 그거랑 잠시 있으려고

뭐라고 지금 작성되는 글 내 인생을 내 긴 하루를 시작하기 위해서
귀를 기울이며 내 보물을 휘감고 있는 그거랑 잠시 있기 위해서
이런 맙소사 그걸 반드시 속삭이기 위해서

20년 100년 어떤 소리도 없으나 그래도 나는 귀를 기울인다 빛 한
점 없으나 나는 눈을 똥그랗게 뜬다 400번 내 유일한 시절 나는
자루를 더 힘껏 끌어안는다 깡통 하나가 텅 쇳소리를 낸다 이 검은
틈 사이의 침묵으로부터 완전 처음 맞는 휴식

아 근데 뭔가 말이 안 되는 게

전혀 차갑지 않은 절대로 마르지 않는 진흙 내 몸에 묻은 진흙이
마르지 않는다 미지근한 수증기나 다른 어떤 액체의 증기로
가득한 공기 나는 공기를 들이마신다 아무 느낌도 없다 100년
냄새는 하나도 안 나 나는 공기를 들이마신다

아무것도 마르지 않는다 최초의 진정한 삶의 징표인 자루를 내가
꽉 쥔다 거기에서 물이 뚝뚝 떨어진다 깡통 하나가 텅 쇳소리를
낸다 절대로 마르지 않는 내 머리카락 어떠한 정전기도 일어나지
않아 머리카락을 부풀리는 건 불가능해 내가 머리를 빗는다
그런 일도 일어난다 저거 봐 뒤에 또 다른 물건이 있어 그것도 내
자원들 중 하나다 지금은 더 이상 아니지만 세 번째 파트 자 이게
또 다른 차이야

심리 상태는 초반에는 일들이 빠르게 진행되기 전에는 괜찮았어
아 그 당시 내가 가진 평등 정신 그래서 내게 동료를 한 명 붙여
줬던 거야

이상은 여전히 내 하루다 첫 번째 파트 펌 전에는 지금 작성되는
글 내 삶 완전히 초반 파편들 내가 돌아온다 나한테로 내 자리로
어둠 속 진흙탕에서 나는 자루를 꽉 쥔다 거기서 물이 뚝뚝
떨어진다 깡통 하나가 텅 쇳소리를 낸다 나는 채비를 한다 나는
떠난다 여행의 끝

행복(幸福)을 논하기 누군가는 주저한다 그 다정한 말 행(幸)[20]을
논하기 처음 나온 아스파라거스 곪아 터진 종기 그래도 좋은
순간들 그게 그래 하지만 맞아 펌 전에는 펌과는 펌 다음에는
엄청난 시간들 내가 뭐라 하든 좋은 순간들 덜 좋은 순간들
그것 역시도 예상하고 있어야만 해 나는 그 소리를 듣는다 그걸
곧장 속삭인다 어딘가에 기록된 소중한 파편들 더 잘됐네 귀를
기울이는 어떤 자 기록하는 다른 자 아니면 같은 자 절대로 단 한
번의 탄식도 간간이 속으로 흘리는 단 한 번의 눈물도 한 알의
진주마저도 아무 소리 없이 엄청난 시기들 자연스러운 순서

일어나는 모든 일이 그렇듯이 갑자기 이제는 손톱 끝으로만
알프스 등반이나 동굴 탐사 영상 그와 같은 종자한테나 금요일에
그런 끔찍한 순간에 웃어 젖히는 이들과 한통속인 그와 같은
종자한테나 그저 달라붙어 있기[21] 단어들이 쓸모 있는 곳은 바로
여기다 진흙은 말을 못 하니까

그러니까 여기서 출발 전에 맛보는 이런 시런 오른 다리 오른팔
밀고 당긴다 10미터 15미터 알지 못하는 사이에 펌 쪽으로 그 전에
깡통 하나가 텅 쇳소리를 낸다 내가 넘어진다 잠시 그거랑 있기

대체로 웃기는 일이지 그러니까 추락하는 것 같다고 또 낑낑대며
매달려 있는 것 같다고 생각한다면 말야 소리 없이 얼굴 하관의 잰
움직임들 잃어버릴 뻔했던 것을 생각하고는 이 찬란한 진흙탕을
생각하면 그게 헐떡임을 그치자 나한테 소리가 들린다 소리 죽여
키득키득 일주일 내내 웃게 돼 그 생각만 하면

배출 풍선 그건 공기야 웃으면서 울면서 또 생각하는 바를
말하면서 계속 서 있게 도움을 주는 약간의 남아 있는 약간의 공기
생리적인 건 전혀 아냐 건강에는 문제없어 나한테서 나온 한 마디
그리고 나는 다시 뒤따른다 1초라도 잃어버리지 않으려고 입을
벌린 채 나는 민다 진흙탕에서 아무 소리 없이 입에서 새어 나오는
의미 있는 방귀

그게 온다 단어가 지금 단어들을 말하고 있으니까 내게 남아 있는
단어가 아직도 있다 이 시대에는 내 마음이기는 하나 그렇게
믿어야만 한다 단 하나의 단어만으로도 충분하다 그러니까 어 음
아 엄마를 뜻하는 단어 불가능해 벌어진 입 곧장 아니면 마지막
순간에 아니면 그 둘 사이에 그게 온다 자리는 있다 그러니까 어
음 아 엄마 아니면 다른 걸 뜻하는 단어 다른 소리가 아주 작게
다른 걸 뜻하는 단어를 뭐든 상관없어 내 지위를 회복시키러 오는
최초의 단어라면

가고 있는 시간을 나는 전해 듣는다 그리고 가 버린 시간을 엄청난
시기들을 그게 헐떡임을 그치자 순서대로 자연스러운 순서대로
내가 전해 들은 그 진흙에다 들리는 대로 그대로 속삭여진 엄청난
한 이야기의 파편들 세 번째 파트 내가 내 삶을 사는 곳은 바로
거기다

내 삶은 다소 순서대로 다소 현재형으로 첫 번째 파트 핌 전에는
그게 어땠는지 아주 오래전 그 일들 여행 마지막 단계 마지막 하루
내가 나한테로 내 자리로 돌아온다 자루를 꽉 움켜쥔다 거기서
물방울이 뚝뚝 떨어진다 깡통 하나가 텅 쇳소리를 낸다 종(種)의
소멸 소리 없는 말 그게 지금 작성되는 글 내 인생의 시작이다 나는
내 삶을 좇아 떠날 수 있다 그럼 그렇게 또 한 사람이 되는 거지

뭐라고 일단 일단 마시기 나는 배를 깔고 눕는다 그렇게 한동안
있는다 나는 잠시 그 상태로 있는다 입이 마침내 벌어진다
혀가 나와 진흙탕으로 들어간다 그렇게 한동안 있는다 좋은

순간들이다[22] 어쩌면 최고의 순간들 어떻게 선택하지 진흙탕에
박힌 얼굴 벌려진 입 입안의 진흙 사라진 목마름 되찾은 인간성

때때로 이런 자세로 아름다운 한 영상을 아름다운 즉 움직임으로
색깔로 색깔들로 바람 따라 움직이는 구름들의 파랗고 하얀
색깔들 바로 그날 진흙탕에 아름다운 한 영상이 그 영상을
묘사해야지 그 영상은 묘사될 거야 그러고는 출발 오른 다리
오른팔 밀고 당긴다 핌을 향해 그는 존재하지 않지만

때때로 이런 자세로 나는 다시 잠이 든다 혀가 제자리로 돌아간다
입이 닫힌다 진흙탕이 열린다 다시 잠이 든 사람은 바로 나다
마시다 말고 다시 잠이 든다 아니면 혀를 밖으로 내놓고 자는 내내
밤새도록 마신다 그래 그런 거야 지금 작성되는 글 내 밤 나한테
다른 밤은 없다 수면 시간 마지막 잠까지 그렇게 많이 남은 건
아니겠지 인간들의 또 짐승들의 잠 나는 잠에서 깬다 나한테 그걸
묻는다 나는 늘 그대로 전하는 거다 잠시 그 상태로 있는다 이것도
내 자원들 중 하나다

혀가 진흙 범벅이다 이런 일도 생긴다 이럴 때 유일한 해결책 혀를
다시 입안에 넣고 돌리기 진흙을 그걸 꿀꺽 삼키거나 다시 뱉기
질문 진흙에 영양가가 있을까 그리고 가망성들 잠시 그 상태로
있기[23]

나는 입안을 진흙으로 가득 채운다 이런 일도 생긴다 이것도 내
자원들 중 하나니까 잠시 그 상태로 있기 질문 진흙을 삼키면 그게
내 양분이 될까 그리고 열린 가망성들 좋은 순간들이다

진흙탕에 분홍색 혀 혀가 다시 나온다 그사이에 손들은 뭘 하고
있을까 손들이 뭘 하는지 뭘 하려고 하는지 항상 살펴봐야 하고
살펴보려고 해야만 한다 자 그럼 왼손은 우리가 본 바로는 자루를
계속 움켜쥐고 있다 그러면 오른손은

오른손은 내가 눈을 감는다 파란색 눈 말고 뒤에 다른 색 눈
그러다 결국 그 손을 흘끗 본다 저기 오른쪽에 있는 손 쇄골 축을
따라 최대한 길게 뻗은 팔 끝에 있는 손을 나는 그걸 들리는 대로
말하는 거다 펴졌다 다시 오므려지는 진흙탕에서 펴졌다 다시
오므려지는 오른손 그것도 내 자원들 중 하나다 그게 내게 도움이
된다

그 손은 멀리 있을 수가 없다 끽해야 1미터 정도 나는 그게 멀리
있는 것처럼 느껴진다 언젠가는 그 손이 네 개의 손가락으로
가 버리겠지 그 손은 엄지를 잃었으니까 아 근데 뭔가 말이 안
되는 게 그 손은 날 떠날 거다 내가 그 손을 보고 눈을 다른 눈을
감으니까 손이 보인다 그 손이 네 개의 손가락을 갈고리처럼
앞으로 툭 던진다 손가락 끝이 푹 박히고 그 상태로 당긴다 그렇게
손은 조금씩 수평 이동을 하며 멀어져 간다 그렇게 조금씩 가
버리기 그게 내게 도움이 된다

그러면 다리는 그리고 눈은 아마도 감겨 있는 파란색 눈 자 그러면
아 아니다 사실은 갑자기 영상이야 마지막 영상 갑자기 저기
진흙탕에서 나는 그걸 들리는 대로 말하는 거다 내가 보이는 거야

내가 열여섯 살처럼 보인다 게다가 금상첨화로 날씨가 아주 좋다
청록색 하늘에 열 지어 가는 조각구름들 내가 등을 돌리자 내가
손잡고 있는 소녀 내 손을 잡고 있는 그 소녀도 같이 등을 돌린다
내 그 엉덩이

지금은 만일 내가 믿는다면 에메랄드빛 풀을 장식하는 그
색깔들을 그 색깔들을 내가 믿을 수만 있다면 지금은 꽃들과
계절들에 대한 오래된 꿈 4월 아니면 5월이다 그리고 자잘한 몇몇
단서들 만일 내가 그 단서들을 믿을 수만 있다면 하얀색 울타리
올드 로즈의 관람석 지금 우리는 4월이나 5월에 어느 경마장에
있는 거다

머리를 꼿꼿이 세우고 우리는 주시하고 있다 내 상상에 우리는 내
상상에 두 눈을 크게 뜨고 똑바로 정면을 주시하고 있다 서로 엉켜
있는 손들에 연결된 흔들리는 팔들 말고는 동상처럼 꼼짝도 안 한
채 또 뭐가 있을까

자유로운 내 손에는 즉 내 왼손에는 정체불명의 물건 하나 그러다
보니까 소녀의 오른손에는 고개를 푹 숙이고 옆으로 비스듬히
앉아 있는 잿빛 회색의 적당한 크기의 개 한 마리를 그녀와
연결하는 짧은 목줄의 끄트머리 꼼짝도 안 하는 그 손들

질문 왜 그렇게나 넓은 푸른 초원에 목줄을 그리고 조금씩
생겨나는 회색과 흰색 점들 어린양들이 조금씩 어미들 가운데로
또 뭐가 있을까 4마일 5마일 풍경 속에 푸르스름한 덩어리로
보이는 완만한 경사의 산 우리 머리가 능선 위로 봉긋 솟아 있다

우리는 잡은 손을 놓고 반 바퀴 돈다 나는 덱스트로르섬 소녀는
세네스트로[24] 소녀가 목줄을 왼손으로 옮겨 잡음과 동시에 나는
그 물건을 오른손으로 지금 보니 작은 벽돌 모양의 희끄무레한
덩어리 빈손들은 서로 엉킨다 팔들이 흔들린다 개는 움직이지
않았다 나는 우리가 나를 쳐다보는 것 같은 기분이 든다 나는 혀를
다시 넣고 입을 다물고는 미소를 짓는다

정면에서 보니 소녀가 덜 끔찍해 보인다 내 흥미를 끄는 사람은
그 소녀가 아니다 나 스포츠형으로 바짝 깎은 생기 없는 머리카락
여드름으로 뒤덮인 붉고 살찐 얼굴 튀어나온 배 벌어진 바지 앞트임
더 확실하게 중심을 잡으려고 쫙 벌리면서 무릎을 굽힌 가느다란
안짱다리 130도 정도 벌린 발 장래에 후에 반쯤 짓게 될 흡족한
미소 깨어 일어나는 삶의 모습 초록색 트위드 노란 반장화 이상의
모든 색깔들 장식 단춧구멍에 끼운 수선화 또는 그 비슷한 꽃

다시 안쪽으로 반 바퀴 순식간에 80도 회전 후 얼굴과 얼굴
물건 옮겨 잡기 손 다시 잡기 팔 흔들기 개는 정지 내 그 궁둥이

갑자기 어 왼쪽 오른쪽 야 지기 우리가 간다 치켜든 고개
흔들리는 팔 개가 따라간다 푹 숙인 고개 불알에 딱 붙은 꼬랑지
우리와는 지금 아무 상관도 없는 개 그 개가 전에는 장밋빛[25]이
덜한 말브랑슈[26]에 대해서 같은 순간에 같은 생각을 했었다 내가
갖추고 있었던 인문학적 교양 개는 오줌을 눠도 그냥 가면서
질질질 싸 버릴 거다 아무 소리도 안 나지만 나는 소리 지른다
여자애를 저기다 버려 그리고 달려가 네 손목을 그어 버려

짧게 어둠 자 정상(頂上)에 도착한 또 우리 개는 히스 덤불 속에
비스듬히 앉아서 거무죽죽하면서도 핑크빛 도는 성기 쪽으로
주둥이를 가져가지만 거기를 핥을 만한 힘이 없다 반면 우리는
순식간에 안쪽으로 반 바퀴 얼굴과 얼굴 물건 옮겨 잡기
손 다시 잡기 팔 흔들기 조용히 바다와 섬들에 대한 음미 도시에서
피어오르는 연기 쪽으로 하나인 것처럼 방향을 전환하는 머리들
조용히 기념물들의 위치 포착 무슨 축으로 연결되어 있는 것처럼
제자리로 돌아오는 머리들

갑자기 우리가 달콤한 말들을 주고 받으며 각자의 샌드위치를
한 입씩 번갈아 먹고 있다 사랑하는 깜찍이 내가 한 입 베어 문다
소녀는 꿀꺽 삼킨다 멋진 곰돌이 소녀가 한 입 베어 문다 나는
꿀꺽 삼킨다 우리는 아직 입 안에 음식물을 가득 넣고 달콤한 말을
속삭이지는 않는다

내 사랑 내가 한 입 베어 문다 소녀는 꿀꺽 삼킨다 내 보물 소녀가
한 입 베어 문다 나는 꿀꺽 삼킨다 짧게 어둠 그리고 들판을
가로질러 다시 멀어져 가는 또 우리 손에 손 흔들리는 팔 점점 더
작아지는 봉우리들 쪽으로 꼿꼿하게 세운 머리 이제는 개가 안
보인다 이제는 우리가 안 보인다 장면이 삭제된 거다

아직도 몇 마리 짐승들 표면에 드러난 화강암 같은 양들 수그린
머리 구부러진 등 선 채로 정지해 있는 본 적 없었던 한 마리의 말
그 짐승들은 알고 있다

하늘의 푸른색과 하얀색 잠시만 진흙탕에 또 4월의 아침이 그건
끝났어 그건 다된 거잖아 꺼진다 그 영상은 봤던 거야 장면이
아직도 비어 있다 몇 마리 짐승들 그러고는 꺼진다 푸른색은 더
이상 없고 나는 여기에 남아 있다

진흙탕에서 저기 오른쪽에 손이 펴졌다 다시 오므려진다 그게
내게 도움이 된다 그 장면이 나가다니 나는 아직도 미소 짓고 있는
나를 발견한다 더 이상 그럴 필요가 없는데 오래전부터 더 이상
그럴 필요가 없는데

혀가 다시 나와 진흙탕 속으로 들어간다 나는 여기에 남아 있다
이제는 목마르지 않아 혀가 제자리로 돌아간다 입이 다시 닫힌다
지금 그 장면에 줄이 죽 그어지고 있을 거다 끝났으니까 다 된
거니까 그 영상은 본 거니까[27]

그게 한동안 있었던 게 분명해 그거랑 나는 잠시 있었는데 그때는
분명 좋은 순간들이었을 거야 곧 그게 핌이 되겠지 나는 그걸 알
수 없어 단어들이 오지 못하니까 곧 끝날 곧 사라질 고독 그런
단어들이

나는 막 교제를 했다 바로 내가 왜냐하면 그건 내게 즐거운
일이니까 나는 그걸 들리는 대로 말하는 거다 4월이나 5월의 하늘
아래 여자 친구와 함께하는 일 우리는 사라졌고 나는 여기에 남아
있다

저기 오른쪽에 잡아당기는 손 꽉 다문 입 진흙탕에 딱 달라붙은
똥그랗게 뜬 눈 우리는 어쩌면 돌아올지도 모른다 그때는 해 질
녘일 거다 점차 반짝이는 어린 시절의 땅 회색빛 잿더미에 점점이
이어진 희미해져 가는 호박(琥珀) 자국들 불이 거기로 지나갔던
게 틀림없다 내 눈에 우리가 다시 보이는 거면 우리가 벌써 아주
가까이에 있는 거다

해 질 녘이다 우리가 돌아온다 지쳐서 나한테는 이제 맨살이
드러난 부분들 해 뜨는 쪽으로 치켜든 굳게 연결된 얼굴들
움직이는 빛 뒤엉킨 손들 말고는 보이지가 않는다 지쳐서 느려진
우리가 나한테로 다시 올라오다가 사라진다

팔들이 중간에서 나를 관통한다 또 몸통들의 일부분도 한
그림자를 관통하는 그림자들 그 장면은 안 나온다 진흙탕에서
마지막 하늘이 꺼진다 잿더미 색깔이 진해진다 정말 멋진 나의
세계 말고는 나한테 다른 세계는 이제 존재하지 않는다 그런 것
같지 않아 그게 그렇게 되는 않는다고

나는 우리가 혹시 돌아오지 않을까 하고 기대해 보지만 우리는
돌아오지 않는다 아침이 나한테 불러 줬던 노래를 저녁이
우연하게라도 나한테 속삭여 주기를 기대해 보지만 그날은 그날
아침한테 속삭인 거다 어느 저녁이 아니라

더 있기 위해 다른 걸 찾기 질문들 누가 문제가 되었던 걸까 어떤
존재들이 어떤 지점이 이런 계통 도대체 어디서 그런 영화가 그런
종류가 나한테로 굴러들어 오는 걸까 차라리 아무것도 없는 게 한
입 먹기

그게 잠깐 있었던 게 분명해 최악의 순간들도 분명 있어 좌절된
희망도 그래도 그리 나쁘지는 않아 하루가 많이 갔다 한 입 먹기
그게 잠깐 있을 거야 좋은 순간들이 될 거야

그러고 나서 필요하다면 나의 고통을 그 모든 고통들 중에서 어떤
고통 닿을 수 없는 곳에 있는 깊은 고통 그게 낫네 내 고통들에
대한 문제 해결안 그거랑 잠시 있기 그러고 나서 출발 불결해서는
아니고 다른 걸로 아무도 몰라 아무 말도 없으니 여행의 끝

오른 다리 오른팔 밀고 당긴다 10미터 15미터 도착 새로운 장소
다시 적응하기 졸면서 또 기대하면서 기도 필요하다면 질문들

누가 문제가 되었던 걸까 어떤 존재들이 어떤 지점이

좋은 순간들이 될 거야 그다음에는 덜 좋겠지만 그것 역시도
예상하고 있어야만 해 그렇게 될 테니까 지금 작성되는 글 밤 나는
잘 수 있을 거야 그리고 혹시라도 내가 잠에서 깨면

그리고 혹시라도 소리 없는 웃음 내가 후다닥 잠에서 깨면 파국 핌
첫 번째 파트의 끝 두 번째 파트의 시작 그다음에는 세 번째 파트
세 번째이자 마지막 파트의 시작

그게 헐떡임을 그친다 나는 모로 누워 있다 어느 쪽 오른쪽 그쪽이
낫지 내가 자루의 가장자리를 벌린다 질문들 뭔가를 하나님
맙소사 내가 뭔가를 원할 수 있을까 배고픔 나는 마지막 식사로 뭘
먹었지 이런 계통 시간은 지나간다 나는 머물러 있다

이건 자루와 관련된 장면이다 양손이 자루의 가장자리를 벌린다
뭔가를 아직도 원할 수 있을까 왼손이 거기로 그 자루 안으로
쑥 들어간다 이건 자루와 관련된 장면이다 그리고 뒤이어 팔이
겨드랑이까지 그리고 뒤이어

손은 깡통들 개수를 세려고는 하지 않고 그것들 사이를 누비고
다니다가 깡통이 약 한 다스 남짓 된다고 알리고서 마지막 남은
새우 통조림인 거 같은데 누가 알겠어 그런 깡통 하나를 움켜쥔다
이런 세세한 설명은 뭔가 있어 보이려는 것

손은 타원형 모양의 작은 깡통을 꺼내서 그걸 다른 손으로 넘기고
깡통 따개를 찾으러 다시 돌아가 마침내 그걸 찾아 밖으로 가지고
나온다 깡통 따개 우리는 지금 방추형으로 다듬은 뼈로 된 자루의
깡통 따개에 대해서 말하고 있다 촉각이 그거라는 확신을 준다
휴식

손은 손은 뭘 하고 있을까 쉬고 있어 보기 힘든 장면이네 엄지와

검지로 상대적으로 두툼한 끝부분과 두 번째 마디의 바깥 면으로
아 근데 여기에 뭔가 말이 안 되는 게 자루를 잡는다 그리고
나머지 손가락들은 물건들을 손바닥들에 밀착시킨다 깡통
깡통 따개 이런 세세한 설명은 없는 것보다는 나으니까

실수 그 휴식 지금은 휴식에 대해서 말하는 거야 실수 얼마나 여러
번 이 단계에서 갑자기 나는 그걸 들리는 대로 말하는 거다 이
자세에서 갑자기 빈손 계속해서 자루를 그래 계속해서 그걸 잡고
있다가 어느 순간부터 갑자기 빈손

내 목숨인 깡통 따개를 진흙탕에서 미친 듯이 찾기 그런데 무엇을
나는 아직도 이런 식으로 똑같이 말하지 못하는 걸까 늘 길을 잃고
헤매는 내 새끼 엄청난 한 시기

휴식 그래 내 삶은 실수들로 점철되어 있다 무릎이 다시 올라온다
등이 구부러진다 머리가 자루에 기대러 온다 수중에 있는 자루에
내 것인 내 자루 내 것인 내 몸 이 모든 부분들 각각의 부분

뭔가를 말하기 위해서 화덕 안처럼 칠흑 같은 곳에서 그게
헐떡임을 그칠 때 내가 들은 바를 말하기 위해서 나한테 말하기
나한테 나는 드디어 배꼽을 보게 될지도 몰라 거기서 숨결이
느껴져 그 정도 숨결로는 하루살이[28] 날개 하나도 흔들리게 하지
못하겠는 걸 나는 입이 벌어지는 걸 느낀다

진흙탕에 아랫배를 깔고 나는 봤다 어느 복된 날 어두운 자
헤라클레이토스[29]의 가호로 창공의 가장 높은 곳에서 양쪽으로
쫙 펼쳐진 미동조차 없는 커다란 검은 날개 사이로 일시 정지된
것 같은 알 수 없는 어떤 해조(海鳥)의 눈[雪]처럼 새하얀 몸뚱이를
남극 대양에서 울부짖는 앨버트로스 내가 알고 있었던 역사 아
아니 박물학 내게 있었던 좋은 순간들

그런데 여행 마지막 날 그런 날은 특별한 일도 없고 착오도 없는

좋은 날이지 쉬러 떠난 그 모습 그대로 돌아온 나 손 내가 그걸 버려두고 왔으니까 아무것도 잃어버리지 않겠지 이제는 뭔가를 보게 될 일은 없을 거야[30]

자루는 내가 절대로 손에서 놓지 않는 내 생명 여기서 내가 그 자루를 놓아 버린다 여행할 때처럼 양손이 필요해서 그거 참 앞뒤가 맞네 넋을 잃게 만들 정도로 공허하고 어둡다가 불붙은 한 줌의 대팻밥처럼 갑자기 확 불길에 휩싸이자 그때 머릿속에 그 광경이

여행 필요 나는 언제 말하게 될까 상당히 약한 나중에 나중에 어느 날 나처럼 약한 내 것인 한 목소리

그래서 양손의 필요 내가 여행할 때처럼 또는 저 위 빛 속에서 내가 머리를 감싸 쥐었듯이 머리를 감싸 줄 때처럼 그래서 내가 자루를 놓아 버린다 그런데 잠깐만 그건 내 목숨이잖아 그래서 내가 그 위에 눕는다 그거 참 언제나 앞뒤가 맞아

삼베를 뚫고서 내 갈비뼈들에 상처를 낸다 마지막 남은 깡통들의 모서리들이 이러저러한 모양의 뾰족한 부분들이 썩은 삼베를 갈비뼈가 있는 있었던 위치보다 약간 더 위 오른쪽 옆구리 위쪽 갈비뼈 내 생명이 그날 나를 떠나지는 않을 것이다 그 생명은 아직

만일 내가 태어난 거라면 그게 왼손잡이가 아니라서 오른손이 깡통을 다른 손으로 넘긴다 그리고 같은 순간에 도구를 왼손이 오른손으로 멋진 움직임 손가락들과 손바닥들이 이루는 작은 소용돌이 작은 기적 그 기적 덕분에 많은 기적들 가운데서도 작은 기적 또 그 많은 기적들 덕분에 나는 여전히 살고 있다 여전히 살고 있었다

이제 먹기만 하면 열 열두 개의 에피소드 깡통 따기 도구 정리하기 딴 깡통을 천천히 코에 갖다 대기 나무랄 데 없는 신선함 월계수가 첨가된 멀리서 풍겨 오는 행복의 향기 꿈을 꾸거나 꾸지 않기

깡통을 비우거나 비우지 않기 깡통을 버리거나 버리지 않기 그
모든 일 말이 없으니 보이지가 않아 뭐 큰일은 아냐 내 입을 닦기
그게 항상 그런 식으로 계속하다가 마침내

자루를 품에 안기 아주 가벼운 그 자루를 꼬옥 끌어안기 자루에다
한쪽 볼을 갖다 대기 이상이 자루와 관련된 주요 장면이다 그
장면은 연출된 거야 자루는 내 뒤에 있어 하루가 꽤 흘렀다 마침내
두 눈을 감고 내가 받을 고통을 그 고통과 내가 좀 더 함께할 수
있기를 기다리기 그리고 기다리면서

쓸데없이 하는 기도 잠을 잘 권리가 나는 아직 그럴 권리가 없다
나는 아직 그럴 자격이 없었다 모든 게 부족할 때 내가 영혼들을
고통을 진정한 고통을 잠을 잘 권리가 지금 잠에 대해서 말하니까
전혀 없는 진정한 영혼들을 생각할 때 기도를 위한 기도 누렇게
바랜 오래된 슬라이드를 하나 보면 내가 그 영혼들을 위해 기도한
적이 한 번 있었다

또 나 깔고 앉고서 읽고 있는 커다란 군기(軍旗) 그 군기의 수평
깃대를 입에 물고 밑이 터져 머리를 빼낼 수 있는 자루를 입고
쓰레기 더미 꼭대기에서 엉덩이를 쳐들고 무릎을 꿇은 채 등을
돌리고 있어 나이가 가늠이 안 되는 나 빛 속에서는 언제나 또
어디서나 존재하는 나

너의 관용으로 이따금씩 그들이 잘 수 있기를 영벌 받은 그 위대한
자들이 여기에서 주름들에 파묻혀 읽을 수 없는 단어들 그러면
그들이 나쁜 짓들을 하며 누렸던 좋았던 그 시절을 어쩌면 꿈으로
꿀지도 그동안 악마들은 휴식을 취하겠지 10초 15초

잠이여 유일한 행복이여 아무 소리 없이 하관의 잰 움직임들
유일한 행복이여 이제는 아무짝에도 소용없는 오래된 이 두 개의
숯불과 불에 타 무너진 이 낡은 화덕을 끄러 오라 그렇게 완전히
너덜너덜해진 이 몸 안으로

완전히 너덜너덜해진 이 몸 끝에서 끝까지 머리카락에서 손톱과 발톱까지 몸 각 부분에서 누더기 같은 이 몸을 느끼게 하는 몸에 아직도 남아 있는 약간의 감각 그리고 꿈이여

꿈이여 내가 인간의 이해력을 뛰어넘는 자로 존재하는 어느 하늘로부터 어느 땅으로부터 어느 지하로부터 오라 아무 소리 없이 아야 엉덩이에 활활 타오르는 말뚝 하나 그날 우리는 더 깊게 기도하지 못했다

얼마나 여러 번 무릎을 꿇고 얼마나 여러 번 뒤돌아 있었는지 어느 각도로 보더라도 무릎을 꿇고 어떤 자세에서도 뒤돌아 있는 무릎을 꿇고 또 그에 맞춰 뒤돌아 있는 아 그게 내가 아니었나 그래도 언제나 같은 자였어 정말 하나 마나 한 위로

한쪽 궁둥이가 두 배 너무 커 다른 쪽 궁둥이도 두 배 이게 착시가 아니라면 너무 작아 여기서 똥을 싸면 밑은 바로 이 진흙으로 닦는 건가 이거 왜 이래 내가 그 볼기에 손대지 않은 지가 수 세기라고 그러니까 4 대 I 정도의 비율 나는 항상 계산을 좋아했어 이 비율도 계산을 통해서 내가 딱 얻은 거야

핌한테 있는 궁둥이는 작기는 해도 양쪽 크기가 같았다 핌한테 세 번째 궁둥이가 있었어야 했는데 내가 거기를 깡통 따개로 무차별적으로 찔렀거든 아 근데 뭔가 말이 안 되는 게 그런데 일단은 첫 번째 파트 핌 전에는 그게 어땠는지 여행자로서의 내 삶을 끝내기 두 번째 파트의 시작 그다음에는 세 번째 파트 세 번째이자 마지막 파트의 시작

나랑 비슷한 자들과 내 형제들 틈에서 내가 여전히 벽에 바짝 붙어 다녔을 당시 나는 들은 대로 속삭인다 그러니까 그 당시 저 위 빛 속에서 육체의 고통을 느낄 때마다 냉담하게 나를 방치한 윤리 내가 I00번 중 한 번은 꽤 성공적으로 살려 달라고 울부짖었다고

도로 청소부들이 나올 시간에 아주 고주망태가 된 채로 억지로
엘리베이터에서 내리려고 버둥거리다가 층계참과 엘리베이터
사이에 내 발이 걸릴 때처럼 그래서 아주 정확히 두 시간 후에
아무리 엘리베이터를 호출해도 반응이 없자 사람들이 한달음에
달려올 때처럼

케케묵은 환영 나는 속지 않는다 아니면 나는 속는다 이 여부가
뭐 때문에 판가름이 나는지 모르겠다 날들에 따라 날들에 따라
달라진다 잘 있어 쥐들아 배가 난파된다 약간만 덜 그저 이것만을
간절히 바랄 뿐이다

어떤 때든 간에 어떤 식으로든 간에 무엇이든 간에 약간만 덜
시제도 약간만 덜 과거로 현재로 미래로 또 조건법으로 존재하기
또 존재하지 않기 자 자 연속과 끝 픔 전에는 첫 번째 파트

직장(直腸)에 붙은 불 어떻게 이겨냈을까 고통에 대한 강한 집착에
관한 사색들 저항할 수 없는 출발 그 출발과 관련된 채비들
큰 사고 없이 진행된 여정 갑작스러운 무사 귀환 마지막 불들
소화(消火) 그리고 엇 이게 꿈인가

꿈 가망이 거의 없어 자루의 죽음 픔의 엉덩이 첫 번째 파트의 끝
두 번째 파트의 시작 그다음에는 세 번째 파트 세 번째이자 마지막
파트의 시작 탈리³¹여 불쌍히 여기시어 당신의 송악 잎새 하나만

재빨리 자루를 머리에 뒤집어쓰고 그 상태로 엎드려 절 말하기
저는 모든 시대의 고통이란 고통은 전부 다 겪고 있습니다 저는
그런 건 조금도 개의치 않아요 사실 그런 건 온 세포가 들썩이며
미친 듯이 깔깔대는 웃음에 불과하니까요 깡통들이 캐스터네츠
소리를 낸다 흔들리는 내 몸 밑에서 진흙이 꾸륵꾸륵거린다 나는
오줌을 싸면서 동시에 방귀도 뀐다

복 받은 날 여행의 마지막 날 아주 완벽하게 모든 일이 착착

진행되고 있다 농담이 약해 너무 고리타분해 경련들이
가라앉는다 나는 밖으로 심각한 문제들로 돌아간다 아브라함의
품[32]으로 날아들려면 그저 새끼손가락 하나 까딱하면 그만인데
나는 그한테 꺼지라고 말할지도 모른다

당장은 그럼에도 불구하고 해면동물들로 시작되는 동물계의
다양한 목(目)[33]들에서 관찰되는 취약한 행복감에 대한 약간의
사색을 아 근데 갑자기 단 한시도 더 못 있겠어 그럼 이
에피소드는 없애야지 뭐

배설물들 아니 그 배설물들은 나야 그래도 나는 그것들을 좋아해
힘없이 툭 하고 놓쳐 버린 다 비우지 못한 오래된 깡통들 그것도
아니야 다른 거야 진흙이 다 삼키고 있어 오로지 나만 그 진흙이
나만 떠받치고 있어 내 20킬로그램을 30킬로그램을 그게 무게의
영향을 조금 받다가는 말거든 나는 도망가지 않아 내가 등지고
떠나는 거야

항상 같은 곳에 있기 이 미적지근한 진흙탕에서 축 늘어진 내 몸의
적은 무게로 다른 야망은 절대로 품지 않았다 진흙탕을 파 우리를
만들어 거기서 꼼짝하지 않기 돌아온 케케묵은 그 꿈 그게 있는
동안에 또 그게 한참 더 있을 동안에 나는 그걸 경험하고 그게
지닌 가치가 무엇인지 그게 지녔던 가치가 무엇인지 알아보기
시작한다

검은 공기를 크게 한 모금 그리고 마지막으로 여행자로서의
내 삶을 청산하기 첫 번째 파트 핌 전에는 그게 어땠는지를
다른 자 꼼짝 않는 그자 전에는 핌과는 핌 다음에는 그게
어땠는지 그게 어떤지 이제 아무것도 보이지 않지만 그가 내는
그의 목소리가 들리다가 다른 목소리가 심연에서부터 또 멀리
천정점의 32방위[34]에서부터 와서는 그게 헐떡임을 그치자 내
안으로 들어온 다른 목소리가 들리는 엄청난 시간들 파편들 내가
그 파편들을 속삭인다

새끼손가락을 들어 올릴 수만 있다면 내 아래 진흙이 열렸다가
다시 닫히게 만들 수 있지만 그렇게 할 수 없을 정도로 내가 매우
무기력한 이곳에서 단 한시도 더 못 있게 이렇게 꼼지락거리면서

질문 케케묵은 질문 만일 그렇다면 또는 그렇지 않다면 이런
급변 매일 만일 매일매일 들어야만 하는 속삭여야만 하는 그런
말이라면 이런 급변 만일 매일매일 그게 나를 번쩍 들어 올려 내
진창 밖으로 그렇게 던져 버린다면

그리고 드디어 거의 끝나 가는 하루 그 하루는 무수한 하루들의
집합체가 아닐까 오래되긴 했으나 좋은 질문 언제나 골치 아프게
하는 툭 하면 던져질 수 있는 질문 위대한 아름다움이란 무엇인지

핌의 크로노미터[35]를 갖기 이게 뭔가 말이 안 되는 게 사실
크로노미터로 시간을 잴 일이 없거든 그러니까 나는 더 이상 먹지
않아 정말이야 나는 더 이상 마시지도 않고 더 이상 먹지도 않아
더 이상 움직이지도 않고 더 이상 자지도 않아 더 이상 아무것도
보지 않고 더 이상 아무것도 안 해 어쩌면 다시 되돌아오는 건지도
몰라 그 모든 게 아니면 일부분이라도 나는 맞아라고 하고서는
아니라고 하는 소리를 듣는다

목소리 크로노미터로 목소리를 측정하기 그 목소리는 내
목소리가 아니야 침묵 크로노미터로 침묵을 측정하기 그게
나한테 도움이 될 수도 있어 두고 보면 알겠지 뭔가를 하기 뭔가를
제기랄[36]

소리 없이 신을 저주하기 속으로 시간을 기록해 두기 그리고
기다리기 정오 자정 신을 저주하거나 그를 찬양하기 그리고
정확히 기다리기 그러나 그날들 또 이 단어 기억을 못 하는데
어떡하지 자루에서 조각을 하나 뜯어내기 매듭이나 끈을 만들기
아 기운 없다

하지만 먼저 여행자로서의 내 삶을 청산하기 첫 번째 파트 핌
전에는 진흙탕에서 말도 못 하게 꼼지락대기 그게 나야 나는
그걸 들리는 대로 말하는 거다 자루를 뒤져 줄을 꺼내서 자루의
가장자리를 묶고 자루를 목에 건 다음 배가 바닥에 닿게 몸을
뒤집고는 아무 소리 없이 작별 인사를 하고 서둘러 떠나는 사람이

10미터 15미터 왼쪽으로 허리를 반쯤 꺾고 오른발 오른손 밀고
당긴다 엎드린 채 소리 없이 분출하는 욕설들[37] 오른쪽으로
허리를 반쯤 꺾고 왼발 왼손 밀고 당긴다 엎드린 채 소리 없이
분출하는 욕설들 이 묘사에서는 토씨 하나 바꿀 게 없다

여기에 모호한 계산들이 어느 날 낮에 밤에 우연이 필연이 약간의
우연과 약간의 필연이 아 그게 이 셋 중에 하난데 아니 하나였는데
여하튼 상식적으로 이해할 수 없는 나의 출발에 부과했던 방향 즉
서쪽에서 그게 서쪽에서 동쪽인 듯한데 그 방향에서 몇 초 이상은
벗어날 수 없었다는 식의 그런 모호한 계산들이

그리고 그렇게 어둠 속 진흙탕에 엎드려 일직선으로 200킬로미터
300킬로미터 약간 더 약간 덜 그러니까 8천 년 후에도 내가
멈추지 않는다면 지구 둘레를 다시 말해서 그 정도 거리를

내가 정말이지 어디서 교육을 받을 수 있었는지 수학적 개념들
천문학적 개념들 게다가 물리학적 개념들까지 어디서 얻을 수
있었는지 아무 말도 없는 거야 어쨌거나 그 개념들은 내게 깊은
영향을 줬어 그 점이 중요한 거지

그 영역들에 아주 푹 나는 피곤을 느끼지 않지만 그럼에도
불구하고 피곤이 드러난다 갈수록 힘들어지는 이쪽 허리에서
저쪽 허리로의 이동 어중간하게 엎드린 상태 늘어나는 무언의
저주들

갑자기 확신에 가까운 생각 1센티미터만 더 가면 나는 어느

협곡에 빠지거나 또는 어느 장벽에 부딪혀 박살이 날 거라는 비록
그쪽 방면으로는 이거 힘들게 알아낸 거야 기대할 바가 아무것도
없기는 하지만 그렇게 나는 환상에서 깨어난다 내가 도착했다

살아 있지 않다고 한탄했던 저 위에 있는 사람들 이상해 바로 그런
순간에 머릿속에 그런 거품 하나가 지금은 전부 망자들 지금은
다른 자들 그들한테는 삶이 하나가 아니야 그리고 그다음은 정말
이상해 그러니까 내가 그들을 이해하는 거야

언제나 다 이해했어 하지만 역사 지리는 제외하고 다 이해했어
그래서 봐주는 법이 전혀 없었지 정말 아무것도 반대하지 않았어
심지어 동물들을 학대하는 일조차도 아무것도 사랑하지 않았지

그때 그런 거품 하나가 그 하나가 툭 터진다 내 하루는 이제 볼 장
다 본 거야

그러면 안 돼 너무 약해 알았어 시키는 대로 할게 더 약하게 아니
이렇게 해야 해 가능한 한 최대한 약하게 그런 다음에 좀 더
약하게 나는 그걸 들리는 대로 말하는 거다 언제나 말 한 마디 한
마디를

내 하루 내 하루 내 삶 이렇게 늘상 다시 돌아오는 케케묵은
단어들 이제 볼 장 다 본 거야 내가 다시 적응해야지 뭐 그리고
잠들 때까지 버텨야지 잠들어서는 안 돼 미쳤구나 그게 아니면
그렇게까지 할 필요는 없어

미쳤거나 아니면 그 누구도 아닌 클롭슈토크[38]가 살았고 비록
알토나[39]에 묻혔기는 하나 그가 드리운 그림자[40]가 활동을 했던
그 포츠담에서 마찬가지로 태어난 헤켈[41]의 이론대로 더 나쁘게
변화되었거나

저녁마다 커다란 태양을 마주하고서 또는 등지고서 아 더는

모르겠다 말을 안 하니까 그가 자신이 태어난 동쪽을 향해
드리우고 있는 위대한 그림자[42] 내가 가졌던 인문학적 지식 아 참
그거 말고도 지리학과 관련된 지식도 약간

이제 볼 장 다 본 거야 그렇기는 하지만 꼬리에 있는 독[43] 이게
무슨 라틴어인지 나는 이해가 안 됐다[44] 경계를 늦춰서는 안 돼
그래서 한동안 혼란스러운 채로 엎드려 있는데 갑자기 나도 그
일을 믿을 수 없지만 내가 듣기를 시작하는 거다

듣기를 마치 노바야제믈랴 제도[45] 내가 가졌던 지리학적 지식 그
제도에서 전날 저녁에 출발한 내가 아열대 지역의 군청 소재지에
다다른 걸 막 깨달은 것처럼 자 그게 내 모습이었어 내 변한
모습이었지 아니면 늘 한결같은 모습이었든가 아 그게 둘 중
하난데

질문 만일 늘 한결같았다면 케케묵었으나 좋은 질문 만일 우리
엄마의 속삭임들로부터 믿기 힘든 혼돈 가운데로 찍 싸질러진
나한테 그 세상이 세상이 되면서부터 이렇게 늘 한결같았다면

이렇게 추적자들과 지원군들의 길목에서 숨을 참고 눈을 감고
한 발로 선 채 가만히 있지 않으면 특히 밤에는 한 발짝도 뗄 수
없어서

나는 눈을 감는다 항상 같은 눈을 그리고 나를 본다 진흙탕에서
불끈 쥔 양손 목이 아플 정도로 꼿꼿하게 쳐든 고개 어 뭔가 말이
안 되는데 숨을 완전히 참은 채 그게 버틴다 내가 버틴다 이렇게
한동안 내가 나한테 말한다는 나한테 뭔가를 말하게 되었다는
표시로 하관이 미세하게 떨릴 때까지

그런 순간들이 닥치면 자기 자신한테 도대체 무슨 말을 할 수
있을까 한 알의 작은 진주 같은 쓸쓸한 위로 정말 다행이야 정말
안됐네 그리 차갑지 않은 그런 종류의 말 때마침 잘됐네 아 슬프다

그리 따뜻하지 않은 그런 종류의 말 기쁨과 슬픔 그 두 가지 그 두 가지의 합 현관에 있는 것처럼 둘로 나뉜 미적지근한 그 합

그건 성급한 말이야 일단 발견되면 그건 성급한 말이라고 입술이 경직된다 그리고 그 주변 살도 전부 손이 펴진다 고개가 다시 푹 수그러진다 내 몸이 약간 더 가라앉았다가 만다 언제나 똑같은 왕국이지 조금 전과 같은 왕국이야 그래 늘 그렇지 뭐 나는 그 왕국을 벗어난 적이 없었어 거기는 광대무변하니까

내가 자주 행복한 건 틀림없는 사실이기는 하지만 그 순간만큼이나 행복한 적은 없었고 앞으로도 없을 거야 절대로 행복 불행 알아 안다고 그래도 그걸 말할 수는 있잖아

저 위에 만일 내가 저 위에 있다면 별들은 벌써 그리고 망루들에서는 짧은 시간 지금은 참고 견뎌야 할 게 거의 남아 있지 않아 나는 이렇게 계속 잘 남아 있을지도 몰라 그런데 그게 잘 안 되네

끈을 풀기 자루 쪽 목 쪽 나는 그렇게 하고 있어 그렇게 해야만 해 그렇게 하기로 된 거니까 내 손가락들이 그렇게 하고 있어 그 손가락들이 느껴진다

어둠 속 진흙탕에서 얼굴은 진흙탕에 처박고 두 손은 되는대로 아 근데 뭔가 말이 안 되는 게 손에 들려 있는 끈 몸 전체는 되는대로 곧 마치 저기서 오로지 저 자리에서만 내가 살았던 것처럼 그래 계속 살았던 것처럼 될 거다

그 당시에는 가끔씩 어딘가에 신이 그래도 나는 우연히 좋은 날을 만났다 나는 가볍게 뭘 먹을 수도 있지만 먹지 않을 예정이다 입이 열린다 혀는 나오지 않는다 입이 곧장 다시 닫힌다

나와 함께하는 자루는 바로 왼쪽에 있다 나는 오른쪽으로 모로

누워 아주 가벼운 그 자루를 두 팔로 안는다 무릎이 다시 올라온다 등이 휜다 머리는 자루를 베러 간다 어딘가에서 이런 동작들을 우리가 이미 해 봤던 것만 같다 이 동작들은 과연 마지막이 될 수 있을까

지금 그럴 수 있을까 없을까 입술로 자루에 접힌 주름을 이런 건 현관에서 입이 아니라 입술로 하는 거잖아

주어진 내 삶과는 달리 내 아랫입술은 여전히 두꺼웠다 키스에 안성맞춤인 두꺼운 두 입술 내 상상으로는 다홍 빛깔인 것 같아 그 입술이 약간 더 앞으로 쑥 나와 자루에 잡힌 주름 위에서 벌어졌다 다시 닫히는 모습이 그려진다 말[馬]이 딱 그러잖아 그러니까 꼭 말 같아

그럴 수 있을까 없을까 아무 말도 없으니 보이지가 않네 다른 가능성들 잠한테 다시 간청하기 잠이 내려오기를 마침내 잠잠해지기는 했으나 그 어느 때보다도 위태위태한 바다에 있는 것 같은 나 퍼레이드 끝에는 항상 이러니까 그런 내 밑에서 잠이 피어나기를 바라기

단어들이 전부 다 소진되면 단어들을 또 찾기 하관에서 또 잰 움직임들 좋은 눈이 필요하겠지 그 증인한테는 만일 좋은 눈을 가진 증인이 좋은 램프가 있다면 그는 갖고 있을지도 몰라 좋은 눈을 좋은 램프를

떨어져 앉아 있는 서기관한테 그는 자정을 알리겠지 아니 두 시를 세 시를 밸러스트 오피스[46]의 시간을 아무 소리 없이 하관의 잰 움직임들 그 움직임들을 만드는 건 바로 내 단어들이야 내 단어들을 만드는 건 바로 그 움직임들 나는 가까스로 인류의 테두리 안에서 다시 잠이 들 거야

그때 쌓인 먼지 벽을 만들려고 마구잡이로 쌓아 둔 석회석들과

화강암들 저 멀리 꽃핀 가시나무 초록색과 흰색이 어우러진
산울타리 뒤엉켜 있는 가시나무들 쥐똥나무들

쌓여 있던 먼지층 나이에 비해 작은 발 큰 발 먼지에 파묻힌 맨발

엉덩이로 깔고 앉은 책가방 벽에 기댄 등 파란색 쪽으로 눈을 들기
땀범벅이 돼 잠에서 깨기 쌓여 있던 하얀색 보였던 작은 구름들
파란색과 흰색 가로 줄무늬 셔츠에서 달구어진 돌들 사이에서
파란색

눈을 들기 하늘에서 얼굴들을 동물들을 찾아보기 잠들기 그리고
거기서 젊고 잘생긴 한 남자 여명으로 인해 황금빛이 된 턱수염을
기른 젊고 잘생긴 한 남자와 우연히 마주치기 땀범벅이 돼 잠에서
깨기 그러고 보니 꿈에서 예수와 우연히 마주쳤던 것

이런 종류 청각용이 아닌 단어들로 만들어진 시각용이 아닌
하나의 영상 하루가 끝났다 나는 무사하다 내일까지 진흙탕이
열린다 내가 가 버린다 내일까지 머리는 자루 위에 팔은 그걸
두르고 나머지는 되는대로

짧은 어둠 긴 어둠 어떻게 아는 걸까 자 길을 가는 또 나야 여기에
뭔가가 빠졌다 그저 2미터 내지 3미터만 그러면 낭떠러지인데
그저 2 내지 3만 마지막 파편들 그러면 끝인데 첫 번째 파트의 끝
두 번째 파트의 시작 그다음에는 세 번째 파트 세 번째이자 마지막
파트의 시작 여기에 뭔가 빠졌다 이미 알고 있거나 절대로 모를
것들이 아 이게 둘 중 하난데

나는 도착하고서 쓰러진다 괄태충처럼 쓰러진다 두 팔로 자루를
끌어안는다 자루의 무게가 이제는 전혀 안 나간다 이제는 전혀
그 자루에다 머리를 올려 놓은 채 나는 넝마를 꾹 누른다 나는 내
마음을 거슬러 말하지는 않을 거다

감정은 없지만 다 없어졌네 바닥이 터졌어 습기 끌기 마모 수차례
끌어안기 수 세대 50킬로그램짜리 낡은 석탄 자루 하나 이게 다
연결되는 거야 다 떠났네 깡통들 깡통 따개 깡통들 없는 깡통
따개 하나 이 경우는 내가 면했다 깡통 따개 없는 깡통들 이번 내
삶에서 이 경우는 생기지 않을 거야

또 그만큼 많은 다른 물건들 그만큼 많이 상상했던 것들 그 이름을
입에 올린 적 없었던 절대로 그렇게 할 수 없었던 유용하고
필요하며 감촉이 좋은 물건들 그 모든 건 다 예전에 받았던 것들
지금 작성되는 글 참 옛날 일이야 끈만 빼고 전부 다 구멍이
난 자루 하나 끈 하나 낡은 자루 나는 그걸 들리는 대로 말하는
거다 그걸 진흙에다 속삭이는 거다 오래된 자루야 오래된 끈아
너희들은 너희들은 내가 간직하고 있어

더 머물기 위한 짧은 후속 끈 풀기 끈을 두 개로 나누기 자루 밑을
묶기 자루를 진흙으로 채우기 자루 입구를 나머지 끈으로 묶기
그럼 좋은 베개가 하나 만들어질 거야 그걸 두 팔로 안으면 기분이
좋겠지 하관의 잰 움직임들 그 움직임들이 과연 마지막이 될 수
있을까

마지막 식사에서 마지막 여행에서 나는 무엇을 했을까 나는
어디를 지났을까 이런 종류 소리 없는 울부짖음들 포기 희미한
희망의 빛 무질서한 출발 목에 두른 끈 입에 문 자루 개 한 마리

여기서 포기 영원한 직선에 대한 희망으로 인한 결과 일은
그렇게 연결된다 다른 원인들에 대해서는 언급도 안 하고 어둠
속 진흙탕에서 수명이 다하기도 전에 죽지 않으려는 강한 욕망이
불러온 결과

해야 할 유일한 일은 왔던 길로 다시 돌아가기 부득이한 경우에는
선회하기 그리고 한 번도 가 본 적 없던 곳에서 내가 잃어버렸던
걸 찾으면서 나는 앞으로 간다 지그재그로 내 기질로 보면 이건

이건 사실이야 지금 작성되는 글

다 없을 때 소중한 셈값들 끝내는 데 필요한 몇 개의 셈값들 첫
번째 파트 핌 전에는 아름다운 시절 좋은 순간들 사라진 종(種)들
나는 젊었다 나는 혼잣말을 하며 거기에 꼭 달라붙어 있었다 그
종한테 우리는 종에 대해서 말하고 있으니까 인간이라는 종 아무
소리 없이 잰 움직임들 2 더하기 2 2 곱하기 2 그렇게 계속

그래서 갑자기 방향 바꾸기 왼쪽으로 그쪽이 낫지 45도 그리고
2미터 직선 그런 게 습관의 힘 그다음에 오른쪽으로 직각 그리고
똑바로 직진 4미터 소중한 셈값들 그다음에 왼쪽으로 직각 그리고
앞으로 직선을 그으며 4미터 그다음에 오른쪽으로 직각 됐어
그렇게 핌 있는 데까지 계속

그런 식으로 희망의 결과로 포기하게 된 직선의 양쪽에서 톱니
모양 또는 뒤집힌 완만한 V의 연속 빗변 2미터 밑변 3 조금 덜
두 꼭짓점 사이에서 내가 그런 식으로 잠깐 되찾은 옛 보행 축과
겹치는 그 밑변 I미터 50 조금 덜 소중한 셈값들 아름다운 시절
그렇게 그 시절은 끝난다 첫 번째 파트 핌 전에는 여행자로서의
내 삶 엄청난 한 시기 나는 젊었다 그 모든 게 그렇게나 아름다운
시절 뒤집힌 V들 꼭짓점들 사방에서 까까 밖에 있었던 소리가
내 안에서 나한테 들리는 대로 항상 단어 하나하나 그리고 그게
헐떡임을 멈출 때 진흙에다 대고 속삭인다 아주 작은 소리로
파편들을

왼쪽 허리를 반쯤 꺾고 오른발 오른손 밀고 당긴다 엎드려서 소리
없이 신을 저주하기 신을 찬양하기 신한테 간청하기 발들과 손들
진흙탕을 뒤적거리기 나는 도대체 뭘 바라고 있는 걸까 단 한 번도
가 본 적 없던 곳에서 내가 잃어버렸던 깡통 하나 내 앞에 버려진
완전히 비우지 못한 깡통 하나 그게 내가 바라는 전부다

나는 단 한 번도 가 본 적 없던 곳 그러면 다른 자들은 어쩌면 훨씬

전에 좀 전에 그 두 가지 한 행렬 당황스러웠는데 얼마나 위로가
되는지 다른 자들 얼마나 위로가 되는지

앞에서 기어가는 자들 뒤에서 기어가는 자들 당신한테 일어나고
있는 일이 누구한테 일어났고 곧 일어날 것인가 모두를 위한
구멍 난 자루들의 끝도 없는 행렬

아니면 천상의 깡통 하나 나의 불운을 듣고 신이 보내 준 경이로운
정어리들 그걸로 일주일은 더 신을 증오하기

오른쪽 허리를 반쯤 꺾고 왼발 왼손 밀고 당긴다 엎드린 채로
무언의 저주들 진흙탕을 뒤적거리기 0.5미터마다 매번
뒤집힌 V를 한 번 그릴 때마다 즉 3미터 전진할 때마다 여덟 번씩
효율적이나 그래도 약간 적게 하기 집기 위해 갈고리 모양을 한
손이 익숙해진 진창이 아니라 어느 궁둥이에 내리꽂힌다 두 개의
비명 그중 하나는 소리 없는 비명 첫 번째 파트의 끝 자 이상이
핌 전에는 그게 어땠는지

2

그러니까 여기 드디어 두 번째 파트 여기서 나는 또 말해야만
한다 사방에서 까까 밖에 있었던 소리를 내가 내 안에서 들은
대로 파편들을 그게 어땠는지 그게 헐떡임을 멈출 때 진흙탕에서
진흙에다 대고 아주 작은 소리로 엄청난 한 시기 핌과는 그게
어땠는지 두 번째 파트 핌과 함께 어둠 속 진흙탕에서 내 삶이
내 삶에 대해 말하고 있으니까 그게 어땠는지 그다음에는 세
번째이자 마지막 파트 바로 거기서 나는 내 삶을 산다 거기서
나는 내 삶을 살았다 거기서 나는 내 삶을 살 거다 엄청난 시기들
세 번째이자 마지막 파트 어둠 속 진흙탕에서 아주 작은 소리로
파편들을

그자 나름대로 행복한 시절 두 번째 파트 두 번째 파트를 말하고
있으니까 핌과는 그게 어땠는지 좋은 순간들 나한테 좋은 나에
대해 말하고 있으니까 그한테도 역시 좋은 그에 대해서도 역시
말하고 있으니까 그자 나름대로 역시 행복한 나중에 나는 그걸
알게 될 거야 나는 알게 될 거라고 어떤 식으로 그의 행복이 나는
그 비법을 갖게 될 거야 나는 아직 다 갖지는 못했어

그러니까 희미하나 날카로운 비명 제시할 만한 셈값은 이제
없지만 여하간 한동안 내가 참아야만 할 반(半)거세 가수가
속삭이는 그 노래의 맛보기 자 이전과의 사소한 차이가 여기 또
하나 있어 최소한의 셈값도 더 이상 산출할 수 없고 앞으로는 전부
다 애매한 측정들뿐이라는 그래 공간의 길이 시간의 길이 길이에
대한 막연한 인상들 짧음에 대한 막연한 인상들 그 둘 사이 그래서
결과적으로 더 이상의 계산은 아니면 부득이한 경우에 대수47로
그래 나는 그래라고 하고서 이어서 아니라고 하는 소리를 듣는다

얼음 덩어리나 백열 덩어리라도 만진 듯 재빠르게 내 손이 뒤로
팍 움츠러들고 그렇게 공중에 뜬 채로 한동안 있다가 이거
애매한데 그러다가 천천히 다시 내려와 확실하게 그러면서도

가볍게 안착한다 골과 직각을 이루며 경이로운 살덩어리에 벌써 찰싹 달라 붙은 소유권을 가진 손 왼쪽 궁둥이에는 밑동만 남은 엄지와 무지구(拇指球)와 소지구(小指球)[48] 다른 쪽 궁둥이에는 네 개의 손가락 그러고 보니 오른손 우리는 아직 머리와 다리를 서로 엇갈리는 그런 자세를 취하지는 않았다

찰싹 달라붙어 있었지 정말이야 하지만 그럼에도 불구하고 본능적으로 느낀 부끄러움에 약간 볼록하게 오므려진 손 그럴 수 있어 그 손은 가식을 떨 수가 없어서 활처럼 약간 휘어진 그 골로 그렇게 뛰어들 수는 없었던 거야 그래서 오른쪽 궁둥이와의 접촉 손톱 밑보다는 손톱으로 겁에 질린 두 번째 비명 그게 당연한데도 오케스트라에서는 사라진 것 같은 플라졸렛[49]이 내는 경쾌한 작은 소리 벌써 우쭐거리는 듯한 그런 소리가 나한테는 들리는 것 같았어 그럴 수 있지

자 이상은 과거의 한 사건 이 파트는 아마도 조만간 과거 시제로 가려는 것 같다 두 번째 파트 핌과는 그게 어땠는지 어쩌면 이전과의 또 사소한 차이 하나 그렇더라도 빨리 내 손톱들에 대해서 한 마디 그 손톱들은 해야 할 그들의 역할을 곧 맡게 될 거야

이 파트에서 내가 광채를 잃는 건 아닌지 아무 말도 없으니 아 정말 걱정스러워 아직까지는 나한테 없는 일이야 다시 빛나기 전에 빛이 약해진다고도 하잖아 가 버린 핌이 이게 가능하다면 우리가 만나기 전보다 훨씬 더 생기 있어 보여 더 어떻게 말할까 더 생기 있어 보인다고 더 나은 말이 없네 오로지 그 사람만 그 사람만 보이고 오로지 그 사람 소리만 그 사람 소리만 들려 늘 그렇듯 과장이 심했나 그래 지금 내 입장에서는 참 걱정스러워 단역들일까 봐

이런 내 입장에서는 사실 내가 없으면 그는 절대로 핌이 되지 못할 텐데 우리는 지금 핌에 대해서 말하는 거야 내가 없으면

아주 영원히 그저 진흙탕에 한없이 뻗어 있는 축 늘어진 말 못하는 고깃덩어리에 불과해 하지만 어떻게 내가 그한테 생기를 불어넣는지 당신들은 곧 보게 될 거야 그리고 그런 일이 막상 나한테 일어날 경우에 내가 내 피조물 뒤로 숨을 줄 아는지도 지금 내 손톱들

빨리 하나의 가설을 만약 진흙이라 불리는 이게 그저 우리 모두의 똥이라면 그래 우리 모두 아니 우리가 지금 무슨 수조(兆) 명도 아니고 하지만 안 될 건 또 뭐야 자 여기 두 명이 있는 걸로 봐서 예전에 있었던 거야 계속 기고 똥 싸는 데 필요한 것을 무슨 보물처럼 두 팔로 꼭 끌어안으면서 자기들 똥 밭에서 기고 똥을 쌌던 수조 명이 지금 내 손톱들

내 손톱들 아니 동양의 그 현자는 놔두고 그저 손만 말하기에는 내가 가진 손이 볼품이 없었어 극동의 그 현자 말이야 누구 이게 표현이 애매한데 더 어린 나이에서부터 죽는 그 시간까지 주먹을 꽉 쥐고 있었던 현자 그렇게 했던 때가 몇 살이었는지 말이 없네

그러니까 죽는 그 시간에 몇 살이었는지는 말이 없네 마침내 볼 수 있었던 거야 그의 손톱들 조금 앞서서 그렇게 죽기 조금 전에 구멍 뚫린 그것들을 완전히 뚫린 손바닥들을 마침내 볼 수 있었던 거야 결국 다른 쪽으로 빠져 나온 손톱들을 그리고 조금 후에 그렇게 살았고 이런 일을 했고 저런 일을 했고 평생을 주먹을 쥐었고 그렇게 살아갔던 그가 손톱들은 더 자라날 거라고 숨이 넘어가는 찰나 혼자 중얼거리며 결국 죽었던 거지

커튼이 양쪽으로 열렸다 첫 번째 파트 묘석 하나가 또는 보리수 한 그루가 드리우는 짙은 그림자 아래 꽉 쥔 두 주먹을 무릎에 올려놓고 몸을 웅크린 채 그렇게 그가 살았던 그곳으로 그를 보러 온 친구들을 나는 보았다

손톱들이 부러졌다 칼슘이나 그 비슷한 성분의 결핍 하지만

모조리는 아니고 그래서 어떤 손톱들은 내 손톱들 내 손톱들에
대해서 말하는 거니까 어떤 손톱들은 항상 길고 어떤 손톱들은
적당한 길이 나는 꿈꾸는 그를 봤다 진흙탕이 벌어졌다 불이
켜졌다 나는 봤다 도움 주는 친구의 꿈을 꾸는 그를 아니면 그런
행운 없이 순전히 혼자서 뚫고 들어온 쪽으로 다시 나가게 등
쪽으로 손톱들을 빼내는 꿈을 꾸는 그를 죽음은 그가 꿈을 꾸지
못하게 했다

핌의 오른쪽 궁둥이와의 그러니까 첫 번째 접촉 그는 손톱들이
내는 거슬리는 소리를 들어야만 했다 아름다운 과거 아 정말 내가
원하기만 했었어도 손톱들을 그냥 푹 찔러 넣을 수 있었는데
나는 간절히 바랐어 선을 쫙 긋기 깊은 홈들을 파기 마셔 버리기
울부짖음들 퍼런 멍 난폭한 형태의 그림자 주먹 위로 숙인 터번을
쓴 머리 거기까지는 안 가고 둥글게 모여 있는 하얀색 도티[50]를
두른 친구들

그 비명들이 어느 쪽 끄트머리에 머리가 있는지 내게 알려 주고
있지만 그래도 내가 틀릴 수 있다 그래서 다 연관되는 건데
손바닥을 떼지 않은 채 손이 오른쪽으로 움직인다 곧장 갈림길이
나온다 정확히 내가 생각한 대로였다 거기서 보다 확실하게
하기 위해서 같은 방식으로 왼쪽으로 간다 손은 다시 엉덩이를
지나가는데 저런 지체 없이 우묵한 곳으로 빠지고 만다 밑동만
남은 엄지를 다시 척추에 올린다 일렁이는 갈비뼈까지 거슬러
올라간다 이제 알겠어 내가 가졌던 해부학적 지식 우겨 봤자
소용없어 그가 계속해서 비명을 지른다 이제 알겠어 나는 이 말만
반복한다 역시나 과거로는 안 돼 나한테 과거가 생기기는 글렀어
가져 본 적도 없잖아

뭐 좋아 아 이게 거의 같은 종류의 사람인 것 같기는 한데
남자인지 여자인지 소녀인지 소년인지 그 비명들에는 어떤
소리들도 없고 성(性)도 없고 나이도 없으니까 내가 그를 다시
똑바로 누이려고 애를 쓴다 아 이런 오른쪽 모로 눕힌 거잖아 아

또 아니네 왼쪽 모로 눕힌 거야 더 약간만 내 힘이 쭉 빠진다 아
좋아 좋다고 앞으로 엎드려 있는 폼만 주구장창 보지 뭐

이 모든 걸 나는 들리는 대로 말하고 있다 언제나 단어 하나하나
그리고 다리 사이의 진흙을 뒤적거리며 찾다가 마침내 내가
고환처럼 보이는 걸 내게 있던 해부학적 지식 하나 아니면 두 개를
찾아 꺼내고 있다고도

내게 들리는 대로 그러고는 진흙에다 대고 머리통을 만지기 위해
좀 황당하겠지만 내가 몸을 앞으로 약간 일으킨다고 속삭인다
그는 대머리다 아니 취소하기 얼굴이다 이편이 낫네 만져 보니
아주 새하얀 털 뭉치 이제 알겠어 이자는 키 작은 노인이야 우리
둘은 키 작은 노인인 거야 아 근데 뭔가 말이 안 되는 게

어둠 속 진흙탕에서 그의 머리에 기대고 있는 내 머리 그의
옆구리에 딱 붙어 있는 내 옆구리 그의 어깨를 두르고 있는 내
오른팔 그는 더 이상 소리 지르지 않는다 우리는 그 자세로 한동안
있는다 참 좋은 순간들이다

그렇게 얼마나 있었을까 꼼짝도 않고 소리도 안 내고서 그 어떤
소리도 그럼 그건 그냥 엄청난 숨쉬기였을까 때때로 내 팔 아래서
엄청난 한 시기 그를 천천히 들어 올리다 마침내 한계에 이르면
다시 천천히 내려놓는다 평소보다 더 깊은 호흡 다른 사람은
한숨이라 말하겠지만

그렇게 함께하는 우리의 삶 우리는 우리의 삶을 그렇게 시작한다
그렇다고 다른 사람들은 거의 얼싸안은 채로 그들의 삶을
끝낸다는 말이 아니야 내 말은 그게 아니라고 나는 그런 사람을 본
적도 없는 것 같아 그런데 있잖아 짐승들은 서로를 탐색해 나는
탐색 중에 있는 짐승을 본 적이 있는 것 같아 이해할 마음이 있는
자는 이해할 거야 나는 그럴 마음이 없지만

거의 얼싸안은 채로 늘 그렇듯이 과장이 너무 심하다 그는 나를
밀어낼 수 없어 이게 꼭 내 자루 같아 내가 자루를 여전히 가지고
있었을 때 하늘이 내린 이 살덩이 나는 이걸 절대로 놓치지 않을
거야 이런 걸 집요함이라고 부르고 싶으면 그렇게들 해

내가 여전히 자루를 가지고 있었을 때 하지만 나는 아직도 자루를
가지고 있잖아 자루는 내가 물고 있어 아니지 이제는 안 물고 있어
이제 자루는 나한테 없어 내 말이 맞아 내 말이 맞았어

수치(數値)의 시대에서 우리의 출발들을 위한 그러니까 엄청난 한
시기 함께하는 삶에서의 우리의 출발들 떠들썩한 한 시기 그리고
이 오랜 평화를 결국 끝장내는 건 무엇인지 또 우리로 하여금 보다
폭넓은 교제를 하도록 만드는 건 무엇인지 알아보는 문제 아 이거
생각지도 못한 일인데 참 난감하네

갑자기 짧은 한 소절을 그가 노래한다 없었다가 생기는 모든
것처럼 갑자기 짧은 한 소절을 나는 그 노랫소리에 한동안 귀를
기울인다 좋은 순간들 그렇게 할 사람은 그밖에 없으나 그래도
내가 틀릴 수 있다

내 팔이 접힌다 그러니까 오른팔이 그쪽이 낫다 위팔뼈와
아래팔뼈 사이의 상당히 벌어진 둔각을 상당히 좁은 예각이
되도록 하는 일 해부학 기하학 그리고 내 오른손은 그의 입술을
찾는다 더 가까이에서 그 멋진 움직임을 보도록 하자 적어도 그
손의 결론은

진흙탕 밑을 지나서 손이 다시 올라온다 어림짐작으로 검지가
입에 가 닿는다 이거 애매한데 그래도 조준을 잘했네 엄지는 볼
어딘가와 아 근데 뭔가 말이 안 되는 게 보조개 광대뼈 그 모든
게 움직인다 입술 볼근[51]과 털들 내가 딱 생각한 대로였다 바로
그자다 그자가 항상 노래를 부르는 거야 나는 이제 알겠어

가사를 못 알아듣겠어 진흙이 가사를 먹어 버리나 봐 아니면
가사가 외국어인가 아마도 가곡을 원곡대로 부르는 것 같아 그는
어쩌면 외국인일지도 몰라

한 동양인 내 꿈 그는 포기했어 나도 포기할 거야 더는 욕망을
품지 않을 거야

그는 그러니까 말할 줄 아는 거다 이게 중요한 점이지 그는 그
문제를 실제로 깊게 생각해 보지도 않고서 그냥 사용하는 거야
나는 내가 있던 곳의 유일한 존재 방식 그런 나의 방식보다는
아마도 약간 더 일반적인 방식을 사용해야 할 텐데 그렇게
하지 않길래 또 개인적으로도 사용하지 않길래 그는 사용하지
않는다고 추측했지 나는 거기서 노래할 수 있었다는 추론이
가능하다고 믿지 말았어야 했어

여하튼 최고로 엄숙한 순간 어떤 관점들에서 그럴까 함께하는
우리 삶의 첫 번째 장을 닫고 더 많은 곡절들과 급변들로 가득한
두 번째이자 진짜 마지막이 될 장을 빼꼼히 열고 있는 순간이니까
아니면 내 삶에서 어쩌면 가장 아름다운 순간이라서 이거
선택하기 어렵네

인간의 목소리가 저기 몇 센티미터 떨어진 곳에서 내 꿈 아니
어쩌면 인간의 생각 만일 내가 이탈리아어를 반드시 배워야만
한다면 그러면 이게 덜 재밌을 거야

그래도 우선은 상당히 분산된 몇 개의 견해들을 엄청난 한 시기
아마도 다 해서 한 서른 개 정도 아 여기에는 두서너 개 정도 있어
두고 보면 알겠지

그의 방향이 정해져 있기 때문에 그자도 나와 같은 길을 가는 게
틀림없었다 쓰러지기 전까지는 그리고 하나의 견해에 대해

언젠가 우리는 다시 함께 길을 떠날 거다 그도 그럴 것이 나는
우리를 봐 왔으니까 커튼이 순식간에 양쪽으로 열렸다 아 근데
뭔가 찝찝한 게 그도 그럴 것이 나는 우리를 어렴풋하게 봐 왔던
거라서 짧은 소절의 노래가 나오기 전 아 그 훨씬 전의 그 모든
일을 전진할 수 있도록 서로 돕다가 같이 넘어지기도 하고 서로
얼싸안고 다시 출발할 때를 기다리고는 했던 우리를 말이야

지금 존재하고 있거나 적어도 그 당시에 존재했던 사람인 것처럼
나도 연기할 줄 알아 나도 안다고 뭐 어쩔 수 없지 그러니까
그렇게 이야기할 수도 있는 거야 그렇게 하는 게 때때로 좋기도
하고 아 정말 좋은 순간들이지 이게 무슨 대수라고 그런다고
다치는 사람은 아무도 없어 여기에는 아무도 없으니까

자 봐 그래서 마침내 우리 뒤로 함께하는 우리 삶의 벌써 첫 번째
장이 이제는 두 번째이자 마지막 장만이 이렇게 두 번째 파트의 끝
이제는 세 번째이자 마지막 파트만이

길들이는 문제 점진적이고 동시다발적인 해답과 실행 그리고
병행하여 관계들의 이 단어가 갖는 원래 의미에서의 관계들의
시초 비약적 발전 도덕적 측면도 그래도 우선은 몇 개의 상세한
설명들을 두서너 개 정도

오른쪽으로 가면 내 오른발은 그저 익숙한 진창하고만 닿을
뿐이다 결국 다리가 최대한 접히면서 동시에 그게 들린다 내 발이
지금은 내 발에 대해서 말하고 있으니까 그러고는 곧고 뻣뻣한
핌의 두 다리를 쭈욱 스치면서 그 움직임이 보인다 위에서 아래로
내려온다 내가 딱 생각했던 대로다 그리고 하나의 설명에 대해

내 머리도 같은 움직임 내 머리가 그의 머리에 닿는다 내가 딱
생각했던 대로다 그래도 내가 틀릴 수 있다 내 머리가 그래서 뒤로
물러났다가 오른쪽으로 돌진한다 바라던 충돌이 일어난다 나는
이제 알겠어 키가 제일 큰 쪽이 바로 나야

64

나는 다시 자세를 취하고서 더 세게 그를 꽉 끌어안는다 그의
발이 내 발목쯤 온다 나보다 이삼 센티미터나 작아 이게 다 근속
연수[52]의 차이야

지금 성 안드레아 십자[53]로 뻗은 그의 두 팔 윗 가지들 비교적
닫힌 각 내 왼손이 그의 왼팔을 따라 올라가다가 그만 자루 속으로
그의 자루 속으로 쏙 들어간다 그가 그의 자루의 입구 안쪽을 잡고
있는 거다 나라면 무서워했을 텐데 내 손은 그의 손 위에 머문다
밧줄처럼 튀어나온 그의 혈관들 손은 다시 움직여 진흙탕으로
왼쪽으로 제자리로 돌아간다 그 자루에 대해서 이제 그만 일단
당장은

핌의 노랫소리에 이어 이전보다 더 깊어진 침묵 속에서 결국에는
엄청난 한 시기 멀리서 들려오는 째깍 소리 나는 그 소리에 한동안
귀를 기울인다 좋은 순간들이다

내 오른손이 그의 오른팔을 쭉 따라가다 더 이상 뻗을 수 없는
데까지 또 그 이상까지 가까스로 도달해서 손가락 끝으로 시계를
툭 건드려 본다 촉감으로는 팔찐데 딱 이렇게 나는 속으로
중얼거렸다 오른손은 해야 할 그의 역할을 곧 맡게 될 거다 나는
그래라고 하고서는 아니야라고 말하는 소리를 듣는다

더 좋아 무거운 사슬이 달린 평범한 큼지막한 회중시계 그는
그걸 손에 꽉 쥐고 있다 내 검지가 꽉 접힌 손가락들 틈을 헤집고
다니더니 이렇게 말한다 무거운 사슬이 달린 평범한 큼지막한
회중시계

나는 그 팔을 내 쪽으로 등 뒤로 끌어온다 팔이 걸려서 꼼짝을
않는다 더 또렷해진 째깍 소리 나는 그 소리를 한동안 마신다

다시 몇 개의 동작들 그 팔을 제자리에 다시 갖다 놓기 그런 다음에
내 쪽으로 다른 방향으로 위쪽으로 세네스트로[54] 걸려 꼼짝 안 할

때까지 팔을 끌어오기 그 동작이 보인다 내 왼손으로 그 손목을
붙잡기 그리고 다른 손으로는 그 팔꿈치를 힘껏 누르면서 거기로
뒤로 완전히 당기기 이 모든 일이 내 힘에는 부친다

진흙탕에서 머리를 들어 올릴 필요도 없이 어림없어 안 돼
마침내 나는 얻었다 귀에다 댄 시계 손 주먹 이게 낫네 나는
초침 소리들을 길게 마신다 감미로운 순간들 그리고 전망들

마침내 풀려난 그 팔이 약간 홱 하고 물러서더니 그대로 꼼짝을
안 한다 그 팔을 제자리로 저기 진흙탕에 오른쪽에 돌려놓는 일도
바로 내가 해야 한다 핌이 지금 이런 식으로 있잖아 핌은 이런
식으로 있게 될 거야 자세를 잡아 줄 때마다 핌은 그 자세들을
유지한다 그렇다고 뭐 대단한 일은 아니야 대체로는 바위

시계에서 나한테 지금 세 번째 파트 저기에서 오른쪽에서
진흙탕에서 버림받은 나한테 아득하게 들려오는 째깍째깍
그로부터 아무 이득도 더 이상 아무 이득도 그 어떠한 즐거움도
내가 얻지 못하다 보니 돌아오지는 않고 가기만 하는 초들을 더
이상 헤아리지도 않고 그 어떤 기간도 빈도도 측정하지 않으며 내
맥박도 더 이상 재지 않는다 아흔 아흔다섯

그 시계는 나와 함께한다 그게 다다 때때로 시계에서 째깍째깍 아
시계를 부숴서 멀리 던져 버리자 안 돼 그럼 그냥 멈추도록 놔두자
안 돼 어딘가에 걸림 시계가 멈춘다 나는 팔을 흔든다 시계가 다시
간다 그 시계에 대해서는 이제 그만

나만큼이나 그를 믿는다면 아니면 내 생각에 그는 이름이 없었다
그래서 더 편리하게 더 쓸모 있게 핌이라는 이름을 바로 내가
그한테 지어 주었다 이제 다시 과거 시제로 돌아가네

그 이름이 그의 마음에 들었던 게 분명하다 나는 그의 마음에
결국 든 것으로 이해하고 있다 끝에 가서는 그가 혼자서도 자기를

66

그 이름으로 부르고는 했으니까 핌이 있기 훨씬 전에 여기도 핌 저기도 핌 나도 핌 누가 자기 이름을 핌이라고 말할 때 나는 항상 말린다 절대로 안 된다고 누가 자기 이름을 핌이라고 말했을 때 절대로 안 되는 유일한 것이라고 다들 항상 말렸다 아 그러고 보니 그렇게 하는 게 더 낫네 그때부터 더 활기차고 말도 더 많아지고

틀이 잡히자 나는 그한테 나 역시 핌이라는 사실을 알린다 내 이름도 핌이야 거기서 그는 더 많이 힘들어 한다 혼란스러운 언짢은 순간 나는 이해해 멋진 이름이니까 그런 다음에 상황은 진정된다

나 역시 그 이름이 내게 득이 된다고 그렇게 느낀다 득이지 특히 미주알고주알 말하기 어려운 초반에 무명에서 좀 벗어난 듯한 말하자면 조금은 알려진 것 같은

나 역시 조금씩 나를 놓는 그를 느낀다 얼마 안 있으면 더 이상 아무도 없을 거야 핌이라는 멋진 이름을 가진 사람은 있었던 적도 없게 나는 그래라고 하고서 아니야라고 말하는 소리를 듣는다

내가 기다리는 사람 아 믿지도 않으면서 나는 그걸 들리는 대로 말하고 있다 그가 내게 다른 이름을 지어 준다고 그가 나를 봄(Bom)이라고 부르는 순간 나는 봄이라는 이름을 처음으로 갖게 될 거다 부르기가 더 편해서 그 이름은 내 마음에 쏙 들겠지 m으로 끝나고 한 음절이잖아 나머지는 뭐 상관없어

봄(BOM) 손톱으로 엉덩이를 가로질러 새긴 이름 모음은 똥구멍에다가 이를테면 내 삶의 현장에다가 그 내 삶이란 게 그가 억지로 살게 했던 것일지도 몰라 그 봄들을 선생님 당신은 잘 모릅니다 그 봄들을 선생님 그 봄들 중 한 명한테 똥칠을 해 보세요 선생님 그래도 그한테 굴욕감을 줄 수 없을 겁니다 한 명의 봄한테 선생님 그 봄들한테 선생님

하지만 우선은 내가 핌을 위해 핌이 나를 위해 한 일을 나를 위해
누구를 위해 나 나를 위해 하려는 자가 10미터 15미터 오고 있다는
말을 다른 이상한 말들 중에서도 특히나 이상한 그 말을 내가
듣게 되는 세 번째이자 마지막 파트를 끝내기만 하면 되도록 핌과
함께하는 삶 그게 어땠는지 이 두 번째 파트를 끝내기

발언권의 사용과 같은 다른 괴상한 말들 중에서도 특히나
괴상한 그 말을 그 발언권은 조만간 다시 나한테 올 거야 그건
그건 사실이니까 그게 나한테 다시 왔어 자 이거 보라고 나는
듣는다 나는 말한다 진흙탕에서 소리와 함께 하관의 잰 움직임들
진흙탕에 처박은 얼굴 아주 작은 소리로 온갖 종류들을 핌이라
불리는 한 사람 내가 살았을 뻔했던 한 인생 그가 있기 전에 그와
함께 그가 가서서 내가 살 수도 있는 한 인생

길들이기 문자 이전의 초창기 또는 개척기 까다로운 부분들 말하기
어려워 그저 큰 선들만 에이 스톱 내 힘에 부치는 그런 계통의
단어들 나는 허우적댔다 그는 허우적댔다 그러나 조금씩 조금씩

섹션들 사이에 가끔씩 작은 청어 한 마리 새우 한 마리 그런 일이
나한테 일어나고는 했지 이게 계속 과거형으로 가고 있네 아
정말이지 과거와 관련된 건 전부 과거형으로 하면 좋은데 온 봄
사라진 나 그리고 봄 함께하는 삶에 대해서 우리는 잘 지냈어 좋은
순간들이었지 쓸데없는 소리들 뭐 어때 작은 청어 한 마리 새우 한
마리

터지지 않았어 핌의 자루는 터지지 않았다고 정의는 없는 건가
아니면 그렇게 이해할 수 없는 일들에 속하는 몇몇 일들인 건가

내 자루보다도 더 오래된 건데 터지지 않았어 어쩌면 최상의
삼베일지도 그러면 그건 여전히 반쯤 차 있나 아니면 내가
기억하지 못하는 뭔가가 있나

터지고 텅 빈 자루들 다른 자루들은 안 그래 그게 가능한가
이 지하 감옥에서까지 은총 타령이라니 왜 우리는 모두가
평등하기를 원할까 사라지는 이들이 있으면 절대로 사라지지
않는 이들도 있는데

내가 들은 전부는 더 많이 빼놓기 전부 다 빼놓기 더는 아무 말도
듣지 않기 거기에 그냥 있기 내 자루를 품에 안고 예전의 나 지금
나에 대해서 말하니까 모든 피조물을 마지막 머저리까지 전부 다
묻어 버리는 한없이 오래된 나 좋은 순간들이 되겠지 거기 어둠 속
진흙탕에서 아무 소리도 못 듣고 아무 말도 안 하고 아무것도 할
수 없는 상태로 아무것도

그러고는 시작되는 모든 일이 그렇듯 갑자기 다시 시작된다
출발하는 건지 다시 출발하는 건지 어떻게 알지 10미터 15미터
오른발 오른손 밀고 당긴다 약간의 영상들 파랗게 보이는
구석구석들 서너 마디의 소리 없는 말들 깡통 나사를 돌리지
않기 약간의 정어리들 열리는 진흙탕 자루를 터트리기 쓸데없는
말들과 기분 나쁘게 가르랑거리는 소리 요컨대 오래된 길

더 자세히 알면 어떻게 될지 모르지만 다음 인간 말고는 다른
목적지가 없기에 그 어느 곳도 아닌 그저 다음 인간에서 다음
인간으로 나는 딱 붙어서 다음 인간에게 이름을 붙여 주고 그를
길들이고 피가 날 정도로 그의 몸을 로마자로 그것도 대문자로
뒤덮어 버리고 그의 전설들로 포식하기 마지막 게이 청어[55]를
끝내고도 좀 더 나중까지 금욕적인 사랑 안에서 살기 위해 우리는
서로 결합하기

그 화창한 날까지 그러니까 야 이리 와 봐 그가 자기 소지품을
나한테 남겨 두고 사라지자 예언이 실현되는 바로 그날까지
새로운 삶 더 이상의 여행들도 더 이상의 쪽빛도 없을 거야
진흙탕에서의 속삭임 그건 그건 사실이야 전부 다 틀림없는
사실이라고 그러고는 누군가가 온다 누군가가 와 10미터 15미터

내가 핌을 위해서 핌이 나를 위해서 하게 될 일

내가 들은 전부는 더 이상 아무 소리도 듣지 않기 핌 이전처럼
거기에 있기 핌 이전처럼 핌 이후에도 내 자루를 품에 안고
그다음에 갑자기 나의 다음 인간 쪽으로 향하는 오래된 길 10미터
15미터 밀고 당긴다 계절마다 나의 첫 번째 인간 쪽으로 향하는
나의 유일한 계절 다행히도 길지 않은 쓸데없는 소리

첫 번째 수업 그가 노래한다는 주제 내가 손톱들로 그의
겨드랑이를 푹 찌른다 오른손 오른쪽 겨드랑이 그가 비명을
지른다 내가 손톱들을 빼낸다 머리통에 강펀치 그의 얼굴이
진흙탕에 쿡 박힌다 그가 잠잠하다 첫 번째 수업 끝 휴식

두 번째 수업 같은 주제 겨드랑이에 손톱들 비명 머리통 가격 침묵
두 번째 수업 끝 휴식 내 힘에 부치는 이 모든 일

아니 이 사람은 바보가 아니야 그가 속으로 말하는 게 틀림없어
나는 그의 입장에 서 본다 그는 도대체 나한테 뭘 원하는 걸까
아니 그보다는 이렇게 나를 학대하면서 도대체 나한테 뭘 원하는
걸까 그리고 점차 혼란스러워지는 답변 엄청난 시기들

내가 소리치는 걸 원하지 않아 이건 너무나도 분명해 그러면 곧장
나를 벌하니까

단순하고도 순수한 사디슴으로 그렇지도 않아 비명을 지르지
못하게 하잖아

어쩌면 내 능력을 벗어나는 일 꼭 그렇지만도 않아 그 생물은
바보가 아니야 그게 느껴져

무엇을 나에 대해서 알고 있는 걸까 노래할 수 있다는 거 그래서
내가 노래하기를 원하는 거구나

내가 그라면 결국에는 속으로 했을 법한 말 그게 그럴듯하게
보이기는 하지만 내가 틀릴 수도 있다 게다가 나는 그리 똑똑하지
않은 게 분명해 그렇지 않으면 죽었을 테니까

이러거나 저러거나 그날이 온다 또 그 말 우리가 그날에 이른
거야 얼마나 오래 있다가 그게 셈값이 없어 진작에 생살이 드러난
겨드랑이를 할퀴었던 엄청난 한 시기 사실 부위를 바꾸고자 하는
시도가 있다 될 대로 되라는 심정 더 민감한 다른 부위를 할퀴기
눈 귀두 안 돼 겁만 줘 치명상은 특히나 안 돼

그러니까 겨드랑이를 할퀴었던 그날 비명을 지르는 대신 그가
노래를 부르는 거다 음이 높아진다 현재형으로 이게 다시
현재형으로 돌아가네

나는 내 손톱을 드러낸다 그는 같은 노래를 계속 이어 간다 이번
나는 음악을 꽤 잘 아는 사람 같다 이번 내 삶에서 내가 그런
능력을 갖다 보니 이번에는 허공을 떠도는 몇몇 단어들을 포착
두 눈 하늘들 사랑 이 마지막 단어도 어쩌면 복수형 마 쥑이네 오
우리가 같은 사투리를 쓰다니 야 엄청난데

이게 끝이 아니다 그가 멈춘다 겨드랑이에 손톱을 그가 다시
시작한다 자 봤지 성공이야 겨드랑이 노래 그러니까 내가
스위치를 켤 때마다 이제부터는 매번 음악을 즐길 수 있는 만큼
확실히 그 음악은

이게 끝이 아니다 그가 계속한다 머리통 가격 그가 멈춘다 자
그러면 같은 식으로 그를 멈춰 보자 어느 상황에서든지 스톱을
의미하는 머리통 가격 그러니까 잘 생각해 보면 적어도 말과는
분명 연관되어 있는 거의 기계적인 방식으로 그 일은

기계적인 왜 왜냐하면 머리통 가격으로 지금은 머리통 가격을
말하고 있으니까 그 가격으로 얼굴이 진흙탕에 처박히니까 입 코

또 눈까지 그러니 도대체 뭐가 핌한테 문제가 될 수 있을까 그가
이따금씩 할 수 있는 일로서 나는 괴물이 아니거든 몇 마디 말
그런 말 말고 그한테 다른 게 뭐가

나는 그가 해 줄 수 없는 일 예컨대 물구나무를 서라거나 서
있으라거나 무릎을 꿇으라는 그런 일들을 쓸데없이 부탁하지는
않을 거야 그럼 분명 그럴 거야

똑바로 누우라거나 모로 누우라는 일도 원한 같은 건 없어 지금은
더 이상 그 누구한테도 할 수 없는데 반드시 해 주기를 더는
끈질기게 바라지 않아 엄청나게 큰 심벌즈 활짝 벌린 거대한 두
팔 200도 그러다 펑 파박 기적이야 기적 불가능한 걸 불가능한 걸
하는 거야 불가능한 걸 겪는 거야 아니 분명 그렇지 않아

그저 그가 노래하는 거나 말하는 것만 에이 그래도 전자보다는
후자가 아닌가 초반에는 그냥 말하기 그가 원하는 일이고 그가
이따금씩 할 수 있는 일이니 몇 마디 말을 그 이상은 됐고

그러니까 첫 번째 수업 두 번째 시리즈 하지만 우선 그한테서 저기
그의 자루를 빼앗기 그가 저항한다 나는 뼈가 드러날 정도로 그의
왼손을 할퀸다 그게 멀리 있지 않네 그는 비명을 지르면서도 놓지
않는다 그때부터 그가 흘려야만 했던 피 엄청난 한 시기 나는 나쁜
놈이 아니야 그렇게 말했던 게 분명하다 자루에 접근 잡았다 나는
그걸 손에 넣는다 내 왼손이 그 안으로 쑥 들어가 깡통 따개를
찾아 샅샅이 뒤진다 여기서 여담 하나

보충 설명이 필요해서는 아냐 무슨 문제가 있는 것도 아니고 아니
오래전부터 그렇게 우리가 함께하니까 많은 커플들이 좋아할
것 같아서 살 만큼 살고서 불평 한 마디 없이 죽어 가는 서로를
지켜봐 줄 것 같아서

그리고 핌은 그 시기 내내 엄청난 한 시기 미동조차 안 해 그저

입술과 그 언저리 즉 노래를 부르기 위한 비명을 지르기 위한
하관만 그리고 그는 절대로 보지 못할 시간이 연녹색으로
변화시킬 오른손에서 간간이 일어나는 발작적 움직임과 싫겠지만
분명 나로 인해 전달되는 움직임들만 있을 뿐 핌은 먹지도 않았다

나 응 먹었어 아무 말 없이 말이 다 안 끝났어 거의 아무 말 없이
아 이 정도도 너무 과해 나 나는 먹었어 내가 그에게 먹을 걸 줬지
진흙에 털에 가려 안 보이는 입에다 무작정 쑤셔 넣었어 대구
간 또는 그 비슷한 게 뚝뚝 떨어져 내리는 내 손바닥 마구 비벼
댔으나 헛수고 만일 그가 여전히 영양을 공급받고 있다면 그건
진흙 때문이야 만일 그렇다면 내가 늘 말했잖아 이 진흙이 결국
시간을 두고 천천히 모세관현상[56]으로 삼투현상[57]으로

혀가 나올 때에는 혀를 통해 입이 반쯤 열릴 때에는 입을 통해
콧구멍이 눈이 반쯤 벌어지고 떠질 때에는 콧구멍을 눈을 통해
항문은 아니야 그건 공중에 떠 있잖아 귀는 그것도 아니야

마지막 한 방울까지 오줌을 다 누고 그렇게 다 내보내고 한순간 쭉
빨아들이는 아마도 요도를 통해서도 몇몇 모공들도 역시 아마도
요도를 통해서 상당히 많은 수의 모공들을 통해서

이 진흙이 내가 늘 말했잖아 이 진흙이 당신을 지탱해 주고 있는
거라고 살아 있는 진흙 인간[58]아 그런데도 그는 자루에 달라붙어
있다 바로 이 상황에서 아까 이야기가 나왔던 거다 나는 이걸
들리는 대로 말한다 자루는 그한테 그저 베개 대용인가 그게 또
그렇지도 않아 창밖으로 떨어진 사람이 창가에 매달리는 바로 그
자세로 그는 팔을 쭉 뻗어 자루를 꽉 움켜쥐고 있다

아 그렇지 않다고 이보세요 그 자루는 내가 늘 말했잖아 그 자루는
우리 같은 사람들한테는 식료품 저장고와는 머리용 쿠션과는
다정한 존재와는 껴안을 만한 어떤 물건과는 키스로 뒤덮을 만한
무슨 거죽과는 다른 거라고 완전히 다른 거야 이제 자루를 어떤

식으로도 사용하지 않고 그저 거기에 달라붙어 있다 나는 그 덕에
이걸 얻게 되었다

지금 내 왼손은 두 번째 파트 후반부 지금 내 왼손은 뭘 하고
있을까 휴식 중 그 손이 핌의 왼손 옆에 있는 자루를 꽉 쥐고 있다
그 자루에 관해서는 이제 그만 깡통 따개 깡통 따개를 곧 핌이
말할 거야

그렇게나 많은 깡통들이 아직도 거기에 내가 기억 못 하는 뭔가가
나는 깡통들을 한 캔 한 캔 진흙탕에다 꺼내 놓는다 언제나
왼손 마침내 깡통 따개까지 그 따개를 입에 문다 깡통들은 도로
집어넣는다 그렇다고 전부 다 넣겠다는 말은 아니다 그리고
그러는 동안에 내 오른팔은

그 시기 내내 엄청난 한 시기 그 모든 게 다 내 힘에 부쳐 정말이지
핌과 있으면 내 힘이 쭉 빠진다니까 우리는 둘이다 내 오른팔이
그를 내 쪽으로 바짝 끌어당긴다 사랑 버림받는 것에 대한 두려움
이 두 감정이 다 약간씩 모르지 말을 안 하니까 그리고 그다음에는

그다음에는 옆으로 쭉 뻗은 내 오른 다리로 그의 두 다리를 꼼짝
못 하게 제압한다 그 움직임이 보인다 내 오른손으로 깡통 따개를
잡는다 척추를 따라 그걸 아래로 쭉 내리다가 그의 엉덩이에 푹
찔러 넣는다 똥구멍이 아니고 아 그건 아니지 궁둥이 한쪽 궁둥이
그가 비명을 지른다 나는 깡통 따개를 다시 뽑는다 머리통 가격
그가 잠잠해진다 이제는 자동이구나 첫 번째 수업 끝 두 번째
시리즈 휴식 여기서 여담

이 깡통 따개 더 이상 쓸 일이 없을 때는 이걸 어디에다 놓을까
자루에 다시 넣어 깡통들이랑 같이 보관할까 아니 그건 분명
아니야 손에 들고 있을까 입에다 그것도 아니야 근육이 다시
이완된다 진흙탕이 삼킨다 그러면 어디에

핌의 궁둥이 사이 여기다 이걸 끼워 넣을까 탄력이 거의 없지만
그래도 아직은 괜찮아 여기라면 깡통 따개가 어떻게 될 일은 없어
그러면서 나는 속으로는 이게 말이 되나 어딘가에 저기 어딘가에
있는 말이니까 나한테 동반자가 있었더라면 나는 보다 완벽한
사람이 됐을 거야라고 말한다

거기도 아냐 넓적다리 사이 밑에다 여기가 낫네 뾰족한 부분만
아래로 향하게 해서 배[梨] 모양 손잡이에 작은 알뿌리처럼 생긴
게 튀어나와 있으니까 여기라면 깡통 따개가 잘못될 일은 없어
그러면서 나는 속으로는 너무 늦었어 동반자라 너무 늦었어라고
말한다

두 번째 수업 그러니까 두 번째 시리즈 같은 원칙 같은 전개 세
번째 네 번째 그렇게 계속 엄청난 한 시기 그날까지는 또 그 말
엉덩이를 찔리고서도 그가 비명을 지르는 대신에 노래를 부르는
바로 그날까지 참 얼마나 멍청한지 그 핌 말이야 하도 멍청해서
뿔과 검을 엉덩이와 겨드랑이를 헷갈리잖아 그래서 그가 터득한
요령 다행스럽게도 내가 당신들한테 장담하건대 그는 바보가
아니야 그는 분명 속으로 생각했을 거야 나한테 또 무엇을 원하는
걸까 이 새로운 순교는 무슨 의미일까

내가 비명 지르기를 아니 노래 부르기를 그것도 아니지 거기는
거기는 잔인하고도 음탕한 겨드랑이잖아 아니 우리가 본 바로는
그렇지 않아 정말이지 난 이해가 안 돼

다 각자 생각이 있다는 거 그건 분명하다 그 존재는 너무
영리해서 나한테 불가능한 일은 요구하지 않는다 그러면 나한테
불가능하지 않은 일은 뭘까 노래하기 울기 또 뭐가 있을까 내가
할 줄 아는 다른 일이 또 뭐가 있을까 엄밀하게 말해서 내가 할 수
있는 일은 뭘까

이렇게 말해도 된다면 아마도 생각하기 그게 가능해 나는 지금 또

뭘 하고 있지 아니 이럴 수가 다시 시작하고 있잖아 울부짖음들
머리통 가격 침묵 휴식

그러니까 그거 역시 그렇지가 않은 거야 가능한 일이 그래 아니야
정말이지 나는 이해가 안 돼 만일 내가 물어본다면 할 수만 있다면
나는 언젠가 조만간 물어볼 거야

아니야 바보가 아니야 단지 느릴 뿐 그러다 그날이 온 거야 우리가
그날에 이른 거지 궁둥이를 찔린 그날 지금은 그저 하나의 상처일
뿐 비명 대신에 짧은 중얼거림 결국 해냈네

절굿공이를 쓰듯 깡통 따개 손잡이로 오른쪽 허리 가격 내
쪽에서는 그쪽이 더 편해 비명 머리통 가격 침묵 짧은 휴식 엉덩이
찌르기 알아들을 수 없는 중얼거림 허리에 결정적 한 방 더 강한
비명 머리통 가격 침묵 짧은 휴식

그렇게 잡고 그런 식으로 계속하기 때때로 습득한 걸 잊지 않도록
겨드랑이로 회귀 음이 높아진다 효과가 있네 퍽 갑자기 끊긴다
그 모든 일로 인해 나는 죽을 지경이다 나는 곧 그만둘 거다 어느
날 허리에다 날렸을 때 그는 바보가 아니야 단지 느릴 뿐 마침내
비명을 지르는 대신에 그가 또박또박 말을 하는 거다 저기 당신 난
뭐 난 않 저기 당신 난 뭐 난 않 괜찮아 괜찮아 알았어 머리통 가격
결국 해냈네 그가 아직 습관을 들이지 못한 상태지만 앞으로는
그렇게 될 거다 아 여기 내가 기억하지 못하는 뭔가가

나는 그의 넓적다리 사이에다 도구를 정리하고 그의 두 다리에서
내 다리를 치우고 내 오른팔로 그의 양어깨를 꼼짝 못 하게 휘어
감는다 이거 꼭 자루 같네 그는 나를 떠날 수 없지만 그래도
경계를 늦추지 않는다 긴 휴식 그렇게 하면서 속으로는 저기에
있는 말[言]이니까 너무 늦었어 물론 그렇기는 하지만 그래도 벌써
얼마나 더 좋아졌는지 자 내가 해낸 거야라고

거짓된 존재의 난무 함께하는 삶 스치는 수치심들 나는 실존하지
않는다는 사실에 당황하지 않아 영원하지는 않겠지만 시간이
말해 주겠지 지금도 그러는 중이고 하지만 이런 진창에서 참 나
그마저도 그마저도 참 나 하관의 잰 움직임들 이용해 보자 침묵
모아 보자 죽음과도 같은 침묵 버텨 보자

이어지는 교육 애쓰지 마 건너뛰자

기본적인 자극 리스트 1 노래해 손톱으로 겨드랑이를 2 말해 깡통
따개의 철제 부분으로 엉덩이를 3 스톱 머리통에 주먹질 4 더
크게 깡통 따개 손잡이로 허리를

5 좀 작게 검지를 항문에다 6 브라보 궁둥이에 기마 자세로
올라타서 찰싹 7 틀렸어 3번과 동일 8 다시 때에 따라 1번이나
2번과 동일

그 모든 걸 오른손으로 이렇게 나는 말했다 그리고 왼손은 그
시기 내내 엄청난 한 시기 이렇게 나는 말했고 밖에서 사방에서
까까거렸던 게 내 안에서 하는 말을 들었고 진흙탕에서 속삭였다
왼손은 핌의 왼손 옆에 있는 자루를 잡고 있다 내 엄지가 그의
손바닥과 접힌 손가락들 사이로 슬쩍 들어갔다

글씨 그다음에 핌의 목소리 그가 사라질 때까지 두 번째 파트의 끝
이제는 세 번째이자 마지막 파트만

손톱으로 그러니까 오른손 검지로 내가 새긴다 그러다 손톱이
부러지거나 빠지면 그게 다시 자랄 때까지 다른 손톱으로 멀쩡한
핌의 등판에다 우리 문명에서 하는 것처럼 왼쪽에서 오른쪽으로
또 위에서 아래로 나의 로망어를 대문자로 새긴다

힘든 시작들 그다음은 좀 수월해 그는 바보가 아니야 단지 느릴 뿐
그는 결국 전부 다 거의 전부 다 알아듣잖아 할 말이 없네

77

거의 없어 신에 대해서도 나의 비 나의 화창한 날씨[59] 신(神)
유년기 때처럼 약간은 자주 한 질문 뭔가 애매한데 신에 대해서도
그는 결국 알아듣잖아 거의

유년기의 어느 순간 세상의 죄들을 짊어진 검은 어린양[60] 청소된
세상 삼위(三位)[61] 이 정도만 해도 확실히 알 거야 그래서 그
믿음 그때 열 살 열한 살 때부터의 인상 내가 가져 본 적 있는 것
같은 그 믿음 그때부터 엄청난 한 시기 내가 그 믿음을 되찾으러
갔었다는 인상 푸른 망토[62] 비둘기[63] 기적들 그는 알아들었다

내가 가져 본 적 있는 것 같은 그런 어린 시절 그 일을 믿는 것에
대한 어려움 익사체들처럼 수면 위로 올라오다 보니 거슬러
올라가다 보니 태어난 것 같은 거슬러 올라가다 보니 어둠 속
진흙탕에서 죽어야 하는 나이에 오히려 팔순 노인으로 태어난 것
같은 인상 그리고 어쩌고저쩌고[64] 촘촘하게 적혀 있는 활자들로
가득한 네 개의 등판 어린 시절 믿음 푸른색 기적들 다 없어졌어
사실 가져 본 적도 없었지

봐 왔던 푸른색 흰 먼지 보다 최근에 생긴 즐거운 불쾌한 인상들
말하자면 어떠한 감정에도 휘둘리지 않는 인상들 쉽지 않은 일들

줄 하나 바꾸지 않고 쉼표 하나 찍지 않고 단 1초도 생각할 겨를
없이 단숨에 검지의 손톱으로 그 손톱이 떨어져 나갈 때까지
그래서 여기저기에서 피가 나는 지쳐 버린 등 어제처럼 그게 거의
끝나 가고 있었다 엄청난 한 시기

어서 빨리 초창기 또는 개척기에서 단순한 예들 중 하나를
그다음에 핌한테 말을 그가 사라질 때까지 두 번째 파트의 끝
이제는 세 번째이자 마지막 파트만

손톱으로 그러니까 오른손 검지의 손톱으로 대문자들을 매우
크게 두 줄 꽉 채워서 소통은 더 짧게 활자들은 더 크게 그저 무슨

말이 하고 싶은지 약간만 미리 알고 있기만 하면 돼 그 역시도
커다란 장식 문자가 새겨지고 있는 걸 느낀다 뱀들 꼬마 악마들
아주 좋아 금방 될 거야 **너 핌**[65] 짧은 휴지(休止) **너 핌** 고랑 안에다
여기 난감한 일이 그가 알아차렸을까 어떻게 알겠어

그의 엉덩이를 그냥 찌르기 이는 즉 말해 그는 할 수 있는 말을
닥치는 대로 하겠지만 확인 작업이 나한테는 확인 작업이
필요하다 그래서 언제나 대답해를 의미하는 특별한 방식으로
그를 찌르기 그래 내가 하는 일이 바로 이런 거야 얼마나 더
좋아졌는지 자 내가 해낸 거야

형용할 수 없는 특별한 한 방 손재간 나를 만족시키는 일 어느 날
엄청난 한 시기 나 팀(Tim) 또는 짐(Jim) 핌은 아니고 어쨌거나
아직도 등 그 등은 아직도 균일하게 예민하지 않아 하지만 그렇게
될 거다 이것도 이미 대단한 거야 해낸 거지 휴식

이제 다시 시작하기만 하면 돼 용기를 잃지 않기만 하면 된다고
P 자를 아주 깊게 파고 그를 제대로 찌르면서 로마자의 모든
자음들을 다 시도해 보는 한이 있더라도 언젠가는 그가 결국
대답하게 만들기 위해서는 그거야 당연하지 나 핌 그가 하는 일은
결국 뻔했지 나 핌 엉덩이에 기마 자세로 올라타 찰싹 넓적다리
사이에 둔 깡통 따개 그의 빈약한 어깨를 두르는 팔 휴식 해낸
거야

그런 식인데 다른 예들로 뭘 하겠어 그는 나쁜 학생이었어 나는
나쁜 선생 그런데 길고 긴 시간 꼭 해야만 했던 그 약간의 말은
그거 아무 말도 아니었어

나는 아무 말도 그저 이렇게 말하다 저렇게 말할 뿐 네 삶 저 위
네 삶 짧은 휴지 내 삶 **저 위** 긴 휴지 저 위 **그 속에** 그 **빛** 속에
짧은 휴지 빛 그의 삶 저 위 그 빛 속에 거의 옥토실라브[66] 모든 걸
고려해 보니 하나의 우연

나 그러니까 나에 관해서는 아무 말도 내 삶 어떤 삶 전혀 아무
말도 거의 전혀 그자 역시도 아니면 강요받아서 자기 뜻대로
전혀 하지만 일단 한번 시작되면 정말 기쁘게 인상 아니면 착각
그는 당최 멈추지를 않았다 머리통을 때로는 아가리와 연결된
모든 도관(道管)을 열 대 열다섯 대까지 가격 상황이 좆같을 때는
때리고 때려야만 했다

분명 엄청나게 많은 부분이 지어낸 이야기 엄청나게 많은 부분
모르고 있는 한 가지 위협 피나는 엉덩이 예민한 신경들 지어낸들
어떻게 알겠어 상상인지 실재인지 할 수 없지 말하지 않으니까
아 뭐가 중요하다고 중요하지 그건 중요했어 그건 아이고 참
대단하네 중요한 한 가지

그 삶 그러니까 그가 살아 봤을 수도 지어냈을 수도 기억해 냈을
수도 있는 그 삶 그게 다 약간씩 있을 수도 어떻게 알겠어 그걸 저
위의 그걸 그가 내게 주었다 나는 그걸 내 것으로 만들었다 내게
불러 주었던 노래 특히 하늘들 특히 그가 다녀 봤던 길들 하늘에
따라 그 길들은 얼마나 달라졌던가 또 섬들로 가느냐 섬들에서
돌아오느냐에 따라 대서양으로 저녁마다 대양으로 인도했던 그
길들 그때의 기분은 뭐 그닥 사람들 아주 적은 수의 사람들 항상
똑같은 사람들 나는 취할 건 취했고 버릴 건 버렸다 좋은 순간들
남은 건 아무것도 없다

산 자들 틈에서 돌아온 소중한 핌 다른 이가 그한테 삶을 줬다
좋기도 나쁘기도 한 그 개 같은 삶을 나는 그걸 다른 이한테 줄
거다 밖에서 사방에서 까까거렸다가 지금 내 안에 있는 목소리가
그렇게 말했다 어둠 속 진흙탕에서 그 말을 어떻게 믿지 저 위에는
대대로 영원토록 단 하나의 삶만 있다니 기호에 따라 그게 거의
맞다 어떤 필요에 따라 움직이는 단 하나의 삶만 있다니

자 그걸 내 것으로 내가 느끼는 필요 가장 절실하게 느끼는
필요 자 항상 똑같은 삶의 변화무쌍한 면모들 필요들에 따라 늘

변화하는 면모들 하지만 그 필요들은 그 필요들은 그러니까 그게
안 그런가 언제나 똑같은 필요들 대대로 똑같은 갈증들 목소리가
그렇게 말했다

목소리가 그렇게 말했다 나는 차례대로 한 명 한 명 너희들 말고
우리들한테 그걸 속삭인다 똑같은 갈증들 여기처럼 변함없는
필요들에 따라 움직이는 저 위의 단 하나의 삶 단 하나의 삶이라
스스로 믿으려고 하지 않는 이상 그걸 어떻게 믿지 게다가 그건
날에 따라 그날의 기분에 따라 달라지잖아 기분이란 게 약간씩
변하니까 그래서 이렇게 자신한테 말하기도 하잖아 아무 소리도
없네 오늘은 너희를 가로막는 건 아무것도 없어 나는 어제보다는
약간 덜 우울한 것 같아 너희를 방해하는 건 아무것도 없어

더 이상 내게 보이지 않았던 것들 소소한 장면들 그 장면들 대신에
첫 번째 파트 펌의 목소리 빛 속의 펌 낮과 밤의 푸른색 소소한
장면들 커튼이 열렸다 진흙탕이 진흙탕이 갈라졌다 거기에 불이
들어왔다 그것도 역시 나를 위해 그가 봤다 이렇게도 말할 수 있을
거야 그럼 안 될 것도 없지

나한테는 질문들이 그한테는 대답들이 점점 더 줄어들면서 점점
더 길어지는 침묵들 엄청난 시기들 빛 속에서 지긋지긋해진 삶
질문 전부 얼마나 자주 그게 더 이상 셈값이 없어 이제는 시간도
없고 나보다 먼저 어둠 속 진흙탕에서 보낸 그의 삶에 관한 엄청난
셈값 엄청난 시기 그가 여전히 살아 있는지 특히나 알아볼 문제
나보다 먼저 여기서 보낸 네 삶 완전한 혼란

오 신이여[67] 신에 대해서 궁여지책 완전한 혼란 그는 신을
믿었을까 그는 신을 믿었어 그러고는 그만뒀지 더는 할 수 없어서
그만의 이유들로 이 두 상황에서 오 나의 신이여

나는 그를 찔렀다 내가 아주 오래전에 그저 그가 여전히 살아
있는지 알아보려고 결국에는 그를 찔렀던 것처럼 빡 진흙탕에서

머리통 가격 죽을 수 없는 형제의 더러운 눈물들

그가 하나의 목소리를 듣는다면 만일 그렇다면 얼마나 좋을까
그가 하나의 목소리를 여러 개의 목소리들을 들었다면 만일
그랬다면 얼마나 좋았을까 나는 그걸 그한테 물어본 적이
있었다 불가능한 일이야 나는 아직 들어 본 적 없어 목소리든
목소리들이든[68] 어떻게 알아 확실히 아니야

나 역시도 결국에는 목소리를 더 이상 듣지 못할 거야 더 이상
전혀 들리지 않는 목소리 목소리가 그렇게 말했다 나는 그걸
속삭인다 유일한 목소리 그의 목소리 아니 그의 목소리도 아니야
핌은 이제 없으니까 핌이 있었던 적은 없어 목소리가 있었던
적도 어둠 속 진흙탕에서 그걸 어떻게 믿지 목소리가 없어
영상들도 없고 결국은 진작에

대표적인 예들 떠오르는 생각 기억이 난 건지 상상을 한 건지
어떻게 알지 저 위의 삶 여기의 삶 하늘에 계신 하나님 그래
안 그래 만일 그가 나를 조금이라도 사랑한다면 만일 핌이
나를 조금이라도 사랑한다면 그래 안 그래 만일 내가 어둠 속
진흙탕에서 내가 그를 사랑한다면 여하튼 약간의 애정 누군가가
결국 당신을 찾아내듯이 누군가를 찾기 서로 꼭 달라붙어서 함께
살기 조금이라도 서로를 사랑하기 사랑받지 않아도 조금이라도
사랑하기 사랑할 수 없어도 조금이라도 사랑받기 거기에 답하기
모호한 채로 애매하게 내버려 두기

두 번째 파트의 끝 첫 번째 파트는 끝났어 이제 남은 건 세 번째이자
마지막 파트 좋은 순간들이었어 앞으로 좋은 순간들도 덜 좋은
순간들도 있겠지 기대해 볼 필요가 있어 하지만 그보다 먼저 작게
한 바퀴를 마지막 한 바퀴를 영혼에 대한 새로운 입장과 인상

나는 자루를 놓는다 핌을 풀어 준다 아 그게 이런 거야 최악은
자루를 놓는 거 자자 힘내서 전진 허리를 왼쪽으로 반쯤 꺾고

오른발 오른손 밀고 당긴다 오른쪽으로 오른쪽으로 그를 놓치지 않기 그의 머리 앞에 머리핀 계속 오른쪽으로 그런 다음에 그의 오른팔 위로 허리를 다시 길게 펴기 바짝 다가가기 그리고 스톱 그의 발이 머리에 닿고 그의 발이 내 머리에 닿고 긴 휴식 커져 가는 불안

갑작스러운 복귀 서쪽과 북쪽 스칠 듯 지나가면서 오른손으로 나는 축 늘어진 그의 피부를 붙잡고는 내 몸을 앞으로 끌어당긴다 내 자리까지 돌아오는 마지막 작은 한 바퀴 그 자리를 떠나지 말았어야 했다 나는 이제 내 자리를 떠나지 않을 거다 나는 다시 자루를 잡는다 그는 움직이지 않았다 핌은 움직이지 않았다 우리의 손이 서로 닿는다 긴 휴식 긴 침묵 엄청난 시기

저 위의 네 삶 빛은 더 이상 필요 없어 단지 두 줄만 핌한테 말을 그가 고개를 돌린다 두 눈에 고인 눈물 내 두 눈 내 눈물 내게 그런 게 있다면 사실 내게 그런 게 필요했던 때는 바로 그때야 지금은 아니고

진흙탕에 닿은 그의 오른뺨 내 귀에 닿은 그의 입 포개진 우리의 좁은 어깨 내 털들과 뒤섞인 그의 털들 인간다운 숨결 새된 속삭임 너무 큰 소리를 내면 엉덩이 안에 손가락 나는 이제 움직이지 않을 거다 나는 아직도 그 자리에 있다

이내 참을 수 없어서 머리통 가격 긴 침묵 엄청난 시기 깡통 따개 궁둥이 또는 대문자들 만일 그가 그만 맥락을 잃으면 **네 삶 멍청한 놈 저 위 멍청한 놈 여기 멍청한 놈** 처음부터 끝까지 하나하나 흩어진 파편들을 다양한 생각의 순서들로 뭐 그 정도는 아니야 그래도 결론적으로는 좋은 것 같아 주거니 받거니 **너는 날 사랑하니** 아니 또는 겨드랑이 손톱 그리고 짧은 노래 결론적으로는 좋은 것 같아 두 번째 파트의 끝 이제 남은 건 세 번째이자 마지막 파트 그날이 온다 내가 그날에 이른다 봄(Bom)이 도착한다 **너 봄 나 봄 나 봄** 너 봄 우리 봄

그가 도착한다 나는 갖게 될 거야 하나의 목소리를 내 목소리
말고는 그 어떠한 목소리도 들리지 않을 거야 속삭임 한 인생을
살겠지 저 위에서 여기서 다시 보게 될 거야 내 물건들을 진흙탕
밑에서 약간의 파란색을 약간의 하얀색을 우리의 물건들을
소소한 장면들을 특히 하늘들과 길들을

그리고 나는 있잖아 나를 보게 될 거야 나는 있잖아 나를 잠깐
보게 될 거야 10초 15초 아주 조용히 구석에 박혀서 또는 드디어
다가온 밤에 빛이 적을 때 약간 더 적을 때 좋은 순간들 다음
사람한테로 훨씬 더 훌륭하고 더 믿음직스러운 그 마지막
사람한테로 나를 서둘러 보내는 잠자리에 든 사람들 그럼 좋긴
할 거야 좋은 순간들 나는 무엇을 갖고 있게 될까 얼마나 좋은
순간들을 저 위에서 여기서 이제 남은 건 천국으로 올라가는 일뿐

대표적인 예들 저 위의 내 삶 핌의 삶 핌에 대해서 말하는 거니까
저 위의 내 삶 내 아내 그만 깡통 따개 궁둥이 굼뜨게 움직이자
그가 흥분한다 머리통 가격 긴 침묵

저 위의 내 아내 팸(Pam) 프림(Prim) 이제 기억도 안 난다 그녀는
이제 보이지 않는다 그녀는 몸에 난 털 뭉치를 깎고는 했어 그걸
본 적은 없지만 나는 그자처럼 말하고 있다 나는 나는 말하고
있다 그자처럼 나에 대해서도 말하고 있으니까 작은 다발들 새[鳥]
문법[69] 더는 그렇게 보이지 않아 그다음에 구멍 속으로 퐁당

나는 그자처럼 말하고 있다 봄은 나처럼 말할 거다 여기서는
오로지 한 가지 말투로 차례대로 목소리가 그렇게 말했다
목소리가 우리처럼 말한다 우리 모두의 목소리 헐떡임을 멈출
때 사방에서 까까 그런 다음에 우리 안에서 파편들 바로 그
목소리로부터 우리는 지켜 나간다 우리의 오래된 말투를 각각
각각의 방식 각각의 필요들 각각 할 수 있는 대로 목소리가
잠잠하다 우리의 목소리가 시작된다 다시 시작된다 어떻게 알지

팸 프림 서로 사랑을 나눴다 날마다 3일마다 그러다가 토요일마다
그러다가 이렇게 가끔씩 없애 버리기 위해서 엉덩이에서부터
다시 시작하려고 했다 너무 늦었어 그녀는 창에서 떨어졌거나
뛰어내렸다 부러진 척추

병원에서 모든 날들을 온 겨울을 다 보내기 전에 그녀는 나를 모든
사람들을 온 세상을 용서했다 그녀는 훌륭해져 갔다 신이 그녀를
다시 불렀다 푸른 산 우스꽝스러운 생각 나쁜 생각은 아냐 해 질
녘 그때 임종의 순간에 그게 다시 자라났다

머리맡 탁자 위 꽃다발 그녀는 고개를 돌릴 수 없었다 그 꽃다발이
내 눈에 선하다 나는 팔을 뻗어 그녀의 눈앞에 그 꽃다발을
들이밀었다 눈에 선한 것들 그녀 눈앞에 있는 오른손 왼손 그게
내 방문이었다 그 시기에 그녀가 용서를 했던 거다 데이지 다발
라틴어로 진주 다 찾아봤는데 이게 내가 알아낸 전부다

하얀색 래커로 칠한 철제 침대 폭은 50 온통 하얀 색이었다 다리가
긴 침대 그 가구에서 나는 사랑을 실컷 봤다 다른 이들의 가구들을
보니 사랑받는 존재는 아닌 듯 어디 고백해 봐요

꽃병을 들고 푸르스름한 긴 컵 침대 발치 가장자리에 앉은 우리
공중에 떠 있는 발들 우리 사이에 있는 꽃다발 그 사이로 보이는
얼굴 그게 어땠는지 이제는 기억나지 않지만 그저 백묵처럼
새하얀 것만 빼고는 온전한 얼굴 그 얼굴에는 아무 흉터도 없었다
아니면 내 시선이 머물 곳을 못 찾았던 거다 그 다발의 꽃은 족히
스무 송이는 넘었다

거기서 나왔다 가로수들이 줄지어 있는 내리막길 다 똑같이 생긴
수천 그루의 가로수들 같은 종류 무슨 종류인지는 전혀 몰랐다
곧장 뻗어 있는 수 킬로미터의 경사로 그런 건 본 적이 없었다 그
겨울에 그 꼭대기로 빙판길을 오르는 고역 서리 맞은 검은 가지들
회색 가지들 저 위 저 끝에서 죽어 가며 용서하는 아주 새하얀 그녀

그녀가 사정을 했던 호랑가시나무 담쟁이덩굴 뭐 그런 거에서
약간의 색 약간의 초록색 매우 많이 하얀 나무 작고 둥근 열매
뭐 그런 거를 그녀한테 말하기 찾을 수가 없었다고 적절한 말을
찾기 장소들을 생각해 내기 분명 7월 여름에 그렇게 부탁을 했던
거 같은데 아우 적절한 말을 찾기 그녀한테 내가 찾아다녔던
장소들을 말하기 왼발 오른발 한 발 앞으로 두 발 뒤로

저 위의 내 삶 저 위의 내 삶에서 내가 했던 일이라 모든 일을 다
약간씩 시도해 보고 포기했지 그게 해볼 만했어 항상 똑같은 전개
언제나 먹어 치워야 할 구멍 파멸 그렇다고 헛짓거리에 재능이
있는 건 절대로 아니야 그런 번거로운 일이나 하려고 만들어진
존재도 아니고 구석구석 떠돌아다니기 그리고 잠자기 전부 내가
하고 싶어 했던 일 나는 그렇게 했고 이제 남은 건 천국으로 가는
일뿐

아빠라 아무 생각도 안 나 건물 안 아마도 어딘가로 비계(飛階)에서
떨어졌어 엉덩이로 아니 떨어졌던 게 비계가 아니라 아빠도 같이
떨어졌다고 엉덩이로 100킬로 박살 나 죽었지 틀림없이 아빠였을
거야 아니면 삼촌이던가 뭐 신만이 알겠지

엄마라 역시 생각이 안 나 흑옥 기둥 검은 손에 들려 보이지 않는
성경 오로지 가장자리에만 붉은 금박 그 안에 찔러 넣은 검은
손가락 시편 100편 그리고 어떤 오 신이여 인간 풀 꽃 바람 같은
인간의 날들 저 위 구름들에 상앗빛 하얀 얼굴 아주 작게 웅얼대는
입술 그럴 수 있어

아무도 전혀 모르는 아무도 언제나 다른 곳으로 도망쳤고 달렸다
장소들 저 위의 내 삶 오로지 장소들 짧은 길들 장소들 긴 길들
그게 가장 빠른 길들 또는 1천 개의 우회로들 가장 확실한 길들
언제나 밤에 빛이 적을 때 약간 더 적을 때 A에서 B로 B에서 C로
마침내 내 집 안전한 곳 쓰러지기 잠자기

처음 들리는 소리들 발소리 소곤대는 소리 쇠가 부딪히는 소리
쳐다보지 않기 두 팔로 감싼 머리 땅에 닿은 눈 맨 겉에 입은
인버네스[7] 망토를 뒤집어쓴 채로 머리를 돌리기 틈을 하나
만들기 눈을 뜨기 재빨리 다시 감기 틈을 막기 밤을 기다리기

B에서 C로 C에서 D로 지옥에서 집으로 지옥에서 집으로
지옥으로 항상 밤에 Z에서 A로 신의 망각 그만하면 됐어

그는 생각했을까 우리는 생각했을까 딱 말할 만큼 딱 들을 만큼
쉼표조차도 없어 서로 붙어 있는 약삭빠른 오래된 입 하나 귀 하나
나머지는 없애기 그것들을 저장용 병에 넣어 두기 그 독백에 끝이
있다면 그 정도에서 끝내기

그 당시 우리는 공상에 잠기고는 했어 적어도 그 점에 있어서
아니 천만에 공상에 잠긴 건 나야 나 핌 앞으로 올 봄 생각하는 건
나라고 쳇

완전히 혼자인 핌 내가 있기 전에는 완전히 혼자 다시 돌아온
그의 목소리 그도 나처럼 말하고는 했을까 세 번째 파트 나처럼
나는 진흙탕에서 속삭인다 헐떡임이 멈출 때 내 안에서 나한테
들려오는 소리를 파편들을 아 내가 물어보기만 했었더라도
불가능한 일이었어 난 몰랐어 나는 아직도 말하지 않았는걸
그러면 그는 알지 못했을 텐데 **그래서 그래서** 나는 모르겠어
나는 앞으로도 모를 거야 내가 물어보지 않았으니까 그가 나한테
물어보는 경우는 없을 거야

내 목소리가 가 버린다 목소리는 다시 돌아올 거야 내 첫 번째
목소리 저 위에 거기에도 없어 저 위에서의 핌의 삶 전혀 존재한
적 없어 절대로 아무한테도 말하지 않았어 절대로 완전히 혼자만
무음의 단어들 아무 소리 없이 그렇지 하관의 잰 움직임들 큰 혼란
어떻게 알지

만일 봄이 안 온다면 아 그러면 얼마나 좋을까 그런데 그러면
어떻게 끝내지 그 궁둥이 쑥 들어가서 더듬거리는 손 다 상상의
결과 연이어서 그 목소리 목소리가 주는 위로들 약속들 상상의
결과 소중한 열매 소중한 애벌레

이 모든 걸 언제나 단어 하나하나 헐떡임이 그치자 밖에 있었던
소리를 내가 내 안에서 들은 그대로 그리고 그걸 진흙탕에서
속삭인다 파편들 나는 다시 불러낸다 언제나 단어 하나하나 나는
이제 그렇게 말하지 않을 거다 그러면 지금 끝내기 위해서 무엇을
하지 두 번째 파트를 계속하기 전에 끝내기 전에 다른 게 뭐 있나
이제 남은 건 세 번째이자 마지막 파트 그래 완전히 혼자 있어
완전히 혼자 아 슬프다

완전히 혼자 그러면 나를 굽어보는 증인은 이름 크램(Kram)
우리를 아버지에서 아들까지 손자까지 굽어보는 그 사람은 그래
안 그래 그리고 서기는 이름 크림(Krim) 대대로 서기를 해 온
집안 필기용 칼을 들고 약간 떨어져 앉아 있거나 서 있는 그
사람은 말을 안 하니까 그래 안 그래 발췌한 대표적인 예들

하관의 잰 움직임들 아무 소리 없는 아니면 지나치게 작은 소리를
내는

10미터 1시간 40분 시간당 6미터 달리 말해서 더 잘 이해가 되게
분당 10센티미터 네 개의 손가락보다는 약간 더 나는 기억이 났다
내 나날들 손의 넓이 존재감 없는 내 삶 입김과 같은 서 있는 남자

깡통을 열려고 안간힘을 쓴다 보이지가 않았다 우리 램프를 바꿀
것 포기한다 깡통과 깡통 따개를 자루 안에 다시 넣는다 매우
홀가분한 마음

잤다 6분 자주 끊기는 숨 깨자마자 떠났다 6미터하고 약간 더 한
시간 12분 푹 쓰러진다

일곱 번째로 맞이한 부동(不凍)의 해[年]의 끝 여덟 번째 해의 시작
주둥이의 잰 놀림들 진흙을 먹는 거 같아

새벽 세 시 중얼거리기 시작한다 지나감 내가 화들짝 놀람 몇몇
파편들을 파악할 수 있었다 핌 빔(Bim) 고유명사 아마 상상의
산물들 몽상들 물건들 추억들 불가능한 것들 삶들 전부가 복수형
혹시 모르니 자 이 아이가 내 큰아들이야 오래된 작업장 영원히
안녕

침묵들 괴물들 엄청난 시기들 완벽한 무(無) 조부가 남긴 짧은
기록들을 다시 읽었다 시간을 때우기 위한 일 중얼거리기 시작
그의 마지막 날 운이 좋은 사람 거기에 참석하기 내가 무슨 쓸모가
있을까

우리가 쓴 짧은 기록들을 다시 읽었다 시간을 때우기 위한 일 주로
나에 관한 기록들 그에 관한 건 기껏해야 아 그는 아직도 말을
더듬나 벌써 1년 이상이나 내가 10분의 9 정도를 잃어버린다 그게
아주 갑자기 떠난다 아주 희미한 소리를 낸다 아주 재빨리 간다
아주 잠깐 머문다 내가 달려든다 그렇게 끝난다

그게 횡와(橫臥)상[7]보다도 더 꼼짝 않고서 그한테서 눈을 떼는 걸
금한다 그게 무슨 쓸모가 있을까 크림은 자신은 곧 뒈질 거라고
말한다 나도 그래 감히 확 놔 버리지 못한다 뒈지는 일이야말로
유일한 해결책이야

어제 할아버지의 메모장에서 장소를 할아버지는 거기서 죽기를
바랐다 다행스럽게도 쇠약으로 곧 없어질 가문의 영예에는 그는
은퇴할 때까지 잘 버텼다 나 같은 경우 다행스럽게도 뭐 권태 무위
하 나 좀 웃어도 될까 성격의 문제 게다가 유전적으로 일해야만
하는 체질

나는 그의 옆에 누워 있다 기분 좋은 혁신 아빠까지 포함해서 옛날

어른들의 방식대로 작은 벤치에 앉아 하는 것보다는 내가 포착
못 하는 단 하나의 떨림도 없게 이렇게 직접 그를 감시하는 게 더
낫지 그리고 그가 처한 상황에서는 귀보다 눈으로 하는 경우가 더
적어 그래서 감히 말하는데 이것만은 분명해 주도적으로 행동할
필요가 있어

의자가 붙어 있는 그의 책상에 달린 지지대랑 거의 비슷한 곧은
자세의 크림 자신이 하는 일에 완전 몰두 아주 작은 것도 잡아내
밝히는 볼펜 부족한 건 일이 아니야 없으면 내가 만드니까 바쁘게
지내야 해 안 그러면 죽음

신체에 대한 한 권의 메모장 방귀들 무취(無臭) 대변들 상동
순수한 약간의 진흙 흡입들 전율들 자루에 넣은 왼손의 미세한
경련들 소리 없는 하관의 가벼운 떨림들 머리의 침착하고
부드러운 움직임들 진흙탕에서 떨어져 나오는 얼굴 왼쪽 아니면
오른쪽 뺨 즉 얼굴이 있던 자리에 있는 왼쪽 혹은 오른쪽 뺨
상황에 따라 얼굴 또는 오른쪽 뺨 왼쪽 뺨 또는 얼굴 처음 듣는
소린데 내 생각에는 나한테 유리한 점 아 뭔가 생각나려고 하는데
그게 뭐지

아마도 임종이 임박한 크램 7세 베갯잇보다도 더 하얀 머리
그런데 나는 아직도 풋내기일 뿐 마침내 끝나는 걸까 길지만
차분한 임종의 순간 그런데 나는 운 좋게 뽑힌 행운아 그 모든 걸
담은 한 권의 메모장 어쨌든 거기에 나와 있다 대표적인 예로 5월
8일 승리의 축제[72] 그가 침몰하고 있는 듯한 인상 크림은 나를
미친놈이라고 부른다

이 말 저 말 횡설수설하는 두 번째 메모장 나는 거의 손대지
않는다 세 번째 메모장 내 논평들에 대한 메모장 반면에
지금까지는 같은 메모장에다 다 뒤죽박죽 각각 파란색 노란색과
빨간색 그에 관해서는 생각만으로도 충분했다

피부가 흠뻑 젖을 정도로 내 램프들이 발하는 빛에 푹 잠겨
있으면서도 그는 어둠에 대해서 중얼거린다 그는 장님인 건가
아마도 그는 가끔씩 엄청나게 큰 그 파란 눈을 크게 뜨기도 하잖아
그리고 단 한 명의 동료도 나는 나는 그의 머릿속에서 전혀
찾아내지 못한다 어둠 친구

손대는 걸 금하다니 그를 진정시킬 수도 있을 텐데 크림은
강행하고 싶어 한다 적어도 그의 궁둥이라도 닦아 주길 그
얼굴이라도 씻겨 주길 원한다 어떤 위험을 겪게 될까 아무도 모를
거야 전혀 몰라 안 하는 편이 좋아

위대한 크림 9세에 대해서 생각해 봤다 지금까지도 우리
중에서는 단연 가장 위대한 분 그런데 몰랐다니 얼마나 안타까운
일인가 할배는 그를 기억했다 지랄 발광을 하는 미친놈 볼 장 다
보기 전에 강제로 일으켜 소시지처럼 꽁꽁 묶었지 사라져 버린
크림 두 번 다시는 보지 못했다

그는 가문의 영예로서 다행히 별 효과는 없었으나 최초로
연민을 느끼게 만드는 자 작은 벤치를 없애버리기를 주장했으나
받아들여지지 않은 유감스러운 개혁 그리고 세 권의 메모장의
두서없는 생각 어디에 위대함이 그 위대함은 거기에 있다

부자(富者) 증거는 동의 이의(異議) 게다가 특히 노란색 메모장
그거 말고 여기의 목소리 포기해야 할 여기에 있는 내 모든 것
아무것도 없을 때는 아무 말 않기

파란 눈 나는 나는 그 눈을 본다 오래된 돌 어쩌면 우리의 새로운
빛 그 부분에 동의해 머릿속의 친구와 어둠 그 부분은 분명해
그런데 그 목소리 그들 모두의 목소리 나는 나는 아무 소리도 안
들리는데 그리고 그 모두는 또 누구야 제기랄 나는 그 성씨의 13대
손이잖아

저기에도 또 당연히 어떻게 아는 거지 우리한테 있는 우리의
감각들 우리의 대낮 같은 빛들 뭐야 그 증거는 그런데 만일 내가
여기서 13대째 삶을 나는 13대라고 말하지만 전에도 이미 얼마나
오래전부터 이미 다른 명문 가문들이

그 목소리가 정말 미치겠네 그게 때때로 나한테 들리는 것
같고 내 등불들이 내 등불들이 꺼지려는 것 같아 크림은 나를
미친놈이라고 부른다

얻어 낼 2년 남짓 그다음에 다시 올라가기 아 아니다 누워 있기 할
수만 있다면 누워서 더는 움직이지 않기 나는 할 수 있어 쇠약으로
동정심에 곧 없어질 가문 좀 더 멀리 가기 갈 테가 있으면 좀 더
멀리 환하게 밝혀진 이 작은 터밖에 몰라 옛날에는 움직였어 그건
책 속에서지 좀 더 멀리 어둠 속 진흙탕에서 쓰러지기 죽어 가는
내 큰아들이 자기 손자한테 네 아빠 네 아빠의 할배가 거기서
사라졌어 그 뒤로는 두 번 다시 못 봤지 때가 되면 그때 생각해 봐

특별한 작은 수첩 은밀한 이 메모들 나만의 작은 수첩 그날그날의
영혼의 토로들 그건 금지된 거야 단 한 권으로 된 커다란 책
그리고 그 안에 담은 전부는 크림은 내가 그림을 그린다고 생각해
무엇을 사랑의 대상이었다 잊혀진 풍경들을 얼굴들을

그걸로 충분해 발췌한 예들의 끝 그래 안 그래 그래 안 그래 안
그래 안 그렇다고 증인이 없잖아 서기도 없고 완전히 혼자네
그런데도 소리가 들려 중얼거리는 소리 어둠 속 진흙탕에 완전히
혼자 있는데 그런데도

그건 그렇고 당장은 계속하기 위해 끝내기 위해 그렇게 할 수 있기
위해 소소한 장면들을 몇 장면 더 저 위 빛 속의 삶을 있는 그대로
단어 하나하나 들리는 대로 마지막 소소한 장면들 내가 그를
내몰고 붙잡는다 머리통 가격 아 그걸 더 듣는 건 불가능해 아니면
그가 멈춰 선다 아 그걸 더 얘기하는 건 불가능해 그게 둘 중

하난데 즉시 깡통 따개 아니 그렇다고 자주는 아니야 아니고말고
그리고 침묵 휴식

그가 입을 다물었다 내가 입 다물게 만들었다 입을 다물게 놔뒀다
이 셋 중 하난데 그걸 가르쳐 주지 않았어 멈춘다 다소 긴 침묵이
다소 긴 휴식 가르쳐 주지 않았어 내가 그를 내몬다 깡통 따개
아니면 대문자들 상황에 따라 그렇지 않으면 절대로 단 한 마디도
새로운 속편 그렇게 계속

여백들은 구멍들이다 아니면 막힘 없이 흘러갈 테니까 다소 다소
커다란 구멍들 지금은 구멍들에 대해서 말하고 있다 가르쳐 줄 수
없어 애쓰지 마 나는 그 구멍들을 알아본다 그다음을 기다려 본다
아니면 실수를 인정하고 깡통 따개를 아니면 그냥 깡통 따개를
어쨌거나 그를 밖으로 나오게 하는 데 도움이 된다 가르쳐 주지
않았어 계속하기 끝내기 그렇게 할 수 있기 위해 들리는 대로 단어
하나하나 있는 그대로 두 번째 파트 이제 남은 건 세 번째이자
마지막 파트

어떤 나라 모든 나라들 자정의 태양 정오의 밤 모든 위도들 모든
경도들

모든 경도들

어떤 사람들 흑인에서 백인에 이르는 모든 색깔의 사람들
전부 다 해 보고는 집어치웠지 괜찮았어 똑같은 일 너무 모호해
미안 좀 봐줘 죽으려고 고향에 돌아갔어 20대쯤 강철 같은 체력
저 위 빛 속에서 내 삶 돈을 벌었지 내 생계 뭐든 다 했어 특히
건축 그 일은 괜찮았어 모든 분야들 특히 석고 작업 팸을 우연히
만났어 내 생각에는

사랑 사랑의 탄생 성장 쇠퇴 죽음 엉덩이를 통해 부활하려는
노력들 보지를 통해 다시 하나가 되려는 헛된 노력들 헛된

창문으로 투신했거나 아니면 거기서 떨어졌던 그녀 부서진 척추
병원 데이지 꽃들 겨우살이에 관한 거짓말들 용서

낮에는 외출을 했다 아니 밤에 빛이 적을 때 약간 더 적을 때
밤에는 외출을 했다 낮에는 납작 엎드려 있었다 구멍에 폐허에
잔해들이 널려 있는 지역 모든 연령 척추 장애를 가진 나의 개
말하자면 스파이널 도그[73] 나의 개가 내 거시기를 핥고는 했다
덤프트럭에 치인 스콤(Skom) 스컴(Skum) 그 개의 정신은 온전치
않았고 부러진 척추 30대 쯤에 여전히 살아 있는 개 강철 체력
어쩌겠어 어쩌겠냐고

삶 소소한 장면들 봐야 할 바로 그때 떨어진 벽지들 검은 벨벳의
묵직한 흔들림 누구의 어떤 인생일까 10년 12년 햇살을 받으며
담 밑에서 잠이 든 이 한 그루의 종려나무 아래 두껍게 쌓인 하얀
먼지 쪽빛 하늘 조각구름들 기타 세부 사항들 다시 드리워지는 침묵

어떤 태양 내가 뭘 말했지 알게 뭐야 내가 말했잖아 꼭 해야만
했던 건데 뭔가를 봤어 저 위에서 그걸 불렀지 그랬다고 했잖아
그게 나였다고 10년 12년 평안을 누리고자 햇살을 받으며 먼지
구덩이에서 잠든 나였다고 말했잖아 나는 평안을 누리고 있어
나는 평안을 누렸지 깡통 따개 궁둥이 장면 이어지는 말들

달 아래 바다 출항 해가 지고 나면 달 밤낮으로 언제나 빛 후미에
작은 더미 나 내 눈에 보이는 모든 게 다 나 모든 연령 해류에
내가 휩쓸린다 기대하던 썰물 나는 내 집이 있는 섬 하나를 찾고
있다 결국에는 쓰러져 더는 움직이지 않기 해안의 넓은 쪽까지
저녁마다 하는 짧은 산책 그러고는 돌아가 쓰러져 잠을 자기
조용히 일어나기 뜬 채로 있을 수 있는 눈 그대로 살기 게들이
나오고 해초들이 보이는 오래된 꿈

멀어져 가는 배 뒤쪽으로 형제들의 땅과 약해지는 불빛들 산 만일
내가 돌아간다면 더 강하게 출렁이는 물결 그가 쓰러진다 내가

쓰러진다 배 앞쪽으로 무릎으로 기어간다 사슬의 요란한 소리들
그건 아마도 다른 다른 여행일 거야 다른 여행과의 혼동 어떤
섬일까 어떤 달일까 보이는 걸 말한다 때때로 그것과 어울리는
생각들 보이는 게 사라져도 목소리는 계속된다 몇몇 단어들
목소리는 중단될 수 있다 목소리는 계속될 수 있다 그게 뭣 때문에
그런지는 모른다 말을 안 하니까

뭣 때문에 계속할 수 있는 손톱들 죽은 손 몇 밀리미터 그
손톱들로부터 좀 더디게 떠나는 생명 머리털 죽은 머리
한 아이가 굴리는 굴렁쇠 그 아이보다 더 높이 있는 나 그런 내가
내가 떨어지고는 사라진다 굴렁쇠는 계속 굴러가다 균형을 잃고
비틀거리다 쓰러지고는 사라진다 오솔길이 고요하다

계속할 수 없어 나는 나에 관해서 말하고 있는 거야 핌이 아니라
핌은 끝났으니까 그는 끝났어 지금은 세 번째 파트에 있는 나야
핌이 아니라 계속할 수 없어 이렇게 이런 말을 하는 내가 가진
한 목소리 그러니까 핌은 핌은 절대로 아니었던 목소리 그러면
끝내려고 나 역시 끝을 맞이하려고 내가 기다리는 봄일까 봄은
절대로 아닐 목소리 핌의 목소리도 아니고 봄의 목소리도 아니라
그러면 까까거리는 목소리는 우리 모두가 내는 목소리인가
그것도 아니야 전혀 아니었어 단 하나의 목소리 내 목소리 다른
목소리는 전혀 아니야

그 모든 건 핌이 아니야 속삭이는 나야 그 모든 건 전적으로
나한테서만 나오는 한 목소리 나한테 몸을 숙이고는 대대손손 세
번마다 한 단어를 다섯 번마다 두 단어를 적고 있는 나 번마다 한
단어라고 그래 안 그래 그런데 특히 계속하기가 당장은 완전히
불가능하다는 거 그게 핵심이야 아니 당치도 않은 소리인 거지
나는 그렇게 들은 소리를 진흙탕에서 진흙에다 대고 속삭인다
당치도 않은 소리 당치도 않은 소리 아 그만 다시 태어난 네 소리
네 얼굴에다 진흙을 다시 발라 봐 아이들이 그렇게 하잖아 바닷가
모래사장에서 들판에서 가장 변변찮은 채석장에서

주변 전체를 잘 발라 아이일 때 너도 모래밭에서 해 봤겠지 비록
너일지라도 관자놀이 위로 올라온 진흙 이제는 세 가닥의 흰
머리카락만 보일 뿐 쓰레기 더미에 던져 버린 낡은 가발 곰팡이가
핀 가짜 두개골 그리고 휴식 시간들이 언제 끝나게 될지 너는 언제
끝나게 될지 너는 아무 말도 할 수 없구나 어쩌면

그 모든 거 말해야 할 시간 그 모든 거 내 목소리 나한테서 나오는
한 목소리 그렇게 말고 더 작게 덜 분명하게 하지만 그 의미는
그리고 핌한테로 돌아가기 어디서 버려진 걸까 두 번째 파트 이
파트는 여전히 끝날 수 있어 그래야만 해 그러는 편이 더 좋으니까
그저 3분의 1만 5분의 2만 그다음에는 마지막 오로지 마지막 파트만

F 아주 깊게 판 글자 쳇 그까짓 빛 빨리 끝 저 위 마지막 남은 거
마지막 하늘 침대보에서 창유리에서 아마도 미끄러지는 그 파리
여름 내내 그 앞에서 또는 정오에 동굴 입구 창유리 너머로 또
드리워진 베일 너머로 색채들을 찬송

두 개의 베일 드리워진 채 서로 맞붙어 있는 왼쪽에 하나 오른쪽에
다른 하나 아니면 내려와 있는 하나 올라가 있는 다른 하나 아니면
위쪽에서 왼쪽이나 오른쪽 각에서 아니면 아래쪽에서 오른쪽이나
왼쪽 각에서 사선으로 잘린 자락 드리워진 채 서로 맞붙어 있는
하나 둘 셋하고 넷

첫 번째 한 쌍 그다음에는 그 위에 다른 쌍들 필요한 만큼 여러 번
아니면 첫 번째 한 쌍 하나 둘 셋 또는 넷 두 번째 한 쌍 둘 셋 넷
또는 하나 세 번째 한 쌍 셋 넷 하나 또는 둘 네 번째 한 쌍 넷 하나
둘 또는 셋 필요한 만큼 여러 번

무엇을 위해서 행복해지기 위해서 커진 눈 눈동자 완전히 밝히기
위해서 오히려 어둡게 하기 위해서 새벽녘의 파리 네 시 다섯 시
해가 뜬다 파리의 하루가 시작된다 그 파리 지금 파리에 대해서
말하고 있으니까 파리의 하루 파리의 여름 창유리 침대보에서

파리의 삶 마지막 남은 거 마지막 하늘

F 아주 깊게 판 글자 빨리 끝 저 위 빛 때문에 내가 지친다 그리고
로마자 I의 위쪽 횡선을 그으려고 살갗에 닿은 손톱 갑자기 언제
너무 일러 너무 이르다고 소소한 장면들을 몇 장면 더 갑자기
나는 그 위에다 십자가를 긋는다 아주 깊게 흑해의 성 안드레아
십자가[74]를 그리고 깡통 따개 이렇게 또 나는 변덕을 부린다

내 삶 또 저 위 빛 속 자루 안에서 그게 꿈틀댄다 진정한다 다시
꿈틀댄다 닳아 너덜거리는 직물 조직 사이로 지나가는 덜 밝은
햇살 항상 멀리서 들려오지만 들리는 것만큼 멀리서 나는 건 아닌
둔탁한 소리들 그때가 저녁이지 그가 자루에서 나온다 아주 작아
또 나 나는 아직도 거기에 있다 처음은 항상 나야 그다음이 다른
자들

도대체 몇 살이야 아이고 하나님 50 60 80 뒤꿈치에 궁둥이를
붙이고 양손을 양발만큼 벌려 땅을 짚고 있는 쪼그라든 모습 그게
아주 선명하다니까 넓적다리 통증 엉덩이가 올라간다 고개가
숙여지면서 지푸라기를 스친다 그러니까 더 좋네 빗자루 소리 개
꼬리 우리는 떠나기를 원한다 마침내 집으로

내 눈이 떠진다 아직도 빛이 너무 내 눈에 지푸라기가 하나하나
다 보인다 사람들이 내리친다 적어도 서너 번을 망치들로 어쩌면
십자 문양들이거나 아니면 어떤 다른 장식 문양의 가위들을

네발로 기어 문에 당도한다 고개를 든다 아 그렇지 어느 한 틈으로
슬쩍 본다 세상 끝까지 그렇게 나는 세상 끝까지 갈 수 있을 거다
무릎으로 세계 일주도 할 수 있을 거다 무릎으로 팔이 앞발이 되어
땅에서 두 손가락 정도 높이에 있는 눈 내 후각이 돌아온다 내가
웃자 날씨가 건조해서 먼지가 인다 무릎으로 이민자들과 함께
트랩을 따라 3등 선실로

호메로스적인 연보라색 빛[75] 연보라색 파장 거리거리에
박쥐[76]들이 나온다 우리는 아직 아냐 그렇게 어리석지 않아
우리 중 브레인은 나야 항상 멀리서 들려오지만 그만큼 멀리서
나는 건 아닌 소리들 그렇게 만드는 건 바로 저녁 공기야 그런
일들은 알아 둘 필요가 있다 그리고 잠시 후에 가까워지는 소리는
그저 삐걱거리는 바퀴 소리에 지나지 않는다는 거 가까워지는
소리는 자갈길에서 요동치는 쇠로 된 바퀴 테가 내는 소리 어쩌면
돌아오는 수확기 때문에 하지만 이를 어쩌나 나막신 소리네

뭐 상관없어 자 다시 나 내가 얼마나 잘 버텨 내는지 계속 무릎을
꿇은 채 얼굴 앞에 합장한 손 코끝에 서로 맞닿아 있는 양쪽
엄지의 끄트머리 문 앞에 서로 맞닿아 있는 손가락들의 끄트머리
문에 기댄 정수리 또는 머리 꼭대기 그런 자세는 눈에 띈다
누구한테 간청하는지 무엇을 간청하는지 뭘 말하는지 알지 못 한
채 뭐 상관없어 중요한 건 자세니까 의도니까

내가 얼마나 잘 버텨 내는지 밤이 될 거야 언젠가는 모두 다 잠들
테지 우리는 밖으로 슬그머니 나가는 거야 지푸라기를 끌고
가는 꼬리 개는 정신이 온전치 않다 지금 내 정신은 우리 둘을
생각하느라 저기 봐 왼쪽에서 오른쪽에서 내려오는 아주 소중한
커튼이 우리를 가려 주네 그리고 그 나머지는 전체가 움직이는
문 저 위의 삶 소소한 장면 나라면 그런 식의 상상은 하지 못했을
텐데 나라면 못했을 거야

머리통 가격 왜 그러는데 사후(死後) 검진 그다음은 뭐야 그다음은
뭐냐고 우리는 살펴볼 거야 그다음에는 마지막 말 잽싸게 몇 마디
말 **머저리야 너는 날 사랑하니** 아니 핌의 실종 두 번째 파트의 끝
이제 남은 건 세 번째이자 마지막 파트 계속할 수 없다 그런데도
같은 걸 계속한다 멈출 수 있을까 멈추게 할 수 있을까 그래
그렇게 하는 거야 계속할 수는 없다 멈출 수도 없다 멈추게 할
수도 없다

그래서 핌은 멈춘다 저 위 빛 속의 삶 그걸 더는 견딜 수 없어서
이에 허락하는 나 아니면 머리통 가격 그걸 더는 견딜 수 없어서
내가 아 이게 둘 중 하난데 그래서 그다음은 뭐야 그한테 나한테
나는 그한테 물어볼 거야 하지만 그 전에 먼저 나한테 핌이 언제
멈추는지를 나는 어떻게 되는지를 하지만 그 전에 먼저 허리를
맞대고 붙어 있는 몸뚱이들 북쪽에는 나 좋아 자 보라고 몸통들을
지탱하는 다리들 그러면 손들은 핌이 멈추면 팔들은 손들은
어디에 있고 무엇을 할까

그의 오른팔 저기 저 오른쪽에 쇄골 축을 따라 또는 볼가강[77]의
성 안드레아 십자가 모양으로 뻗어 있는 그의 오른팔 그의 목 그의
양 어깨를 두른 내 오른팔 나한테는 안 보여 자 봐 오른팔들과 그
팔들에 달린 손들에는 나한테는 안 보인다고 게다가 아무 소리도
안 들려 그러면 나머지들은 왼쪽에 있는 것들 팔들 말이야 지금
앞으로 쭉 뻗은 우리 팔들에 대해서 말하고 있잖아 자루 안에
손들과 같이 좋아 자 봐 네 개의 팔들 네 개의 손들에는 그런데
같이라면 어떻게 서로 그냥 닿기만 한 채로 아니면 맞잡은 채로

맞잡은 채로 그런데 맞잡은 거라면 어떻게 악수하듯이 아니
그건 아니고 펼쳐진 그의 손 그 위에 내 손 그의 손가락들 사이로
미끄러져 들어가 깍지를 끼는 손가락들 손바닥을 누르는 손톱들
아 거기서 그 손들이 그렇게 하고 있었구나 어떤 상태인지 잘
알겠어 좋아 그러면 여담을 보다 인간적인 다른 수단을 통해서 내
명령들이 어떻게 이뤄지는지에 대한 너무 늦은 약간 늦은 갑자기
영상이

내 요구들은 보다 섬세하고 더 인간적인 아주 다른 방식의 다른
신호 체계를 통해서 이뤄지는데 자루 안에서 손에서 손으로
왼쪽에 있는 손톱들과 손바닥들 벅벅 긁기 꾹꾹 누르기 아니
이게 아닌데 항상 오른손이잖아 머리통 가격 노래를 위해서는
겨드랑이 할퀴기 궁둥이에는 병따개의 철제 부분을 허리를
내리찧는 손잡이 기마 자세로 찰싹 때리기 그리고 구멍에다

집게손가락을 최후까지 필요한 모든 일 정말 유감스럽지만 좋아
그러면 머리들은

어쩔 수 없이 맞대고 있는 머리들 그의 왼쪽 어깨 위로 기어
올라가 있는 내 오른쪽 어깨 나는 어디서든 우위에 있으니까
아 그런데 맞대고 있다고 아니 어떻게 마치 같이 수레를 끄는
쓸모없는 늙은 두 마리의 말처럼 에이 설마 내 거는 내 머리는
내 얼굴은 진흙탕에 그의 머리가 오른뺨에 내 귀에 닿는 그의 입
뒤엉킨 우리의 털들 우리를 떼어 놓기 위해선 그 털들을 잘라야만
했을 거라는 인상 좋아 자 이상이 그 몸들에 달려 있는 팔들 손들
머리들

따라서 어떻게 되었는지 그 나 우리는 다시 과거로 떨어져 그
자세로 있는다 핌이 멈췄을 때 더는 견딜 수가 없어서 동의하는 나
또는 머리통 가격 더는 견딜 수가 없어서 나는 나는 그한테 물어볼
거야 하지만 나 나한테

질문 그가 방금 무슨 말을 했는지 아니 그보다는 한참을 입 다물고
있어서 상해 버린 그 목소리로부터 내가 방금 무슨 말을 들었는지
3분의 1 5분의 2 아니면 하나하나의 단어 전부 질문 그 목소리가
멈출 때 거기에 있는 건지 거기 안 어딘가에 있는 건지 사색의
재료 너무 늦어 버린 온전한 용서의 기도를 향해 올려진 그대로
얼어붙은 기다란 외양간 문에 기대어 말없이 하는 기도 또 뭐가
있을까 조수가 가장 약할 때 먼바다에서 초라한 작은 바다 위에서
여러 섬들에서의 밤 아니면 어떤 다른 여행

저기서 무엇으로 이 거대한 계절의 한순간을 달랠까 아니면 그저
목이 말라 마시게 되는 약간의 물일 뿐인가 그러면 안녕[78] 그
약간의 물은 괴어 썩은 거라는 대답 이 시간이라면 그런 물이라도
내가 기꺼이 마실 텐데

그러면 질문 내가 조금 후에 그한테 무엇을 물어볼지를 그한테

또 무엇을 물어볼 수 있을지를 그런 일에 집중하는 건 그저 몇 초 정도가 다가 아닐까 그래도 수십 초는 될 거야 대답 아니 그 정도도 안 돼 질문 왜 대답 왜냐하면 어 그래 이유를 나는 아직도 그 이유를 아는데 내가 그한테 물어봤던 그 모든 것은 그런데 이제는 모르겠다 다만 뭐 아니 다만 그가 아직도 저기에 기다랗고 자그마한 그의 몸 전체를 나한테 딱 붙인 채 내 품에 반쯤 안겨 있다는 것만을 내가 알고 있달까 그 정도는 최소한 알아야지 그리고 침묵이 다시 덮칠 때에도 진흙 범벅으로 시커멓게 돼서 나이를 알 수 없는 그 자그마한 몸뚱이에는 그가 아직도 저기에 있을 만큼 여전히 충분한 감정이

나와 함께 누군가가 여전히 저기에 나와 함께 그리고 내가 여전히 저기에 나 자신한테 물어볼 정도로 침묵이 여전히 저기에 버티고 있을 때 이상한 기원을 만일 그가 아직도 숨을 쉰다면 그저 몇 초 정도가 다가 아닐까 아니면 내 품안에서 이미 이제는 고통을 줄 수 없는 진짜 시체 한 구 그리고 우리가 본 바로는 온기가 남아 있는 건 그저 진흙 그 진흙으로 범벅이 된 내 팔 아래서 내 옆구리에서 느껴지는 이런 미지근함 단어들이 당신들을 여기저기로 끌고 다니며 애를 먹이는군 단어들과 함께하는 이상한 여행들

자자 기운을 내자 그럼 다시 밀고 당긴다 그저 청어 한 마리만 있다면 가끔씩은 작은 새우 한 마리도 그러면 정말 좋은 순간들이 될 텐데 아 슬프다 더 이상 저기로 그 길은 더 이상 저기로 가지 않아 자루 안에 진공상태로 밀봉하여 영원히 밀폐된 시체들을 담은 깡통들 목소리가 멈춘다 저 위 빛 속의 삶 이러저러한 이유로 그것과 함께하는 우리 자 우리가 어떻게 되는지 봐

나한테 어쨌거나 그한테 나는 그한테 물어볼 거야 침묵이 내 덜미를 잡고 다시 시작될 때 내가 어쨌거나 내가 어떻게 되는지를 저기 봐 그 길이야 깡통 따개나 대문자들 또 내 귀에 닿는 털 그 속에서 강요된 목소리가 저 위의 삶 어떤 속삭임 허리에 자루 더 큰 소리로 더 큰 소리로 더 또렷하게 그리고 내게서 그 목소리가

사라지면 나는 어떻게 되는지를 나는 또 다른 목소리를 갖겠지
까까 우리 모두의 목소리를 나는 그렇게 말하지 않았다 나는 알지
못했으니까 그러면 나만의 목소리 그렇게도 말하지 않았어

아니 아무 말도 나는 아무 말도 하지 않았어 나는 그걸 들리는
대로 말하는 거다 나는 항상 말했지 아무 소리 없이 하관의 잰
움직임들 내 귀에다 대고 저 위의 삶 내가 그 삶을 언제까지나
누릴 거라고 말하는 핌의 목소리 어림없는 소리 그게 아니라면
우리의 소소한 푸른색 장면들 언제나 낮에는 화창한 날씨 약간의
양털 구름 밤에는 별들 전혀 어둡지 않은 천체 우리 사이의
은밀한 의지에 따라 이뤄진 비밀들 언제나 한 속삭임 게다가 내
의견으로는 내가 그 소리를 듣는 거다 절대로 그 질문은 내가 그걸
속삭이는 거다 내 의견 절대로 그 질문은 내게 떠올라서는 안 됐다
의심 내 의견 내가 그걸 속삭이는 소리를 듣는 거다 절대로 절대로

요컨대 핌의 목소리 그다음에는 아무것도 없다 삶은 우리가 말한
대로 소소한 장면 1분 2분 좋은 순간들 그다음에는 아무것도
그보다 더 좋은 순간들을 보장할 만한 건 아무것도 없다
크램(Kram)은 기다린다 1년 2년 그는 우리를 안다 아 근데 뭔가
말이 안 되는 게 그래도 어쨌거나 2년 3년 결국 크림(Krim)한테
그들이 죽었어 아 근데 뭔가 말이 안 되는 게

크림 그들이 죽었어 너 어디 아프냐 여기서는 아무도 죽지 않아
그리고 갈고리 손톱의 긴 검지로 당황해서 진흙에다 구멍을 내는
크램 피부까지 뚫는 작은 배관 하나 그러고는 크림한테 네가
맞아 그들한테 온기가 남아 있어 크램한테 크림이 뒤바뀐 역할
이건 진흙이야 크램 그대로 두고 지켜보자 1년 2년 크램의 손가락
아직도 온기가 남아 있는 그들

크림 나는 그걸 믿을 수 없어 같이 그들의 체온을 재 보자 크램 이
쓸모없는 놈 피부에 붉은 기가 돌잖아 크림 붉은 기라고 너 어디
아프냐 크램 그들한테 온기가 남아 있고 붉은 기가 돌잖아 자

이러니 우리가 하찮은 놈들이 되는 거야 게다가 우리도 붉은 기가
돌잖아 의심할 수 없이 좋은 순간들

요컨대 이번을 마지막으로 한 번만 더 핌의 목소리 그다음에는
아무것도 아무것도 없다가 핌의 목소리 나는 그 목소리가
잠잠해지도록 만들고는 그 목소리가 끝내 더 이상 존재하지
않기 위해서 침묵하는 걸 묵인하고서 결국 다시 존재하도록
그 목소리가 다시 활기를 띠게 북돋아 준다 여기 나도 모르게
튀어나온 뭔가가 사실 내가 할 수 있으려면 존재해야지 대문자들
치명적인 병따개 이성의 논리 그런 게 나한테 남아 있다

결국 더 생기 있는 상태 그 상태가 바로 내가 이르길 원했던
상태야 자 그 상태에 이른 나를 봐 나는 그걸 들리는 대로 말하고
있는 거다 여기서 더 어떻게 말을 할까 더 생기 있는 상태 첫
번째 파트 핌 이전 그보다 더 나은 상황은 없는데 더 독립적인
상태 나는 내가 소유한 나의 영상들을 봤고 기어 다녔고 먹었고
말아자면 아주 약간일지라도 어느 정도 생각을 했으며 유일한
깡통 따개를 잃어버렸고 인류에 집착했다 무수한 방식들로
감정들을 드러내며 심지어 웃음들 마찬가지로 금방 말라 버리는
눈물들 요컨대 집착했다

역시나 아무것도 아니야 당연하지 대개는 아무것도 아니야
그럼에도 불구하고 붉은 기가 도는 온기가 남아 있는 시체
모태에서부터 내가 알고 있는 나 자신의 모습 그대로 점점
덜하기는 하지만 이건 이건 사실이야 나는 모태에서부터 그런
시체에 가까웠어 그게 헐떡임을 멈춘다 나는 그렇게 속삭인다

핌조차도 초반에 핌과 함께 두 번째 파트 전반부 4분의 1 지점
더 생기 있는 상태 내가 그럴 줄 알았던 것처럼 알았던 것 내가
그렇게 했듯이 그를 훈련시키기 유사한 한 시스템을 고안해
내고서 그걸 실행하기 나는 거기서 헤어 나오지 못할 거야 그게
돌아가도록 만들기 나의 손해 사실 이건 분명한데 한쪽 눈이 반쯤

떠지자마자 재빨리 다시 감기는 순간부터 그때부터 나는 나를
봤으니까 이제는 목소리밖에 없지만

핌의 목소리 그다음에 우리 모두가 내는 까까 마지막으로 온전히
나 혼자 내는 까까 우리 모두가 내는 목소리 내 식대로 온전히
나 혼자 내는 목소리 희박한 검은 대기에서 진흙탕에서 한 속삭임
이제 남은 거라곤 초당 300미터 400미터 단파(短波)들뿐 속삭이며
하관의 잰 움직임들 짧게 작은 떨림 진흙탕 1미터 2미터 아주 생기
있는 나 이제 남은 거라곤 단어들뿐 이따금씩 한 속삭임이

그 정도로 많은 단어들 그 정도로 많이 잃어버린 단어들 세 단어들
중 한 단어 다섯 단어들 중 두 단어 정도 소리 다음에 의미 동일한
비율로 아니면 그 어떠한 것도 나는 모든 걸 다 듣고 모든 걸 다
이해하고서 다시 산다 나는 다시 살았다 나는 저 위 빛 속에서
말하고 있지 않다 그림자들 가운데서 그림자를 찾으며 나는
여기서 말하고 있다 **여기의 네 삶** 요컨대 내 목소리 그게 아니면
아무것도 그러니까 아무것도 아니다 아니면 내 목소리 그러니까
내 목소리 그 정도로 많은 단어들 끝에서 끝까지 그렇게 이룬
뭐랄까 첫 번째 예라는 한 속삭임

뭐랄까 그 목소리가 다른 목소리들처럼 나를 떠나니 막상 그렇게
되니 아무것도 정말 아무것도 없다 그러다가 봄 봄과 함께하는 삶
겨우 살아 돌아온 케케묵은 단어들 그중 몇몇 단어들 그가 그 몇몇
단어들에 집착한다 그는 내 왼쪽에 있다 나를 두른 오른팔 자루
안에 내 손 안에 있는 왼손 내 입에 갖다 댄 귀 저 위의 내 삶 아주
나지막한 소리로 유서는 깊으나 케케묵어 상해 버린 몇몇 단어들
쪽빛 불멸의 색깔 저녁으로 이어지는 아침 시간을 다른 식으로
분류하는 명칭들 흔히 쓰이는 몇몇 미사여구들 언제나 너무나
밝은 밤들 누가 뭐라 하건 차례대로 지옥 같은 곳이 되어 버리는
안전한 장소들 우리 가정(家庭)들 아주 나지막한 소리로 그한테는
내가 있을 거야 언제나 순간순간 맘껏 우리를 끝장내지는 않았던
오랜 기간 지속되었던 페스트79에서부터 그다음에는 자 어둠 속

진흙탕에 머리부터 발끝까지 한 마리 쥐 새끼처럼 홀로

또는 뭐랄까 두 번째 예라고 핌 같은 존재는 없어 봄 같은 존재도
없고 오로지 나만 유일한 한 목소리 바로 내 목소리 그 목소리가
나를 떠나고서 내게 다시 돌아온다 함께하는 나 또는 마침내
조명 아래 세 번째이자 마지막 예 이상적인 관찰자가 비추는
조명 아래 갑자기 분주히 움직이는 입과 그 주변 전체 하관 전체
불쑥 나온 혀 잠시 장밋빛 혀 방울져 뚝뚝 떨어지는 약간의 침
그러다가 갑자기 일직선 꽉 다문 입술 더는 보이지 않아 추측해
보는 점액질 잇몸 한쪽 끝에서 다른 쪽 끝까지 아치 모양을 그리며
아주 꽉 붙어 버린 입술 그는 아무것도 짐작하지 못한다 그런데
나는 어디로 이동했던 걸까 그다음에 갑자기 한 번 더 그다음에
그다음에 나는 어디를 가는 걸까 그다음에서 그다음으로 그리고
그사이에 하지만 먼저 서둘러 함께하는 삶을 끝내기 마침내 두
번째 파트의 끝 이제는 마침내 마지막 파트만

여기의 네 삶 긴 정적 **여기의 네 삶** 길고 매우 깊은 정적 죽은
그 영혼 얼마나 무서울까 나는 **네 삶**을 상상할 수 있어 끝나지
않았지 속삭이고 있잖아 빛 낮과 밤의 빛 피까지 보이는 **여기**의
소소한 장면 그리고 어두운 한구석에서 무릎을 꿇고 있는 또는
웅크리고 있는 어떤 사람 침침한 빛 속에서 뼈까지 보이는 **여기**
여기의 소소한 장면 손톱이 부러진다 서둘러 다른 손톱을 뼈와
뼈 사이에다 **여기 여기**에 울부짖음들 머리통 가격 진흙탕에
완전히 처박힌 얼굴 입 코 그렇게 숨이 끊겼다가 다시 울부짖음들
저런 건 본 적 없어 여기의 그의 삶 어둠 속에서 또 늙은 아이의
진흙탕에서 틀어막을 수 없는 울부짖음들 좋아 다시 시작하자
골수까지 보이는 **여기 여기** 울부짖음들 그 울부짖음들은
들이마셔야 해 태양년(太陽年)들 수치(數値)는 없어 마침내 좋아
알아들은 거지 여기의 삶 이 삶 그가 할 수 없을 때까지

그래서 질문들 **머저리야 너는 날 사랑하니** 끝내기 위해서
즉각적으로 그런 계통을 자 그럼 드디어 본론으로 그는 어떻게

왔는지 기억할까 아니 어느 날 그는 그냥 거기에 있었던 건가 그래
태어날 때처럼 그래 그렇게 생각해 그래 그는 얼마나 됐는지 알까
아니 떠오르는 게 아무것도 없을까 그래 그는 어떻게 살았는지
기억할까 아니 항상 그렇게 살았을까 그래 진흙탕에 납작
엎드려서 그래 어둠 속에서 그래 자기 자루를 가지고 그래

흐릿한 빛 한 줄기조차 없이 그래 아무도 없이 그래 목소리도 없이
그래 내가 최초의 사람인가 그래 미동도 하지 않고 그래 기어
다니긴 했나 아니 고작 몇 미터도 그래 먹기는 했나 정적 **먹기는
했냐고** 매우 깊은 정적 아니 그는 자루에 뭐가 들었는지 알까 아니
호기심을 가진 적도 없어 그래 그는 언젠가는 죽을 수 있을 거라고
믿고 있을까 정적 **언젠가는 죽을** 아니

생기를 돋우는 일 같은 내가 그를 위해 하는 일을 누군가를 위해 한
적은 없나 그래 확실해 그래 자기 살갗에 닿는 다른 살갗을 느껴
본 적도 없나 그래 다행인 건가 아니 불행인 건가 아니 꼭 달라붙어
있는 나를 느낄까 아니 그럼 오로지 내가 그를 학대할 때만 그래

그는 노래하는 걸 좋아하나 아니 하지만 때때로 노래를 부르잖아
그래 항상 똑같은 노래를 정적 **똑같은 노** 그래 그가 사물들을 보나
그래 자주 아니 소소한 장면들은 그래 빛 속에서 그래 하지만
자주는 아니지 그래 마치 거기에 불이 들어온 것처럼 그래 마치
그런 것처럼 그래

하늘과 땅에 그래 사방을 뒤지고 다니는 사람들이 그래 그러면
그는 저기 어딘가에 그래 어딘가에 숨어서 몸을 웅크린 채 그래
마치 진흙탕이 열리는 것처럼 그래 또는 진흙탕이 투명해지는
것처럼 그래 하지만 자주는 아니고 그래 오래도 아니고 그래
그렇지 않으면 어둠이 그래 그가 그걸 저 위의 삶이라고 부르나
그래 여기의 삶과 대비해서 정적 **여기** 울부짖음들 좋아

이 모든 건 추억이 아니야 그래 그한테는 추억이 없으니까 그래

그는 마지못해서 저 위에 있었던 건 아니지 그래 그가 보고 있는
장소들도 그래 하지만 아마도 거기에 있었겠지 그래 어딘가에
숨어서 몸을 웅크린 채 그래 밤에는 벽에 바짝 붙어 다니면서
그래 그는 아무 긍정도 할 수 없는 건가 그래 그 어떤 부정도 그래
그러니까 추억들을 논할 수 없는 거지 그래 하지만 그렇게 할 수도
있는 거잖아 그래

그는 혼잣말을 할까 아니 생각은 할까 아니 신을 빌나 그래 날마다
아니 죽기를 원하나 그래 하지만 그걸 기대하지는 않지 그래
거기에 남아 있을 생각인가 그래 어둠 속에 그래 진흙탕에 그래
한 마리 빈대처럼 납작 엎드려서 그래 움직이지도 않고 그래 생각
없이 그래 영원히 그래

그는 자신이 하는 말을 확신할까 아니 그는 아무 긍정도 할 수
없나 그래 그는 많은 것들을 잊었겠지 아니 몇몇 사소한 것들은
그래 있었던 얼마 안 되는 일들 그래 약간 기어 다녔던 일 같은
거 그래 약간 먹었던 일 그래 오로지 자기 자신만을 위해서 약간
생각하고 약간 속삭였던 일 그래 한 인간의 목소리를 들었던 일
아니 그런 일은 잊으면 안 되는 것이었나 그래 나보다 먼저 도착한
한 형제를 스쳐 지나갔던 일 아니 그런 일은 잊으면 안 되는
것이었나 그래

그는 내가 그를 내버려 두길 원할까 그래 평안하게 그래 내가 없는
게 그게 평안인가 그래 그게 평안이었나 그래 언제나 아니 그는
내가 그를 곧 내버려 둘 거라고 믿고 있나 아니 나는 거기에 남아
있겠지 그래 그한테 찰싹 달라붙어서 그래 그를 학대하려고 그래
영원히 그래

그런데 그는 아무 긍정도 할 수 없나 그래 부정도 그래 그게 다른
식으로 흘러갈 수도 있었을까 그래 여기의 그의 삶은 정적 여기의
그의 삶은 다른 식으로 흘러갈 수도 있었을까 정적 **여기의 네 삶은**
매우 깊은 정적 **뼈**와 **뼈** 사이에 울부짖음들 머리통 가격 진흙탕에

박힌 얼굴 코 입 진흙탕에서 울부짖음들 좋아 이제 알겠네 그는 할 수 없어

저 위 거기에 불이 들어온다 진흙탕에서 소소한 장면들 또는 예전 장면들에 대한 기억 단어들 그는 평안을 찾고자 그 단어들을 생각해 낸다 **여기** 울부짖음들 이 삶 그는 할 수 없다 아니면 더 이상은 할 수 없다 그는 할 수 있었다 내가 있기 전 다른 사람이 있기 전에 그 사람과 있을 때 그 사람 이후에 그게 어땠는지 있었던 얼마 안 되는 일 나처럼 거의 모두가 여기의 내 삶 핌 이전에 핌 이후에 그게 어땠는지 내게 있었던 얼마 안 되는 일 그 전부를 나는 그걸 내 생각에는 들리는 대로 말할 수 있었다 그리고 지금은 끝내기 위해 말하고 있다 그가 자신의 예를 들며 아주 나지막하게 진흙에다 대고 주의를 준다 빨리 빨리 곧 있으면 나 역시 더 이상은 핌 같은 자는 절대로 있었던 적이 전혀 그 모든 소량 중에서 아무것도 전혀 그러니 빨리 남아 있는 얼마 안 되는 걸 빨리 봄이 오기 전에 그걸 더하기 그가 내게 그걸 물으러 오기 전에 그게 어땠는지 여기의 내 삶 그가 오기 전에 남아 있는 얼마 안 되는 일을 빨리 그걸 더하기 그게 어땠는지 핌 이후에 봄 이전에 그게 어떤지

그러니까 빨리 핌과는 그게 어땠는지 마침내 두 번째 파트의 끝 이제는 드디어 그저 세 번째이자 마지막 파트만 그게 어땠는지 핌 이후에는 봄 이전에는 그게 어떤지 나한테 들리는 대로 어느 날이라고 말하면서 그게 헐떡임을 그칠 때 우리 모두의 목소리 까까 밖에 있었던 그 소리가 내 안에서 나한테 들리는 대로 언제나 그 모든 걸 단어 하나하나 그리고 그걸 진흙탕에서 진흙에다 대고 속삭인다 어느 날 나한테 핌한테 돌아왔다고 왜 몰라 말을 안 하니까 아무것도 아닌 것으로부터 아무것도 아닌 것으로부터 돌아왔다고 혼자 있다는 사실에 놀람 이제 핌 같은 자는 없어 어둠 속 진흙탕에 오로지 나 혼자 핌과는 그게 어땠는지 마침내 두 번째 파트의 끝 이제는 드디어 그저 세 번째이자 마지막 파트만 그게 어땠는지 핌 이후에는 봄 이전에는 그게 어떤지 자 지금까지 핌과는 그게 어땠는지였다

3

여기 그러니까 내가 계속해서 그대로 전하자면 세 번째 파트 그게
어땠는지 핌 다음에는 그게 어떤지 드디어 세 번째이자 마지막
파트 이 파트를 향하는 공기보다도 더 가벼운데 순식간에 풍덩
다시 곤두박질치는 그 정도로 많은 소원들 한숨들 말 없는 기도들
첫 단어부터 나는 듣는다 그 단어가 어떻게

더 이상 시간이 없어 나는 그걸 들리는 대로 말하는 거다
진흙탕에서 그걸 속삭이는 거다 나는 가라앉고 가라앉는다 이건
과장이 심한 걸 더 이상 머리가 돌아가지 않아 갈 데까지 간
상상력 더 이상 숨을 쉴 수가 없어

최근일지라도 오래전일지라도 엄청난 과거 아주 오래된 날들
가운데서도 오래된 오늘 아니면 찰나라는 별칭이 붙은 벌새 그
모든 게

엄청난 과거 벌새 그게 왼쪽에서부터 온다 그걸 눈으로 쫓는다
오른쪽으로[80] 돌아 아주 재빠르게 반원을 뻉 그러고서는[81] 휴식
그러고는 그다음 반원을 뻉 그러고서는 그러고서는 아니면 눈을
감아 버린다 이게 더 낫네 비바람이 몰아치는 가운데 숙이거나
숙이지 않는 머리 작은 여백들 좋은 순간들 짧은 어둠들 그러고는
위이이잉 그다음 반원 그 모든 게

그 모든 게 거의 여백 꽤 아름답게 꾸며졌던 여백 몇몇 흔적들
그게 다야 누구 때문인지 대개 언제나 나지 뭐 사소한 일 거기
사소한 하지만 거기 사소한 하지만 거기 불가피한

핌 전에 핌과 함께하기 훨씬 전에 엄청난 시기들 동일한
계통에서조차도 여러 종류의 생각들 다양한 의심들 눈물이 나올
정도로 고조되기도 하는 감정들 동작들 역시 그리고 진정한
가정을 찾으러 그의 전부가 길을 떠났을 때처럼 전체에서만큼

부분들에서도 일어나는 움직임들

따라서 저기 많든 적든 간에 옛날에는 많고 최근에는 적은 아주
적은 근래에 해당되는 그 모든 시기들 그 시기들이라면 최근이지
극도로 적은 거의 없는 거나 다름없는 몇 초 정도 여기저기 어떻게
표시할까 한 인생을 여러 인생들을 도처에 십자 표시들 지울 수
없는 자국들

그 모든 게 거의 여백 거기서 꺼낼 만한 건 아무것도 거의
아무것도 없다 거기에 둘 만한 게 아무것도 없다 그게 그래
가장 슬픈 일 그게 그럴지도 내리막길을 가다 바닥을 친 상상력
가라앉는다고 표현하는 표현하고자 하는 그런 상태

아니면 천국에 올라간다고[82] 결국에는 사실상 거기밖에

또는 결국 움직이지 않는다고 그게 말이 되는 게 반은 진흙탕에
잠기고 반은 바깥으로 나와 있으니

더 이상 머리가 돌아가지 않아 여하튼 이제는 이제는 마음도
거의 없어 그저 만족할 만큼 거기에 아주 약간 있는 것에 약간
가라앉다가 마침내 바닥을 치는 것에 약간 만족할 만큼 딱
그만큼만 있을 뿐

약간은 즐거워 거기에 적게 있을수록 더 많이 즐거워지거든
거기에 있을 때는 눈물이 적어져 약간 더 적어지지 거기에 있을
때는 단어들이 부족해 모든 게 다 부족해 대체로 눈물이 적어져
단어들의 부족 식량의 부족 출생조차도 출생도 부족해 그 모든 게
그게 즐겁게 만들어 그게 분명 그럴 거야 그 모든 게 약간 더 많이
즐겁게

그게 어땠는지 그게 부족해 핌 전에는 핌과는 다 잃었어 거의 다
이제는 아무것도 거의 아무것도 없어 그게 다 된 거라 다행이야

이제는 그저 핌이 있을 때부터 그게 어떤지 엄청난 한 시기 핌
전에는 핌과는 엄청난 시기들 여기저기에 더해진 몇 분 엄청난
시기 영원 동일한 규모 그 안에는 아무것도 거의 아무것도 없어

눈을 꽉 감기 내가 계속해서 그대로 전하자면 파란색 눈 말고
뒤에 있는 다른 존재들의 다른 색 눈을 어딘가에 있는 뭔가를
보기 핌 이후에는 이제는 그저 그것만 머릿속에 숨소리만 이제는
그저 머리 하나만 그 안에는 아무것도 거의 아무것도 없다 그저
숨소리만 헉 헉 1분에 100번 숨을 참기 숨이 참아지다니 10초
15초 어떤 소리를 듣기 케케묵은 몇몇 단어들을 들어 보려고 하기
핌 이후에는 그게 어땠는지 그게 어떤지 서둘러

핌 서둘러 핌 이후에는 그가 잊히기 전에 있지도 않았는데 뭐
오로지 나만 나 핌 그게 어땠는지 나 이전에 나오는 나 이후에
그게 어떤지 서둘러

진흙탕에 때마침 진흙색의 자루 하나 서둘러 말하기 그게 그곳
색의 자루라고 자루와 진흙이 뒤엉켜 있었으니까 자루에 진흙이
늘 묻어 있었으니까 그게 둘 중 하난데 다른 물건은 찾아보지
않기 진짜 있을지도 모르는 다른 물건 그 정도로 많은 물건들
자루(sac)라고 말하기 케케묵은 단어 첫 번째로 떠오를 단어 c로
끝나는 한 음절 다른 단어들은 찾아보지 않기 다 사라질지도
모르니까 자루 그건 괜찮을 거야 그 단어는 그 물건은 그게 있을
수 있는 물건들에 속하니까 매우 희박하기는 하나 있을 수 있는
그 세계에 속하니까 그래 세계 더 뭘 바랄 수 있을까 있을 수 있는
하나의 물건 있을 수 있는 하나의 물건을 보기 그 물건을 보기 그
물건의 이름을 말하기 그 물건의 이름을 말하기 그 물건을 보기 그
정도면 됐어 휴식 나는 돌아갈 거야 언젠가는 그래야만 해

헐떡임을 그치기 들리는 걸 말하기 그걸 보기 그 자루에서 나온
진흙색의 한쪽 팔을 서둘러 말하기 한쪽 팔을 그다음에 다른 쪽
팔을 말하기 다른 쪽 팔을 그걸 보기 닿기에 너무 짧은 듯 쫙 뻗은

그 팔을 덧붙여 말하기 이번에는 한쪽 손을 쫙 펼친 손가락들을
괴물 같은 손톱들을 말하기 보기 그 모든 걸

몸 그게 뭐 대수라고 몸을 말하기 몸을 보기 뒷면 전체가 원래는
희었는데 연하게 남아 있는 몇 개의 점들 반백의 머리카락
머리카락은 아직도 자라고 있다 그 정도면 됐어 머리 머리를
말하기 머리를 봤다고 말하기 전부 다 볼 만한 건 전부 다 봤다고
말하기 자루 하나 식량들 생명이 붙어 있는 그래 살아 있는 몸
전체 헐떡임을 그치기 그게 헐떡임을 그치기를 10초 15초 생명의
증표로서 그 숨소리를 듣기 그 소리를 듣기 말하기 그 소리를
듣는다고 말하기 좋아 전보다 더 심하게 헐떡이기

가끔가다 바람에 의한 것처럼 하지만 약하고 마른 숨결은 아니야
괜히 돌아가는 오래된 물레방앗간 신의 물갈퀴 판[83] 또는 금방
변할 것 같은 기분에 따라서 세상보다도 더 늙은 흑인 노파의 큰
가위질 싹둑 썩둑 싹둑 썩둑 두 가닥 실이 순식간에 다섯 가닥 그
두 가지 다 절대로 내 건 아니야

그게 다다 나는 이제 아무 소리도 안 들을 거고 이제 아무것도 안
볼 거다 아니 그렇지 않을 거야 끝내기 위해서는 몇 개의 케케묵은
단어들이 몇 개 더 그런 게 몇 개 더 필요하니까 두 번째 파트 핌의
시기보다는 약간 덜 묵은 단어들 끝장난 단어들 그런 단어들은
있었던 적이 없는데 여하간 오래된 단어들 엄청난 한 시기 온갖
종류의 바람들이 싣고 온 것 같은 이 목소리 이 목소리들 하지만
숨결은 아니야 약간 더 최근이기는 하나 또 다른 고대의 유적 하나
헐떡임을 그치기 그게 그치기를 10초 15초 여기저기에 몇 개의
오래된 단어들 그것들을 이렇게 저렇게 연결하기 문장들을
만들기

몇 개의 오래된 영상들 언제나 똑같은 영상들 이제 푸른색은 없다
푸른색은 끝났다 사실 있었던 적도 없는데 자루 팔들 몸 진흙 어둠
자라나는 머리카락과 손톱들 그 모든 게

마침내 돌아온 이렇게 말해도 된다면 내 목소리 내 입 이렇게
말해도 된다면 내 입으로 마침내 돌아온 한 목소리 어둠 속
진흙탕에 마침내 한 목소리 그 기간들을 상상조차 할 수 없다

이 숨 이 숨을 참기 숨이 참아지다니 낮과 밤에 한 번 두 번
그렇게 함으로써 그들한테 의미 있어지는 시간 그들 아래로 또
위로 또 그 주변으로 지구가 돈다 그러면서 모든 게 다 돈다 한
목적지에서 다른 목적지로 냅다 달리는 그들 숨소리만 아니면
그들의 발소리가 들린다고 내가 생각할 텐데 이 숨을 참기 숨이
참아지다니 IO초 I5초 들어 보려고 하기

이 오래된 동화를 까까 사방에서 그러다가 내 안에서 파편들 몇몇
파편들을 매번 두세 개 낮과 밤에 들어 보려고 하기 그 파편들을
이렇게 저렇게 연결시켜 보기 문장들을 다른 문장들도 마지막
문장들을 만들어 보기 핌 다음에는 그게 어땠는지 그게 어떤지 아
근데 뭔가 말이 안 되는 게 세 번째이자 마지막 파트의 끝

이 목소리인지 이 목소리들인지 어떻게 알지 아니 그건 합창이
아니었어 단 하나의 목소리 하지만 까까 말하자면 사방에서
확성기들로 그럴 수 있지 기술이 하지만 조심해

조심해 절대로 두 번은 똑같은 목소리 혹 그게 아니면 시간 엄청난
시기들 알아볼 수 없을 만큼 늙어 버린 목소리 아니 그렇지 않아
사실 대개 전보다 나중이 더 생기발랄하고 더 힘찬 목소리라
병이나 불행한 일들 때문이 아니라면 때때로 그런 일들이 스쳐
지나가고는 하니까 일반적으로 전보다 나중이 더 좋고 덜 나쁜
법이지

아니면 그럼 에보나이트[84]나 그 비슷한 것에 녹음된 소리들
에보나이트에 녹음된 여러 세대들 전 생애 그렇게 상상해 볼 수
있지 그 무엇도 당신을 막을 수 없어 뒤섞는 걸 자연의 질서를
바꾸는 걸 그렇게 노는 걸

아니면 결국 같은 목소리 그리고 나 나의 잘못 주의력의 기억력의
결핍 내 머릿속에서 뒤섞인 시간들 엄청난 시기들 이전의 동안의
이후의 그 모든 시간들

그리고 언제나 똑같은 것 가능하기도 하고 가능하지 않기도 한
똑같은 것들 또는 그것만 다시 찾는 나 그게 헐떡임을 그칠 때
그것만 들린다 똑같은 것들 네댓 개 몇 개의 장식들 저 위의 삶
소소한 장면들

바로 나한테 똑같은 것이 나에 관해서 똑같은 것들을 알려 주었다
누구한테 다른 인물에 관해서 누구에 관해서 다른 인물에 관해서
눈을 꼭 감기 다른 인물을 보려고 하기 누구한테 누구에 관해서
누구한테 나에 관해서 누구에 관해서 나한테 아니면 제3의 인물
눈을 꼭 감기 제3의 인물을 보려고 하기 그 모든 걸 뒤섞기

까까 모두한테서 나오는 우리의 목소리 모두가 누구야 내가 있기
전에 여기 있었던 자들과 앞으로 이 진창에 홀로 있거나 아니면
서로 꼭 달라붙어 있을 그 모든 자들 진급한 학대자들로서 과거의
피해자들로서 만일 일이 이렇게 진행된다면 그리고 미래의
피해자들로서 모든 펌들 그거야 지구가 스스로 빛을 없애지
못했던 것 이상으로 확실한 거지 지금까지 언급한 모든 자들

바로 그 목소리로부터 나는 알아낸다 알아냈다 남아 있던 얼마
안 되는 걸 남아 있는 얼마 안 되는 걸 알아낸다 펌 전에는 펌과는
펌 다음에는 그게 어땠는지에서 그리고 그게 어떤지까지 또 그걸
위해서 목소리는 단어들을 찾아냈다

내 목소리를 갖기도 전에 내게서 그 목소리가 사라지게 되면 그게
어떤지에 대해서 그때 생길 광범위한 그 구멍 그리고 내가
결국 내 목소리를 갖게 되면 그때 생길 광범위한 그 시간대 내가
내 목소리를 갖게 되면 그때는 그게 어떤지 그리고 내게서 그
목소리가 사라지게 되면 그때는 그게 어떤지

그렇게 할 수 없음에도 내가 마무르 마망[85]이라 말하고 그
소리들을 들으며 거기서부터 두 입술 사이에서 나는 소리들에
대한 내 갈증을 일단 가라앉혀야만 할지도 모르는 순간 바로 그
순간을 위한 단어들과 그다음 단어들 엄청난 한 시기

하관의 쓸데없는 움직임들 어떤 소리도 어떤 단어도 그러고는
그 수고조차도 이제는 그게 유일한 희망일 때도 더는 그렇게 할
생각도 다른 걸 찾기 그때는 그게 어떤지 그걸 위한 단어들

바로 그 목소리로부터 지극히 적은 그 소량에 대한 그 모든 걸
남아 있는 얼마 안 되는 걸 나는 내 이름을 말했다 그게 헐떡임을
그치자 내가 잠시 존재한다 오래된 한 목소리로부터 내가 듣고
있다고 생각한 것보다 항상 더 적은 케케묵은 그 소량 우리
모두한테서 나오는 까까 그만큼 우리는 결국 존재했던 게 될 거다
아 근데 뭔가 말이 안 되는 게

즉 저 위 빛 속 황금기 때부터 땅에 떨어진 낙엽들보다도 더 많이
그 소량이 만드는 즐거움의 정도에 따라

무슨 푸릇푸릇할 때나 할 법한 허튼짓에 즐거워하며 봄이 다시 올
때까지 가지에 달린 채 나부끼는 시커멓게 죽어 버린 이파리들이
있다 그렇다 어떤 것들은 그 상태로 두 번의 봄을 1.5번의 여름을
4분의 3을 버틴다

펌 이전에 여행 첫 번째 파트 오른 다리 오른팔 밀고 당긴다
10미터 15미터 정지 쪽잠 정어리 혹은 그 비슷한 물고기 한 마리
진흙탕에 담근 혀 몇 개의 영상들 무음의 단어들 넘어지지 않기
다시 출발 밀고 당긴다 그 모든 건 펌 이전에 첫 번째 파트 그런데
그 전에

또 다른 이야기 알려고 하지 않기 아니 같은 이야기 두 개의
이야기는 없어 어쨌거나 나머지처럼 알려고 하지 않기 약간 더

어쨌거나 몇 개의 단어 나머지에 대한 것처럼 몇 개의 케케묵은
단어 헐떡임을 그치기 그게 그치기를

들어 보려고 하기 여기저기 케케묵은 몇 개의 단어들을 그
단어들을 한데 붙이기 한 문장으로 몇 개의 문장들로 그게 정말
어떻게 그럴 수 있었는지 알아보려고 하기 핌 이전은 말고 그건
그건 다 된 거니까 그거 이전에 첫 번째 파트 또 엄청난 한 시기

둘 그러니까 둘이었다 기마 자세로 내 엉덩이 위에 손 누가
왔었던 거다 벰(Bem) 펨(Pem) 한 음절이고 끝에 하나의 m이
오면 나머지야 뭐 상관없지 벰이 나한테 찰싹 달라붙어 있으려고
또 나중에는 펨을 보려고 왔던 거다 그러면 나는 나는 펨한테
찰싹 달라붙어 있으려고 왔던 거다 나 핌 벰 나 왼쪽에 벰 남쪽
오른쪽에 나 이것만 제외하면 똑같은 것

버림받고서 내가 머물렀던 곳으로 나한테 찰싹 달라붙어
있으려고 나한테 어떤 이름을 자기 이름을 붙여 주려고 나한테
하나의 삶을 주려고 떨어지기 전에 빛 속에서 내게 있었을지도
모르는 저 위의 한 인생에 대해서 나보고 말하게 하려고 온
벰 말해진 그 모든 건 나 핌 벰 나 왼쪽에 벰 남쪽 오른쪽에 나
이것만 제외하면 어느 두 번째 파트 첫 번째 파트 이전의 어느 두
번째이자 마지막인 두 번째 파트 나는 그 소리를 듣고 진흙에다가
그걸 속삭인다

그러니까 같이 함께하는 삶 나 벰 그 벰 우리 벰 엄청난 한 시기
그날까지 그날을 듣기 그날을 말하기 그날을 속삭이기 마치 어느
한 지구가 어느 한 태양이 덜 어둡고 더 어두운 순간들이 있는
것처럼 부끄러워하지 않기 그 대목에서 웃기

밝은 어둠 그런 단어들 그런 단어들이 떠오를 때마다 밤 낮 그림자
빛 그런 계통의 단어들 웃고 싶은 욕망 매번 아니 때때로 열 번 중
세 번 열다섯 번 중 네 번 정도 그 정도 비율로 때때로 같은 비율로

시도해 본다 때때로 같은 비율로 성공한다

어두운 빛 그런 계통의 단어들 그런 단어들이 한 100번 정도
떠오를 때마다 잠깐 흔들고 잠깐 되살리고서 전보다 더 초주검이
되도록 하는 그런 종류들로 인해 실제로 터진 서너 번의 웃음들

따라서 그날까지 그날을 속삭이기 부끄러워하지 않기 웃지
않기 놀랍게도 그의 예상과 달리 뭔가가 거기에 있는 그날 어둠
속 진흙탕에 홀로 있는 뱀 그 파트는 그에게도 또 나에게도 끝
놀랍게도 나의 예상과도 달리 내 의도에서 벗어나는 말이 안 되는
뭔가가 거기에 오른 다리 오른팔 밀고 당긴다 핌을 향해서 10미터
15미터 길고 긴 여행

다 잊어버리고 다 잃어버리고 나는 어디서 와 어디로 가는지 전혀
모르게 되는 시기 잦은 정지들 쪽잠들 정어리 한 마리 진흙탕에
담근 혀 아주 비싼 대가로 다시 얻어 낸 말의 연이은 상실 몇 개의
영상들 하늘들 가정(家庭)들 소소한 장면들 종(種) 밖으로 반 정도
추락 아무 소리 없이 하관의 잰 움직임들 뱀이라는 멋진 이름의
상실 핌 이전 첫 번째 파트 그게 어땠는지 엄청난 한 시기 그건
마친 거잖아

그게 왔어 그게 말해지고 진흙탕에서 속삭여지고 있어 그게
어땠는지 핌 전은 아니야 그건 그건 마친 거잖아 그거 이전 첫
번째 파트 또 아주 멋진 엄청난 한 시기 다만 그렇게는 아니야
그렇게는 안 돼 아 근데 뭔가 말이 안 되는 게

자루 이번에는 자루다 자루 없이 핌은 떠났다 그는 자기 자루를
나한테 맡겼다 그래서 나는 내 자루를 뱀한테 맡겼다 나는 내
자루를 봄한테 맡길 거다 나는 자루 없이 봄 곁을 떠날 거다 나는
핌한테 가려고 자루 없이 뱀 곁을 떠났다 이번에는 자루다

뱀 그러니까 핌한테 가기 전에 나는 뱀과 함께 있었다 나는

그러니까 자루 없이 벰 곁을 떠났다 그런데 그럼에도 불구하고
첫 번째 파트 핌한테 가면서 내가 가지고 있었던 그 자루는 내가
가지고 있었던 그 자루는

그 자루는 그러니까 벰 곁을 떠나면서는 내가 가지고 있지 않았고
내가 누구 곁을 떠나서 누구한테로 갔었는지 알지 못한 채
핌한테로 가면서는 가지고 있었던 자루 그 자루는 그러니까 내가
가지고 있었던 자루로서 내가 그걸 그러니까 그래 주웠다 그런
연유로 그 자루가 내게 남아 있는 거다 그게 없이는 여행을 못
하니까

자루 하나 여행할 때는 자루가 식량이 필요하다 첫 번째 파트에서
우리는 그렇다는 걸 봤다 본 게 틀림없었다 그런 게 필요하다 그럼
해결된 거네 우리 문제는 그렇게 해결된 거야

떠났다 그러니까 자루 없이 그런 내가 자루를 하나 가지고 있었다
나는 그걸 그러니까 그래 길 가다 주웠다 자 이렇게 어려운 문제가
해결되잖아 우리는 자루가 필요 없는 자들한테 우리의 자루를
맡긴다 우리는 자루를 곧 필요로 할 자들한테서 그들의 자루를
취한다 우리는 자루 없이 떠난다 우리는 자루를 하나 줍는다
우리는 여행을 할 수 있다

만일 누가 여기서 죽은 거라면 최후의 순간에 비로소 툭 놓아
버리고 만 한 망자의 자루처럼 보이는 진흙에 묻힌 한 자루 그러니
실제로는 그렇지 않고 그냥 평범한 자루 그 이상은 아니야 만져
보니 식량을 담고 있는 삼베로 된 축축한 50킬로그램짜리 작은
석탄 자루

평범한 한 자루 그러니까 그걸 주울 거라는 기대 없이 그걸 소유한
적이 있었다는 기억도 못 한 채 그게 필요하다는 생각도 안 하고
식량 없이 출발하자마자 또 그게 없으면 짧게 끝날 테지만 짧게
끝나지 않은 엄청난 한 시기를 보여 주는 한 여행을 위해서 어둠

속 진흙탕에서 출발하자마자 우리가 줍고서 핌 전에는 그게
어땠는지 첫 번째 파트에서 우리가 본 바로는 도착하기 거의
직전에 먹지 않은 식량들과 같이 잃어버리는 그 정도의 자루

그러니까 만일 우리가 무한하게 여행을 한다면 무한하게 많은
사람들보다도 여기에 더 많은 자루들이 그리고 사용도 못 한
채 참으로 무한하게 이뤄지는 분실이 자 이렇게 어려운 문제가
해결되네 아 근데 뭔가 말이 안 되는 게

내가 뱀의 곁을 떠나는 순간에 다른 누군가는 핌의 곁을 떠난다
만일 우리가 10만 명이라면 정확히 그 순간에 5만 명은 떠나는
이들이고 5만 명은 버림받는 이들 태양도 없고 지구도 없고 도는
건 아무것도 없다 어디서나 항상 같은 순간

내가 핌과 재회하는 순간에 다른 누군가는 뱀과 재회한다
우리의 문제는 그렇게 해결된다 우리의 정의가 그렇게 되기를
원한다 사방에서 같은 순간에 다시 5만 명의 커플들 같은 순간
같은 간격으로 헤어지는 커플들 이게 딱딱 들어맞는다 이게
길[道路]들이며 태도들 모든 게 똑같은 이 진창에서 실현되는
우리의 정의다 오른 다리 오른팔을 밀고 당긴다

핌과 함께하는 나만큼이나 오래 뱀과 함께하는 다른 인물 둘씩
꼭 달라붙은 채 누워 있는 10만 명 엄청난 한 시기 아무 움직임도
없다 학대자들 말고는 즉 오른팔로 노래 때문에 겨드랑이를
할퀴고 비문(碑文)을 새기고 깡통 따개를 찔러 넣고 허리를
강타하는 필요한 그 모든 일 가끔씩 차례가 되어 그 일을 맡는
자들 말고는

핌이 내 곁을 떠나 다른 자한테로 가는 순간에 뱀이 다른 자 곁을
떠나 나한테로 온다 나는 내 관점에서 말하고 있다 그때 화분
벌레들 아니면 변소에 사는 꼬리 달린 벌레들의 이동 분열생식의
광란 엄청나게 즐거운 날들

핌이 나와 단 한 쌍의 커플을 이루고서는 다른 자와 또 단 한 쌍의 커플을 이루려고 그자와 재회하는 순간에 뱀이 다른 자와 단 한 쌍의 커플을 이루고서는 나와 또 단 한 쌍의 커플을 이루려고 나와 재회한다

여기서 계시 뱀은 그러니까 봄 또는 봄이 뱀 그리고 그게 헐떡임을 그칠 때 내 안에서 그런 삶의 파편들을 내 삶을 내게 전해 주는 까까 목소리 그 세 가지 중 하나

내 생각으로 목소리가 첫 번째 파트 여행 전 그게 어땠는지를 언급하면서는 뱀을 그리고 세 번째이자 마지막 파트 버림받은 후 그게 어떨지를 언급하면서는 봄을 말해 줬던 그때 그 목소리는 실제로 말해 줬던 거다

그 목소리는 실제로 말해 줬던 거다 오로지 뱀만을 말해 주든 오로지 봄만을 말해 주든 이렇든 저렇든 간에

아니면 그 목소리는 실제로 말해 줬던 거다 다르게 말하고 있지 않다고 믿으면서 부주의나 실수로 때로는 뱀을 때로는 봄을 나는 목소리를 의인화하고 있다 목소리는 의인화되고 있다

아니면 마지막으로 그 목소리는 여행 전에는 그게 어땠는지를 또는 버림받은 후에는 그게 어떨지를 언급함에 따라 일부러 한 이름에서 다른 이름으로 옮겨 갔던 거다 뱀과 봄은 그저 한 명에 불과할 수 있다는 걸 이해하지 못한 채

그 목소리가 나한테 그 도착을 알려 줬던 자 그자한테서 새로운 모습을 기대하는 일은 쓸데없는 짓이었다는 걸 오른 다리 오른팔 밀고 당긴다 10미터 15미터

핌이 나를 참다가 그의 다른 짝한테로 가려고 떠났던 것처럼 나도 내 짝을 참다가 핌한테로 가려고 떠났는데 그 목소리가 나한테

말해 줬던 그 이전 짝은 반드시 다른 자일수밖에 없었다는 걸

의식하지 못한 채 하지 않기 위해서 의식하지 못한 채 여기의 모든
걸 우리의 정의 가 버리되 절대로 떠나지는 않기 가되 절대로
누구한테로 가지는 않기

우리의 정의로서 각자는 언제나 같은 이의 곁을 떠나고 언제나
같은 이한테로 가며 언제나 같은 이를 잃고 자신의 곁을 떠난
자한테로 가고 자신한테로 오는 이의 곁을 떠난다는 걸 의식하지
못한 채

수백만 명 수백만 명 우리는 수백만 명이다 그리고 우리는 세
명이다 나는 내 관점에서 말하고 있는 거다 뱀은 봄이다 봄이
뱀 그러니 봄이라고 하자 그게 더 낫잖아 따라서 봄 나와 핌 그
중간에 있는 나

그렇게 내 안에서 나는 그게 헐떡임을 그칠 때면 언제나
그대로 전한다 오래된 그 목소리가 자기에 대해서 오류들이나
정확성들을 말하는 파편들을 우리에 대해서는 우리가 수백만
명이나 세 명이기도 하다고 우리의 커플들 여행들과 버림받은
일들을 완전히 혼자인 나에 대해서는 나는 언제나 그대로 전한다
사방에서 까까 밖에 있었다가 그게 헐떡임을 그칠 때 내 안에서
내 상상의 형제들 상상의 여행들을 말하는 파편들을 파편들 나는
그것들을 속삭인다

만일 나한테 목소리가 하나 있다면 내 목소리라고 생각할 수도
있었을 한 목소리 나한테 들리는 때면 언제나 내가 그대로 전하는
한 목소리 그 목소리를 그들도 듣는다 그리고 나한테 오려고 봄이
떠났던 자와 핌이 내 곁을 떠나서 가려고 했던 자 또 우리가 1만
명이라면 나머지 버림받은 499,997명도

똑같은 목소리 똑같은 것들 그 이름들만 빼면 그래도 여전히

둘이면 충분하다 각자 이름 없이 자신의 봄을 기다린다 이름 없이 자신의 핌한테로 간다

봄 버림받은 자한테 나 말고 봄 너 봄 우리 봄 그러나 나 봄 너 핌 나 버림받은 자한테 나 말고 핌 너 핌 우리 핌 그러나 나 봄 너 핌 아 근데 뭔가 말이 전혀 안 되는 게

그렇게 영원히 나는 언제나 그대로 전한다 아 근데 뭔가 건너뛴 게 그렇게 영원히 때로는 봄 때로는 핌 즉 왼쪽에 있는지 또는 오른쪽에 있는지 북쪽에 있는지 또는 남쪽에 있는지 학대자인지 또는 피해자인지에 따라 아 이 말은 너무 강한데 언제나 같은 자의 학대자 언제나 같은 자의 피해자 그리고 어떤 때는 고독한 여행자 이름도 없이 완전히 홀로 버려진 인물 이상의 모든 말 너무 강해 거의 모든 약간 너무 강해 나는 그걸 들리는 대로 말하는 거다

또는 단 하나의 단 하나의 이름 핌이라는 멋진 이름 그런데 내가 잘못 듣거나 목소리가 잘못 말해서 내가 봄으로 듣거나 사방에서 까까 밖에 있었던 봄이라는 조각을 그게 헐떡임을 그칠 때 내 안에서 목소리가 봄이라고 말하는 그 경우에

내가 듣거나 목소리가 실제로 말하는 경우에 두 번째 파트에서 핌이 나와 함께한 것처럼 첫 번째 파트에서 핌한테 가기 전에 내가 봄과 함께했다고

또는 지금 세 번째 파트에서 오른 다리 오른팔 밀고 당겨서 첫 번째 파트에서 내가 핌한테 갔듯이 봄이 나한테 온다고

들어야만 하는 이름은 바로 핌이다 말해야만 했던 이름도 핌 첫 번째 파트에서 핌한테 가기 전에도 내가 핌과 있었다고 또 지금 세 번째 파트에서는 첫 번째 파트에서 내가 핌한테 갔듯이 오른 다리 오른팔 10미터 15미터 밀고 당기면서 핌이 나한테 오는 거라고

그러니까 100만 명 만일 우리가 100만 명이라면 100만 명의
핌 때로는 고통의 욕구들로 아 표현이 너무 강해 둘씩 달라붙어
꼼짝 않는 자들 50만 개의 진흙색 작은 무리들 또 어떤 때는 반은
버리고 반은 버림받는 이름 없는 1천 명의 1천 명의 고독한 자들

그리고 세 명 만일 우리가 세 명이라면 사방에서 까까 밖에 있었던
그 목소리가 헐떡임이 그칠 때 내 안에서 말할 때에는 수백만
명을 세 명을 언급하는 그 목소리를 만일 나한테 목소리가 하나
있다면 약간의 마음 약간의 지성으로 내가 그대로 전하자면 내
목소리라고 생각할 수 있을지도 모르는 그 목소리를 내가 들을
때에는 버림받아 혼자라서 나는 그걸 듣는 유일한 존재가 된다

수백만 명에 대해 세 명에 대해 우리의 여행들 커플들과 버림받는
일들에 대해 우리가 서로에게 부여하고 다시 부여하는 이름들에
대해 속삭이는 유일한 존재

그 모든 파편들 그것들을 듣는 유일한 존재 진흙탕에서 진흙탕에
대고 그것들을 속삭이는 유일한 존재 내 두 동료들 우리가 본
바로는 걷고 있는 두 동료들 내게로 오는 동료와 내게서 멀어지는
동료 아 근데 뭔가 말이 안 되는 게 그러니까 각자가 각자의 첫
번째 파트에서

아니면 각자의 다섯 번째 파트에서 아니면 각자의 아홉 번째
파트에서 아니면 각자의 열세 번째 파트에서 그렇게 계속

정확해

반면에 목소리는 우리가 본 바로는 두 번째 파트 아니면 네 번째
파트 아니면 여섯 번째 파트 아니면 여덟 번째 파트 그렇게 연이은
파트의 전유물이 커플인 것처럼 세 번째 파트 아니면 일곱 번째
파트 아니면 열한 번째 파트 아니면 열다섯 번째 파트 그렇게
연이은 파트의 전유물

정확해

만일 여기서 제시된 순서 즉 먼저 여행 그다음에 커플 마지막으로
버림받기 이 순서를 커플을 거쳐 여행으로 가려고 버림받는
데서부터 시작하거나 또는 어딘가로 가려고 커플로부터
시작하면서 취하게 될지도 모르는 순서 순서들보다도 더
좋아한다면

커플로

버림받기를 거쳐서

아니면 여행을 거쳐

정확해

아 근데 뭔가 말이 안 되는 게

그런데 만일 그 상황과 반대로 내가 그때 혼자라면 더 이상 문제
될 게 없어 상상이라는 대단한 노력 없이는 피하기 어려울 것 같은
해결책이니

말하자면 예컨대 우리의 여정은 만일 우리가 1번에서
1,000,000번까지 번호를 달고 있다면 1,000,000번은 그의
학대자 999,999번의 곁을 떠나면서 아무도 없는 곳으로
뛰어들거나 존재하지 않는 한 명의 피해자한테로 돌격하는
대신에 1번한테로 향하는 하나의 닫힌곡선

또 자기의 피해자 2번한테 버림받은 1번이 우리가 본 바로는
1,000,000번을 단 인물이 학대자로서 오른 다리 오른팔을 밀고
당겨서 10미터 15미터 낼 수 있는 최대 속도로 도착함으로써
학대자를 빼앗긴 채로 영원히 지내지는 않는 하나의 닫힌곡선

그리고 세 명 만일 우리가 오로지 세 명뿐이라서 그래서 오로지
1번에서 3번까지만 번호를 달고 있다면 아니면 차라리 네 명 그게
더 낫네 그게 더 보기가 좋아 만일 우리가 오로지 네 명뿐이라서
그래서 오로지 1번에서 4번까지만 번호를 달고 있다면

따라서 네 쌍의 커플 네 명의 버림받은 자들을 나타내는 가장 큰
현(弦)[86]의 양 끝에만 있는 두 자리 즉 a와 b라는 두 좌표

반(半)궤도만 도는 두 경로 그 각각은 즉 어떻게 말할까
여행자들을 위한 ab와 ba

그렇다면 나는 예컨대 나는 1번이 되는 거야 그거야 당연한
일이겠지만 그리고 가장 큰 현의 끝 a에서 정해진 어느 순간에
버림받는 나 자신을 발견하고 또 발견하는 거지 그리고 우리가
오른쪽으로[87] 돈다고 가정

그러면 같은 지점에서 그리고 느끼기에 상당히 유사한 상황에서
나 자신을 또다시 발견하기 전에 나는 차례대로

a 지점에서 4번의 피해자이다가 ab로 여행하여 b 지점에서 2번의
학대자로 있다가 다시 버림받고서 이번에는 b 지점에서 다시
4번의 피해자가 되지만 이번에는 b 지점에서 다시 여행하여
그런데 이번에는 ba로 다시 2번의 학대자가 되는데 이번에는
a 지점에서 그리고 결국 a 지점에서 다시 버림받고서 다시
시작하려고 하겠지

정확해

따라서 우리 각자한테는 만일 우리가 네 명이라면 최초의
상황으로 다시 돌아가기 전에 두 번의 버림받기 두 번의 여행 항상
같은 번호 내 경우는 2번의 학대자로서 왼쪽에서 두 번 또 항상
같은 번호 내 경우는 4번의 피해자로서 오른쪽에서 두 번 이렇게

총 네 번의 짝짓기

3번에 관해서는 2번과 4번이 서로를 알지 못하는 것처럼 나도
그를 알지 못하다 보니 결과적으로 그도 나를

따라서 우리 각자한테는 만일 우리가 네 명이라면 우리들 중 한
명은 미지의 인물로 남거나 오로지 소문으로만 알게 되는 거야
그게 아직도 가능한 일이니까

나 나는 피해자와 학대자 역할을 번갈아 하면서 4번과 2번과
관계를 맺고 2번과 4번은 학대자와 피해자 역할을 번갈아 하면서
3번과 관계를 맺는 거지

가능해 그러니까 이론상으로는 3번한테 한편으로는 그의
학대자인 나의 피해자의 중개로 또 다른 한편으로는 그의
피해자인 나의 학대자의 중개로 가능해 그러니까 내가
되풀이하자면 아니 내가 그대로 전하자면 3번한테 나는 우리가
서로 마주칠 기회를 전혀 갖지 못했더라도 완전한 미지인은
아니야

마찬가지로 만일 우리가 100만 명이라면 우리 각자는 그저
자신의 학대자와 자신의 피해자만을 즉 자신의 바로 뒤에 오는
자와 자신의 바로 앞에 가는 자만을 개인적으로 아는 거지

그리고 우리 각자도 그저 그들한테만 개인적으로 알려지는 거고

그렇기는 하지만 원을 도는 가운데서 우리 각자가 자신의
위치에서는 만날 기회를 절대로 갖지 못하는 나머지
999,997명들을 소문을 통해서 이론상으로는 아주 잘 알 수 있어

그리고 우리 각자도 소문을 통해서 그들한테 알려지는 게
가능하고

이어지는 번호 스무 개를 대 보자

아니 그냥 아무 번호나 그냥 아무 번호나 그래도 상관없으니까

814,326번에서 814,345번까지

814,327번은 말할 수 있어 적절하지 않은 말 두 번째
파트에서 우리가 본 바로는 학대자들은 벙어리 814,326번에
대해서 814,328번한테 이 814,328번은 814,327번에 대해서
814,329번한테 말할 수 있지 이 814,329번은 814,328에 대해서
814,330번한테 말할 수 있고 그렇게 814,345번까지 계속하다 보면
이 814,345번이 그런 식으로 소문을 통해 814,326번을 알 수 있는
거야

마찬가지로 814,326번은 소문을 통해 814,345번을 알 수 있어
814,345번에 대해서 814,343번한테 말했던 814,344번 그리고
814,342번한테 814,343번이 그리고 814,341번한테 814,342번이
그렇게 814,326번까지 계속하다 보면 814,345번이 그런 식으로
소문을 통해 814,326번을 알 수 있어[88]

양방향으로 무한하게 퍼져 나갈 수 있는 루머

왼쪽에서 오른쪽으로 학대자가 자신의 피해자한테 그대로 전하는
자신의 피해자한테 믿고 털어놓는 비밀을 통해서

오른쪽에서 왼쪽으로 피해자가 자신의 학대자한테 그대로 전하는
자신의 학대자한테 믿고 털어놓는 비밀을 통해서

이상의 모든 말 내가 그걸 되풀이하자면 아니 내가 또 그대로
전하자면 피해자들 학대자들 비밀들 되풀이하자면 아니 그대로
전하자면 나는 그리고 다른 이들은 이상의 모든 말 너무 강해
나는 여전히 그걸 들리는 대로 여전히 말하고 그걸 진흙에다 대고

여전히 속삭이고 있다 혼자 무한 우리의 단계에 맞게

그런데 질문 왜 그러는 걸까

왜냐하면 만일 814,336번이 814,335번한테는 814,337번을 또 814,337번한테는 814,335번을 묘사한다 해도 814,336번은 자신의 두 대화 상대자들이 오래전부터 알고 있는 자신의 모습을 그대로 묘사한 꼴밖에 결국 안 되니까

그러니까 왜 그러는 걸까

게다가 그런 일은 불가능해 보이잖아

왜냐하면 814,336번이 우리가 본 바로는 814,337번 곁에 도착했을 때 마치 814,335번은 존재한 적이 없었던 것처럼 오래전에 그에 대한 기억을 전부 다 잊었기 때문이고 그의 곁에 814,335번이 도착했을 때 우리가 또 본 바로는 오래전에 814,337번에 대한 기억을 전부 다 잊었기 때문이지 엄청난 한 시기

그만큼 여기서는 자신의 학대자를 참아 내야 하는 시기에는 오로지 자신의 학대자만을 자신의 피해자와 재미를 볼 시기에는 오로지 자신의 피해자만을 알 뿐이라는 게 사실이 되는 거야 그리고 또

그리고 거대한 이런 행렬의 끝에서 끝까지 영원히 재편되는 똑같은 이런 커플들 아니 상상이 안 되는 첫 번째에서처럼 그게 이해가 되는 건 언제나 100만 번째에서라니 고통의 욕구들로 서로 결합하는 두 이방인

그리고 예측할 수 없는 엉덩이 위에 100만 번째로 더듬거리는 손이 놓일 때 아니 그 손한테는 그게 첫 번째 엉덩이이고 그 엉덩이한테는 그게 첫 번째 손이라니

아 근데 뭔가 말이 안 되는 게

그만큼 그 모든 건 그게 헐떡임을 그친다 나는 그걸 듣는다 나는
그걸 진흙에다 대고 속삭인다 그만큼 그 모든 건 사실이다

그러니까 전해 들어서는 알 수가 없어 그리고 잦은 만남을 통해서
얻게 되는 이른바 개인적인 다른 종류의 앎 한편으로는 자신의
학대자에 대해서 다른 한편으로는 자신의 피해자에 대해서 각자
모두가 소유하는 그 앎에 관해서 그런 앎에 관해서 말하자면

두 번째 파트 핌과 나 우리 둘이서 만들었고 여섯 번째 파트 열
번째 열네 번째 그렇게 계속 매번 우리가 다시 만들 커플을 생각해
볼 때 상상할 수조차 없는 첫 번째로 그것을 생각해 볼 때

당시 우리가 어땠는지를 각자 자신을 위해서 또 서로를 위해서

어둠 속 진흙탕에서 그저 한 몸을 이루고자 서로 꼭 붙어 있었던
우리

매 순간 멈추었다니 또 자신을 위해서도 남을 위해서도 거기에
있었던 게 아니었다니 엄청난 시기들

그리고 같이 잠시 또 시간을 보내려고 돌아왔을 때 그것을 생각해
볼 때

아주 보잘것없고 짧게 끝나는 학대 고통

이도 저도 없는 자의 인생에 대한 목소리에 대한 소박한 욕구

강탈당한 목소리 몇 개의 단어 생명 왜냐하면 그게 비명을
지르니까 그게 증거야 깊게 잘 찔러 넣기만 하면 돼 작은 비명 다
죽은 건 아니야 누구는 마시고 누구는 마실 걸 주는구나 안녕[89]

그것을 생각해 볼 때 그때는 내가 그대로 전하자면 좋은 순간들
어찌 되었든 좋은 순간들이었어

두 번째 파트 핌과 나 그리고 바뀌게 될 파트 네 번째 파트 봄과 나

그거 다음에 그 순간에서도 서로를 개인적으로 아는 거라고 말하기

어둠 속 진흙탕에서 그저 한 몸을 이루고자 서로 달라붙어 있는
우리

언제나 필요할 때마다 가끔씩 잠깐 움직이는 오른팔 말고는 꼼짝
않는 우리

그거 다음에 내가 핌을 알았다고 핌이 나를 알았다고 봄과 나
우리는 잠깐일지라도 서로를 알게 될 거라고 말하기

아니라고 말할 수 있는 것처럼 그렇게도 말할 수 있어 그건 무슨
말을 듣느냐에 따라 달라지는 거야

아니라고 해야 맞아 미안하지만 여기서는 누군가를 개인적으로든
다른 식으로든 아는 사람이 아무도 없어 그러니 아니라고
말해야지 내가 그렇게 속삭인다

그리고 또 아니야 또 미안한데 여기서는 아무도 자기 자신을 알지
못해 여기는 앎이 없는 곳이니까 그래야 이곳의 가치가 아마도
만들어지나 봐

원을 돌아야 하는 우리가 따라서 네 명이든 100만 명이든 간에
우리는 우리 서로를 또 우리 각자의 자신을 알지 못할 네 명이고
우리는 우리 서로를 또 우리 각자의 자신을 알지 못할 100만
명이야 그래도 여기서 내가 계속해서 그대로 전하자면 우리는
원을 돌지 않아

그게 그들한테 맞는 공간 견적이 나오는 곳이 바로 저 위 빛 속이니까 여기서는 직선 동쪽을 향하는 직선 우리가 네 명이든 100만 명이든 간에 동쪽을 향하는 직선 참 신기한 일이야 서쪽에는 보통 죽음인데

그러니까 네 명도 아니고 또 100만 명도 아닌 거야

1천만 명도 아니고 2천만 명도 아니고 우리가 2천만 명이었더라도 아무도 우리 중 단 한 명도 불이익을 당하지 않기를 원하는 우리의 정의로 인해 그 수의 단위가 아무리 커져도 홀수건 짝수건 간에 그 어떠한 유한수로도 헤아릴 수 없어

만일 우리가 본 바대로 왼쪽에서 오른쪽으로 아니면 원하는 대로 서쪽에서 동쪽으로 이동하는 행렬의 선두에 20,000,000번이 온다고 가정한다면 1번에 해당될 수 있는 경우처럼 학대자가 없는 번호는 단 하나도 없을 거야 20,000,000번에 해당될 수 있는 경우처럼 피해자가 없는 번호는 단 하나도 없을 거야

그리고 시선에 절대로 포착될 수 없다고 가정한다면

누구의 시선에

자루들을 제공하는 자

가능해

그의 시선에 포착된 광경 한편으로는 그 누구도 절대로 가지 않는 우리들 가운데 있는 단 한 명이 보여 주는 광경과 다른 한편으로는 누구한테도 절대로 가지 않는 다른 한 명이 보여 주는 광경 그건 부당한 일일 거야 그건 그건 저 위 빛 속에서나 있는 일이야

다시 말해서 단순하게 말하자 나는 있는 그대로 전하는 거다 내가

혼자라서 더 이상의 문제가 없는 건지 아니면 우리가 무한대로
있어도 역시나 더 이상의 문제는 없는 건지

무한하게 생겨날 수 있는 경우의 수는 제외하고 하지만 무한하게
만들어지는 다양한 모든 경우들로 어둠 속 진흙탕에서 머리도
꼬리도 없는 직선으로 된 행렬이 이루어질 수 있는 것만은 분명해

어쩔 도리가 없네 어쨌거나 정의 안에 있는 거지 나는 그 반대로
말하는 걸 들어 본 적이 없어

그렇게 최고로 느린 속도로 이뤄지는 행렬 지금 행렬에 대해서
말하고 있으니까 우리가 결국 차례대로 아니면 둘씩 야외로
햇빛 가운데로 은혜의 통치 가운데로 배설되는 건 아닌지 아주
기쁜 날들에도 서로에게 물어볼 정도로 똥처럼 튀기듯 또는
발작적으로 만들어지는 행렬

비록 임의로 산정된 수치들일지라도 그 수치들만이 미약하게나마
알려 줄 수 있는 느린 속도

여행을 위해서 내가 그대로 전하자면 20년을 산정하고 다른
한편으로는 그런 소리를 들었기 때문에 두 종류의 고독 두 종류의
동행을 우리가 경험하게 되는 네 양상들은 우리가 다 거치고서
다시 역으로 거치는 학대자들 버림받은 자들 피해자들 여행자들
이런 식으로 처리된 그 네 양상들은 동일한 기간을 가진다고 알고
있는

다른 한편으로는 여행은 단계별로 10미터 15미터 비율로는 그래
그게 합리적이지 한 달에 한 단계 정도씩 이뤄진다고 언제나
동일한 특혜로 알고 있는 나는 이런 단어 이런 단어들 달[月]들
해[年]들 이런 것들을 속삭인다

20마다 4 12마다 92.5 20마다 150 80으로 나눈 3000은 37.5

해마다 37에서 38미터 우리는 전진한다

정확해

왼쪽에서 오른쪽으로 우리는 전진한다 우리 각자는 전진한다
그리고 모두가 서쪽에서 동쪽으로 좋은 해든 나쁜 해든 어둠
속 진흙탕을 고통스럽게 고독하게 37에서 38 말하자면 해마다
40미터 정도의 속도로 전진한다

자 이상은 우리의 느린 속도에 대한 미약한 소견이라도 내기
위해서 한편으로는 여행 기간에 해당되는 수치 또 다른
한편으로는 그 단계의 길이와 빈도를 나타내는 수치들 분명 이런
소견을 낼 수 있는 충분히 인정할 만한 그런 수치들이 제공하는
우리의 느린 속도에 대한 미약한 소견이다

우리의 느린 속도 어둠 속 진흙탕에서 왼쪽에서 동쪽으로 가는
우리 행렬의 느린 속도

단계들 정지들과 합이 곧 여행이 되는 그 단계들로 이뤄진 여행들
합이 곧 여행이 되는 그 여행들 불연속한 행렬 가운데서도 그
형태를 따라

거기서 우리는 기어 다닌다 측대보로 오른 다리 오른팔 밀고
당긴다 엎드린 채 소리 없는 저주들 왼발 왼팔 밀고 당긴다 엎드린
채 소리 없는 저주들 10미터 15미터 정지

사방에서 까까 밖에 있었던 그 모든 게 그게 헐떡임을 그치자 내
안에서 그 모든 게 그 모든 게 더 나지막하고 더 희미한 하지만
여전히 들을 수 있는 소리로 덜 분명하나 그래도 그게 헐떡임을
그칠 때 내 안에서 그 의미가

그리고 사실대로 말하자면 한 목소리가 말하고 나서 침묵하고 몇

개의 파편들 다음에는 어둠 진흙을 제외하고는 더 이상 아무것도
없는 어둠 진흙을 제외하고는 다 불연속적인 세 번째 파트
여기서는 다 여행 영상들 고통 게다가 고독도 불연속적이라는 걸

이 목소리의 형태를 따라 그대로 만들어진 열 개의 단어들 열다섯
개의 단어들 긴 침묵 열 개의 단어들 열다섯 개의 단어들 긴 침묵
긴 고독 먼저 밖에서 사방에서 까까 엄청난 한 시기 그다음에 그게
헐떡임을 그칠 때 내 안에서 파편들을

내가 모든 걸 얻어 내는 이 목소리로부터 그게 어땠는지 핌 전에는
다시 그거 전에는 핌과는 핌 다음에는 그게 어떤지 역시나 그걸
위한 단어들 그게 어떨지 그걸 위한 단어들 요컨대 내 삶 엄청난
시기들

나는 말하는 소리를 듣는다 다시 나 진흙탕에서 그걸 속삭인다
그리고 다시 존재한다

완벽하게 탈종(脫種)[9]하지는 않은 채 자루를 목에 걸고 직선으로
어둠 속 진흙탕에서 내가 했던 여행 그렇게 내가 그 여행을 했다

그러고는 다른 일 그리고 나는 여행을 하지 않았다 그러고는 다시
그리고 나는 다시 여행을 했다

그리고 핌 아 내가 그를 만나서 고통을 겪게 하고 말하게
만들고서는 그를 잃고 말았다니 그리고 그 모든 걸 그게 버티고
있는 동안에 그게 헐떡임을 그칠 때 내가 그 모든 걸 가졌다니

그리고 아니 우리가 세 명 네 명 100만 명이라니 그리고 아직도
내가 거기에 있다니 거기에 있었다니 핌 봄 어떤 한 명 나머지
999,997명과 함께 홀로 여행하고 홀로 한 곳에서 썩어 가고
학대하고 학대당할 그들과 그런데 아 그게 적당히 건성으로 하는
거라 약간의 피 몇 번의 비명 몇 마디 말 저 위 빛 속의 삶 약간의

푸른색 갈증을 해소하는 평안을 얻기 위한 소소한 장면들

그리고 아니 우리는 그저 네 명 그저 100만 명일 수는 없는 건가
그리고 내가 거기에 있다니 거기에 항상 있었다니 핌 봄 셀 수
없이 많은 다른 사람들과 함께 왼쪽에서 오른쪽으로 동쪽을 향해
직선으로 느릿느릿 이동하는 처음도 끝도 없는 한 행렬 안에 이거
이상한데 샌드위치처럼 학대자와 피해자 사이에 긴 채로 어둠 속
진흙탕에 그리고 아니 이런 말들이 충분히 설득력이 없지 않다니
완전히는 아니더라도 대체로

아니면 혼자 그러면 더는 문제될 게 없어 그 어떤 핌도 있었던
적은 없으니까 그 어떤 봄도 그 어떤 여행도 오로지 어둠 진흙뿐
어쩌면 자루도 그거 역시 변함없어 보이니까 그리고 자기가
무슨 말을 하는지 모르거나 내가 잘못 이해하는 이 목소리 만일
나한테 하나의 목소리가 약간의 머리가 약간의 심장이 있다면 내
목소리라고 믿을 만한 이 목소리 처음에는 사방에서 까까 밖에
있다가 그게 헐떡임을 그칠 때 내 안에서 지금은 나지막하게 들릴
듯 말 듯한 숨결

그 모든 걸 그게 버티고 있는 동안에 그 모든 걸 그게 헐떡임을
그칠 때 그런 모든 종류의 삶 나는 그 모든 걸 가졌어 그건 어떤
소리를 듣느냐에 따라 달라지지 그 모든 걸 알았고 했고 감내했어
경우에 따라 현재 시제로도 또 미래 시제로도 그건 그건 확실해
그러니 그게 헐떡임을 그칠 때 듣기만 하면 돼 10초 15초 그런
모든 종류의 삶 파편들 그것들을 진흙탕에 속삭이기만 하면

그리고 아니 어떻게 마지막인 지금 그건 점점 더 더 심하게
헐떡거리는 걸까 공기를 다시 원하는 동물 그러니 그걸 다시
중단하기 그게 마찬가지로 심한 헐떡임을 다시 그치니까 이
목소리 사방에서 까까 밖에 있었던 이 목소리를 다시 듣기 그게
헐떡임을 그칠 때 내 안에서 다시 몇몇 파편들 아 분명 머잖아
이런 일은 가능하지 않겠지

그 순간에 나는 거기서부터 계속 그대로 전하고 있다 그 순간
그리고 그다음 순간들 이 목소리 이 파편들에 불과하다가 결국 난
아무것도 아닌 게 되겠지 그래도 중단 없이 세 번째이자 마지막
파트의 아주 같잖은 끝을 위해서 그 파트가 거의 끝나 가고 있는
게 분명하니까

그게 그래 어둠 속 진흙탕에서의 한 헐떡임 결국 그렇게 되고 마는
여행 커플 버림받기 그 과정에서 모든 걸 가졌다가 잃어버리고
말았을 학대자 했었을 여행 가졌다가 잃어버리고 말았을 피해자
영상들 자루 저 위에 대한 별 볼 일 없는 이야기들 소소한 장면들
약간의 푸른색 지옥 같은 가정(家庭)들 그 모든 걸 말한다

그 목소리가 사방에서 까까 그러다가 안에서 작은 궁륭 밑에서
닫혀 있는 텅 빈 작은 지하 납골당에서 하얀 뼈 색깔의 여덟 면
거기에 약간의 빛이라도 작은 불꽃이라도 있으면 전부 다 하얗게
보일 텐데 그게 헐떡임을 그칠 때 정처 없이 떠도는 것 같은 열
개의 단어들 열다섯 개의 단어들 그다음에는 폭풍우 생명의
증표로서 숨 세 번째이자 마지막 파트 그 파트가 거의 끝나 가고
있는 게 분명하다

다 자기 삶을 사는데 다 자기 삶을 살아 봤는데 기나긴 여행들과
잃어버리기도 하고 피하기도 한 자기와 유사한 자들과의 동행
그게 헐떡임을 그칠 때 결국 그렇게 되고마는 몇몇 웃음소리들을
연상시키나 그 어떤 웃음소리도 아닌 어둠 속 진흙탕에서의 한
헐떡임

아니면 그게 시작되는 거기서 그리고 그때 살게 될 삶
갖게 될 학대자 하게 될 여행 갖게 될 피해자 두 개의 삶 세 개의
삶 살아 봤던 삶 살고 있는 삶 살게 될 삶

거의 이해할 수 없는 이 마지막 파트에서 여행자로 시작하는
대신에 나는 피해자로 시작하고 학대자로 계속하는 대신에 나는

여행자로 계속하고 버림받는 자로 끝나는 대신에

버림받는 자로 끝나는 대신에 나는 학대자로 끝난다

중요한 게 빠진 것 같은데

삶을 사는 유일한 방법으로서 목소리가 삶을 이야기하는 순간의
그 고독

그게 내게 그걸 가르쳐 주지 않는 한 즉 목소리가 내 삶을 여행을
의미하는 그런 류의 다른 고독이 펼쳐질 때에 다시 말해서 어떤
첫 번째 과거 어떤 두 번째이자 마지막인 과거 그리고 어떤 현재
대신에 어떤 과거 어떤 현재와 어떤 미래가 아 근데 뭔가 말이 안
되는 게

내가 차례대로 이거는 틀림없어 나를 유지하는 법을 내 삶이 그게
어땠는지를 언제나 내 삶에 대해서 말하고 있으니까 알게 되는
그날의 소식들과 예언에 관한 이야기를 신선하게 교대로 하기

핌 전에는 그게 어땠는지 핌과는 그게 어땠는지 지금 집필하고
있는 그게 어떤지

봄과는 그게 어땠는지 핌과는 그게 어떤지 그게 어떨지

봄과는 그게 어떤지 그게 어떨지 핌 전에는 그게 어떨지

여전히 핌과 함께하는 내 삶 그게 어땠는지 봄과는 그게 어떤지
그게 어떨지

잠시 스쳐 지나가는 느낌 나는 그대로 전한다 잘 생각해 보면 네
개 정도의 파트나 에피소드를 담고 있는 일을 세 개로 풀어내려고
할 경우 불완전해질 위험이 있다고

마침내 마무리가 되어 가는 이 세 번째 파트에 지금 쓰고 있는
글에서는 거의 보이지 않거나 아예 안 보이는 다른 무수히 많은
것들 중에서 이걸 보게 될지도 모르는 네 번째 파트가 당연히
이어질 필요가 있을 거라고

내 입장이 되어 핌의 엉덩이에 깡통 따개를 찔러 넣고 있는 나한테
내 엉덩이에 깡통 따개를 찔러 넣고 있는 봄

그래서 내 비명들로 착각할 만큼 비슷한 핌의 비명들 대신에 내
노래와 내 목소리로 착각할 만큼 비슷한 그의 노래와 갈취당한
그의 목소리를 듣게 될지도 모른다

하지만 우리는 작업하고 있는 봄을 절대로 보지 못할 거다 어둠
속 진흙탕에서 헐떡거리며 내가 일을 유보한 채로 있을 테니까
그렇게 생겨난 목소리 나는 그 목소리가 우리 인생 전체의 그저
4분의 3만을 다루고 있을 뿐이라는 말을 그대로 전하는 바이다

때로는 첫 번째 두 번째와 세 번째 때로는 네 번째 첫 번째와
두 번째

때로는 세 번째 네 번째와 첫 번째 때로는 두 번째 세 번째와
네 번째

아 근데 뭔가 말이 안 되는 게

그리고 그렇게 생겨난 목소리 그 목소리는 예컨대 지금 쓰고
있는 글에서는 여행자로 아니면 쓰일 가능성이 또 있는 글에서는
버림받은 자로 나를 등장시키는 대신에 학대자로 아니면
피해자로 나를 등장시키는 경우처럼 커플 에피소드가 그 면모가
이중적임에도 불구하고 그가 전하는 같은 이야기에 두 번이나
등장하는 걸 싫어한다는 말도

그러니까 방금 전해진 말을 정정할 것 이는 목소리가 마음대로
주무르는 우리 인생 전체의 4분의 3에 해당되는 네 개 중에서 단
두 개만 말해 줄 만하다고 그 전해진 말 대신에 전하면서 결국에는
목소리가 하게 되는 일

지금 쓰고 있는 글에서 여행이 4분의 1을 차지하는 4분의 3과
마찬가지로 옹호할 수 있는 글에서 버림받기가 4분의 1을
차지하는 4분의 3

두 종류의 고독 여행에서 느끼는 고독과 버림받음으로써 느끼는
고독은 감각적으로 달라서 결과적으로 따로 다룰 만한 가치가
있다는 점과 두 종류의 커플 북쪽에서는 내가 학대자로 등장하는
커플과 남쪽에서는 내가 피해자로 등장하는 커플은 정확히
똑같은 광경을 만들어 내고 있다는 점을 잘 살펴보기만 해도 쉽게
받아들일 수 있는 싫어하는 마음

두 번째 파트 핌 곁에서 내가 학대자로 이미 살아 봤으니까
그러니까 봄 곁에서 피해자로 살지도 모르는 네 번째 파트를 군이
심리할 필요는 없어 그 에피소드를 공표하기만 해도 돼 봄이 온다
오른 다리 오른팔 밀고 당긴다 10미터 15미터 이렇게

아니면 감정들 감각들 갑자기 그런 거에 흥미를 갖는다 글쎄 그런
걸로 진짜 씨발 할 수 있는 게 뭘까 나는 그대로 전하는 거다 누가
고통을 받는 걸까 미세한 흔들림 거기에 미세한 떨림

진짜 씨발 할 수 있는 게 누가 고통을 받는 걸까 누가 고통을
줄까 누가 비명을 지를까 누가 어둠 속 진흙탕에 그냥 평온하게
있게 자기를 내버려 두도록 태양 구름 땅 바다 파란색 점들 환한
밤들에 대해서 또 우리의 정의가 원하는 바대로 각자 차례대로
중요한 인물이 되다 보니 또 그 체계가 절대로 끝나지 않는 것
또한 우리의 정의가 바라는 바라 죽어도 다 같이 또는 살아도
다 같이가 되다 보니 존재라는 그 오줌 방울을 마시고 시체인

자기도 모르게[91] 그걸 마시라고 주는 피조물이 이 환상의 세계 한복판에서는 더 이상 보이지 않음에도 불구하고 구멍 하나 찾느라 밑천이 바닥난 언제나 똑같은 상상력으로 서 있거나 아니면 아직도 서 있을 수 있는 한 피조물에 대해서 10초 15초 횡설수설하는 걸까

따라서 가능한 두 편의 글 현재 쓰고 있는 글과 마침내 끝나는 시점에서 시작되고 결과적으로 어둠 속 진흙탕에서의 여행으로 끝날 수 있는 글 줄어들기는 하지만 식욕보다는 덜 빨리 줄어드는 식량을 담은 자루를 끌고 다니며 오래전부터 여행하고 있고 언제까지나 여행할 예정이다 보니 그만큼 어디에서도 누구한테서도 오는 게 아니고 또 그 만큼 어디로도 누구한테도 가는 게 아닌 여행자는 오른 다리 오른팔 밀고 당긴다

현재 전달되고 있는 이야기가 그러니까 역방향으로 알려지고 있다는 점과 일단 왼쪽에서 오른쪽으로 흘러가고 나서는 그 흐름이 다시 오른쪽에서 왼쪽으로 역행한다는 점에 대해서는 아무런 이의가 없다

단 상상력의 발휘로 여전히 중심이 되고 있는 커플 에피소드가 적절하게 수정되기만 하면

아 근데 뭔가 말이 안 되는 게

그게 헐떡임을 그칠 때 밖에 있었던 그 모든 게 내 안에서 파편들로 10초 15초 그 모든 게 더 나지막하고 더 흐릿하고 덜 분명하게 하지만 그게 진정될 때 숨이 생명의 징표인 숨에 대해서 말하고 있으니까 빛 속에서의 마지막 숨인 듯 그게 진정될 때 또 즉시[92] 110회 115회 다시 시작될 때 그게 10초 15초 진정될 때 내 안에서 의미가

바로 그때 내가 그걸 듣는다 여기서의 내 삶을 내가 살아 봤을

지도 모르고 앞으로도 계속 살게 될 어딘가에서의 하나의 삶을
다 한데 모인 파편들을 엄청난 한 시기를 핌이 내 곁을 떠날
때마다 오래된 한 이야기를 오래된 내 삶을 봄이 나를 다시 우연히
만날 때까지 목소리는 거기에 있는다

단어들 까까 그다음에 그게 헐떡임을 그칠 때 내 안에서 파편들을
아주 나지막하게 오래된 이 삶을 같은 단어들 같은 파편들 수백만
번 그래도 매번이 첫 번째 핌 전에 또 그거 전에 핌과는 그게
어땠는지 핌 다음에는 봄 전에는 그게 어떤지 그게 어떨지 그
모든 걸 그 모든 걸 위한 단어들 내 안에서 나는 그것들을 듣고
그것들을 속삭인다

내 삶 10초 15초 바로 그때 나는 그걸 얻고 그걸 속삭인다 그게 더
낫네 더 논리적이야 진흙탕에서 소곤소곤 하관의 잰 움직임들

잘 못 온 잘 못 들린 옛날부터 있었던 한 목소리의 부정확한 몇
개의 파편들을 잘 못 속삭인다 듣고 있는 크램(Kram)을 위해서
기록하는 크림(Krim)을 위해서 아니면 크램 혼자만을 위해서
사실 한 명이면 돼 크램 혼자 증인이자 서기 나를 비추는 그의
불빛들 정년까지 내 쪽으로 몸을 숙이며 나와 함께한 크램
그다음에는 그의 아들 그의 손자 그렇게 계속

나와 함께하는 내가 여행할 때 나와 함께하는 핌과 함께하는
버림받은 나와 함께하는 세 번째이자 마지막 파트에서 나와
함께하는 봄과 함께하는 대대로 나를 비추는 그들의 불빛들

다 기록되어 있는 그들의 수첩들 아무리 하찮은 일이라도
기록해야 할 것 내 일들 내 동작들 내 속삭임 10초 15초 현재 쓰고
있는 글 세 번째이자 마지막 파트

내 삶 한 목소리 밖에서 사방에서 까까 단어들 파편들 그러고는
아무것도 없다가 그러고는 다른 것들 다른 단어들 다른 파편들

잘 못 말해진 잘 못 들린 동일한 파편들 그러고는 아무것도
없는 엄청난 한 시기 그러고는 내 안에서 하얀 뼈 색깔의 지하
납골당에서 10초 15초 잘 못 들린 잘 못 속삭여진 잘 못 들린 잘 못
기록된 파편들 내 인생 전체 여섯 배나 왜곡된 횡설수설

그게 헐떡임을 그친다 나는 그걸 듣는다 내 삶을 나는 그걸
갖는다 그걸 속삭인다 이게 더 낫네 더 논리적이야 기록할 수
있는 크램을 위해서는 그런데 만일 우리가 무수히 많을 경우에는
이렇게 말해도 괜찮다면 무수히 많은 크램들이겠지 아니면 그냥
단 한 명의 크램 나의 크램 나만의 크램이든가 정의가 유지되는
여기에서 나한테는 그자만 있으면 되니까 평생 단 하나의 삶
우리의 정의에서 두 개의 삶은 없으니까 크램은 우리와 같지 않아
이성이 나한테는 아직도 좀 남아 있으니까 그의 아들은 자신의
아들을 낳고서 빛을 단념한다 크램은 자신의 날들을 끝내려 그
빛으로 거슬러 올라간다

아니면 크램은 없는 거야 그게 헐떡임을 그칠 때 그거 역시도 저
위 어딘가에 있는 귀 그리고 그 귀까지 올라가는 속삭임 그런데
만일 우리가 무수히 많을 경우에는 무수히 많은 속삭임들이
있겠지 전부 다 비슷한 속삭임들 우리의 정의 잘 못 말해진 잘
못 들린 도처에 단 하나의 삶 사방에서 까까 그러고서 그 안에서
그게 헐떡임을 그칠 때 10초 15초 작은 상자 안에서 만일 거기에
빛 한 줄기라도 들어온다면 완전히 하얀 뼈 색깔 잘 못 들린 잘 못
속삭여진 케케묵은 단어들을 한 올 한 올 풀어헤친다 그 속삭임 그
속삭임들

고대의 어느 대혼란으로부터 나온 파편들에서 다음과 같은
파편들을 잘 못 듣더라도 들어 보기 위해서 한쪽 귀를
알아보려고 하는 그 호기심을 적어 놓고자 하는 욕망을 우리에
대한 관심을 적어 놓을 수 있는 가능성을 알기 위해서 정신이
있는 귀가 있는 거기로 무수히 많은 우리의 입들에서 진흙탕으로
떨어지고서 올라가는 그 속삭임들

우리처럼 태곳적부터 있어 온 불멸하는 귀 지금은 저 위 빛
속의 한쪽 귀에 대해서 말하는 거다 그러면 변함없이 똑같이
되풀이되는 말을 지칠 줄 모르고 듣는 우리한테는 굉장히 즐거운
나날들 어느 날 일어날 변화의 게다가 영예롭게 언제나 정의롭게
이뤄질 종말의 우리한테는 희미한 징후

아니면 우리한테처럼 귀한테도 매번이 첫 번째 그러면 문제 될 게
없어

아니면 기나긴 밤이 결국에는 낮에 굴복하고 조금 있다가는
끝없이 긴 낮이 밤에 굴복할 때 티티새들을 위해서 만들어진
연약한 종(種)에 대해서 말하는 아 아니 우리를 그 삶을 그게
어땠는지를 그게 어떤지를 그게 아주 확실히 어떨지를 아 그걸
위해서 만들어진 종이 아니야 다음번에 다시 그러면 대비해야 할
놀랄 일도 역시 없겠네

잘 못 말해진 잘 못 들린 잘 못 기억된 그렇게나 많은 다른 것들
그것들 중에서 특히나 그 모든 건 잘 못 주어진 잘 못 받아들인
잘 못 되찾아진 잘 못 반환된 많고 많은 단어들의 흔적 그저 흰색
위의 흰색이 되기 위한 것일 뿐 그럴 수 있지 그런데 누구한테
귀를 이런 상황에서 우리에 대한 관심을 알아내는 재능이라
기록할 수 있는 수단이라 왜 그게 뭐 어때서

누구한테 자루 담당자한테 그럴 수 있지 자루와 식량 담당자한테
또 그 단어들 우리가 본 바로는 자루

자루 우리가 본 바로는 기회가 되면 우리한테 단순한 식품 저장고
이상이 되는 그래 우리한테 필요한 경우에는 때때로 식품 저장고
이상으로 보일 수 있는 자루

늘상 접하는 그 단어들 늘상 접하는 그것들 대신에 마침내
현재의 글쓰기인 세 번째이자 마지막 파트의 끝 침묵 이전에 중단

없는 헐떡임 공기가 부족한 동물 진흙에다 반쯤 벌어지는 입
그리고 그게 헐떡임을 그칠 때 늘상 접하는 그다음 일 진흙에다
아주 나지막하게 열 개의 단어 열다섯 개의 단어

그리고 나중에 훨씬 더 나중에 그게 또 그칠 때 오 세상에나 그
기간들 들릴 듯 말 듯 아주 나지막하게 내 안에서 다른 열 개의
단어 다른 다섯 개의 단어 숨 한 번 쉬고서 입으로 진흙에다 짧은
입맞춤 마지못해 하는 희미한 입맞춤

말하자면 그 자루들을 그 자루들을 마지막 추론들 다 모으기
1미터 1.5미터 이 좁은 길에서 셀 수 없이 많이 한 우리의 여행을
위해서 우리와 함께한 셀 수 없이 많은 자루들을 알아볼 필요가
알아보려고 애쓸 필요가 있어 우리가 그랬던 것처럼 출발 시에
이미 있어야 할 자리에 있는 여기의 모든 자루 이미 있어야 할
자리에 있는 여기의 모든 자루 이 행렬의 상상조차 할 수 없는
출발 시에 그런데 이건 아니다 불가능한 일이야

불가능한 일이야 우리 각자가 각자의 여행에서 각자의
피해자한테로 가기 위해서 산맥을 넘어야만 했고 여전히 계속
넘어야만 한다는 건 게다가 우리의 행진 우리가 본 바로는 그
행진이 어렵다면 그건 지형 때문에 지형 여하간 알아 둬야만
하잖아 사고 없이 기복 없이 이게 우리의 정의라는 거

마지막 추론들 마지막 숫자들 777,777번이 777,776번의 곁을
떠나 자기도 모르게 777,778 쪽으로 가다가 바로 자루를
발견하는 거야 자루 없이는 멀리 가지는 못할 테니 잽싸게 자루를
낚아채고는 자기 길을 가는 거지 자기 차례가 되어 777,776번이
접어들게 되고 그 뒤를 이어 777,775번이 그리고 그런 식으로
상상도 할 수 없는 1번까지 가게 될 똑같은 그 길을 그리고 각
번호가 거의 출발하자마자 우리가 본 바로는 도착 직전에야
비로소 곁에서 떼어 둘 수 있을 정도로 여행의 필수품인 자루를
발견하게 될 바로 그 길을

그래서 처음부터 우리처럼 모든 자루가 있어야 할 자리에
있다는 그런 식의 가설은 각자가 자신의 피해자한테 가기를
원하면 그렇게 되기를 원하면 꼭 해야 하는 일로서 자신의
학대자를 버리고서는 우리가 본 바로는 거의 곧장 자신의 자루를
발견하는 것으로 봐서 전용 도로에다 아니 어느 협소한 장소에다
집중적으로 그렇게 쌓아 놓는다는 한 가설

전용 도로의 입구에 쌓여 있는 그런 자루 더미로 인해 모든 행진이
불가능해질 수 있고 무리한테 생각지도 못한 최초의 자극이
주어지게 되면 그 즉시 영원히 오도 가도 못한 채 부당한 상황에
처해질 수도 있다는 한 가설

그러면 왼쪽에서 오른쪽으로 또는 서쪽에서 동쪽으로 앞으로
올 시간들이 이룰 캄캄한 밤에까지 절대로 피해자가 될 리 없는
버림받은 학대자에 의한 끔찍한 광경 그다음에는 어느 협소한
장소 그다음에는 짧은 여행을 마치고 산처럼 쌓인 식량 더미 아래
엎어져 있는 절대로 학대자가 될 리 없는 피해자 그다음에는 어느
넓은 장소 그다음에는 버림받은 또 다른 학대자 그런 식으로
무한하게 계속

사실 전용 도로 그게 또 헐떡임을 그치니 전용 도로에 대해서
이야기를 하는 거야 그 전용 도로에 대해서 출발들 전이나
여행들을 하는 동안의 그 구간들 그 부분들을 생각해 보기만 해도
전용 도로의 각 구간이 그런 식으로 가로막히면 연달아 생기는 두
커플 사이에 연달아 생기는 두 명의 버림받은 자들 사이에 있는
도로의 각 부분도 막히는 게 불 보듯 뻔하니까 그리고 그런 식으로
각 구역이 막히면 각 부분도 막히는 게 불 보듯 뻔하고 그러니까
같은 이유들로 우리의 정의가

그렇게 필요 1만 번째로 마침내 현재의 글쓰기인 세 번째이자
마지막 파트 침묵 이전에 중단 없는 헐떡임 우리가 할 수 있도록
우리의 짝짓기들 여행들과 버림받기들 그래서 누군가의 필요

우리 같은 자는 말고 어딘가에 있는 총명한 자 전용 도로를 쭉
따라가다 우리의 필요들에 따라 좋은 자리들에다가 우리의
자루들을 놔두는 사랑으로 가득한 자

출발들 전에 또는 여행들을 하는 동안에 가입이 이루어지다 보니
커플들의 버림받은 자들의 동쪽에다 또 10미터 15미터 떨어진
곳에다 거기가 좋은 자리들이니까

그러니까 우리의 수를 고려해서 특별한 권한들을 제공하든가
아니면 그의 명령대로 움직이는 무수한 보조자들을 제공할
필요가 있는 자 즉 간단히 말해서 크램이 제거됨으로써
우리의 속삭임이 요구하는 귀를 사막의 꽃이 되지 않으려면
가끔씩이라도 10초 15초 정도는 맡길 필요가 있는 자

그리고 그 정도의 최소한의 지능 그게 없으면 그 귀는 우리 귀처럼
될 테니까 그리고 우리한테서는 찾아볼 수 없는 우리에 대한 그런
비상한 관심 그리고 우리는 가지고 있지 않은 기록의 욕구와 능력

우리의 속삭임들 중 단 하나만 듣고서 그것을 기록하는 게
전부를 듣고서 전부 다 기록하는 일과 같다고 좋게 생각한다면야
받아들이기 쉬운 겸직(兼職)

그러다 갑자기 자루들을 비추는 빛 어느 순간에 둘이 함께하는
삶의 평범한 어느 한 순간에 부활한 자루들 사실 우리가 본 바로는
우리가 보고 있는 바로는 그게 피해자가 여행할 때인데 버림받은
학대자가 속삭일 때 아니면 종(鐘)이랑 행렬 그때도 가능하지 야
저기 희미한 빛이 보인다

그리고 자 여기 그게 헐떡임을 그칠 때 10초 15초 어떤 상태에서도
그대로 유지되어 온 완전히 마지막 파편들 그 파편들을 만들어
낸 우리 모두한테서 나오는 까까 그 목소리에 대한 책임을
가끔씩이라도 전가시킬 필요가 있는 자

아 저기 그자가 있네 우리와는 다른 자 우리가 결국 찾고
말았어 자기 자신의 목소리를 듣고서 우리의 속삭임에 귀를
기울이면서도 잘 못 말해지고 잘 못 영감받은 자기가 직접
만든 한 이야기에만 그러니까 진흙에다 대고 우리가 거기다
대고 속삭이는 이야기와 유사한 이야기로 보일 수 있을 정도로
매번 아주 오래되었고 많이 잊혀진 그 이야기에만 그저 귀를
기울이도록 만들 뿐인 그자를

그리고 어둠 속 진흙탕에서의 이 삶 이 삶의 즐거움들과 고통들
여행들 친밀한 관계들과 버림받는 일들 이는 그게 헐떡임을 그칠
때 끊임없이 중단되는 단 하나의 목소리로 우리가 반반씩 번갈아
가며 발산하는 바로 그 삶으로서 그가 자세하게 표현했었던 삶과
대략 비슷한 삶

그리고 지치지도 않고 그가 산출한 몇몇 수치들에 따르면 대략
20년 아니면 40년마다 매번 그가 우리의 버림받은 자들한테 그
골자만 상기시키는 바로 그 삶

그리고 우리 모두한테서 나오는 자칭 까까라 하는 이 무명의
목소리 처음에는 밖에서 사방에서 그다음에는 그게 헐떡임을
그칠 때 우리 안에서 파편들로 들릴 듯 말 듯한 확실히 변질된
목소리 자 이제는 알겠지 새로운 의견이 나오기 전까지는 말야
우리 말을 듣기 전에 우리가 누구인지 속삭이기 전에 우리한테
최선을 다해 그걸 가르쳐 주는 자의 목소리

게다가 그자는 절대로 식량이 떨어지지 않게 해서 그래서 쉬지
않고 끊임없이 전진할 수 있게 하는 우리의 은인

정말이지 있는 그대로 계속해서 전하자면 지속되는 공급들
전언들 듣기들과 집필들로 우리를 어떤 무한한 존재로
유지시키고 결점 없는 정의로 우리를 그렇게 보호하면서 그가
아니면 누가 그리하겠어 자신은 과연 끝낼 수 없는 것인지 때때로

자문하는 게 분명한 자

그래서 만일 결국 그렇게 된다면 고독한 여행자에서 우리가 우리와
가장 가까운 이웃들의 학대자가 되고 버림받은 자들에서 그들의
피해자가 되는 그와 같은 다양성은 우리한테 해당되지 않는다는
점을 이를테면 이번에는 반드시 우리가 숙지하도록 만들면서 그가
그걸 다른 식으로 이야기하는 건 좋지 않을지도 모른다

어느 테바이드[93] 같은 곳에다가 우리의 커플들과 버림받음으로
인한 것만큼 여행으로도 쉽게 느끼는 우리 고독들을 잘 모셔 두고
우리의 대열 사이를 돌고 있는 이 모든 검은 공기도

그러나 사실 우리는 모두 생각할 수 없는 첫 번째부터 마찬가지로
생각할 수 없는 마지막까지 간격 없이 살과 살이 겹치면서 서로
다닥다닥 달라붙어 있다는 점

실제로 핌과는 그게 어땠는지 두 번째 파트에서 우리가 본 바로는
입과 귀가 닿을 정도로 가까이 있어서 맨살의 어깨와 어깨가 살짝
포개지는 거야

그리고 그렇게 서로가 서로에게 직접 연결되다 보니 우리 각자는
봄이자 동시에 핌이고 학대자 피해자 자습 감독 선생 대책 없는
초등학생 원고 피고 무성영화이자 어둠 속 진흙탕에서 되찾은
말의 공연이라는 점 여기에는 고칠 만한 게 아무것도 없어

자 그리하여 마지막 숫자들 777,777번은 그가 777,778번 엉덩이에
깡통 따개를 푹 찔러 넣고 그에 대한 반응으로 희미한 비명 소리를
그러니까 우리가 본 바로는 대갈통을 즉 같은 순간에 동일한
방식으로 777,776번한테 얻어맞아 같은 운명에 그 역시 신음하게
만드는 그런 대갈통을 갈겨 금방 끊어 버리고 마는 그 희미한 비명
소리를 얻어 내는 순간에도 여전히 777,777번이다

아 근데 뭔가 말이 안 되는 게

그리고 777,776번이 겨드랑이를 할퀴어 그가 노래하고 같은
수법을 사용해서 777,778번도 그와 똑같이 하게 하는 순간에도

그런 식으로 계속 그리고 이 측량할 수 없는 진창의 생각할 수
없는 끝에서 끝까지 우리가 서로서로 얻어 내고 견뎌 내는 그
모든 것 즉 우리의 또 다른 모든 즐거움들과 고통들을 위해서
양방향으로 뻗어 가는 인간 사슬을 따라 동일한 방식으로

우리 한계들과 가능성들에 비추어 당연히 세심한 변화를 줄
진술이기는 하지만 모든 여행을 모든 버림받기를 제거하면서
까까거리다가 그게 헐떡임을 그칠 때 우리 안에서 들리는
목소리들과 자루들로 인한 모든 기회까지도 한 방에 제거하는
이점(利點)을 계속해서 보여 줄 진술

그리고 영원해야만 할 것 같았던 행렬 우리의 정의 사실 우리
대열을 먼저 막지 않고 행렬을 멈추기를 원하다 보니까 우리들 중
그 누구도 피해를 입지 않게 그 행렬을 멈추는 이점(利點) 두 가지
중 하나

커플의 시대에 행렬을 멈춘다 그러면 우리 중 반은 영원한 학대자
영원한 피해자는 그 나머지 반

여행의 시대에 행렬을 멈춘다 그러면 모두에게 확실시되는 건
당연 고독이기는 하지만 한 명의 학대자의 삶을 가능하게 해 준
버림받은 자가 이후로는 더 이상의 학대자를 가질 수 없는 것처럼
한 명의 피해자의 삶을 가능하게 해 준 여행자도 이후로는 더
이상의 피해자를 가질 수 없는 한은 정의 가운데 있는 게 아니다

그리고 다른 불공정한 일들 그 일들은 무시하기 더 심하게
헐떡거리기 그저 하나로도 충분해 그게 헐떡임을 그칠 때 완전히

마지막 파편들 알아들으려고 하기 완전히 마지막 속삭임들

말하자면 일단 우리와 같지 않은 자와의 관계를 끝내기 위해서

우리 여행들 버림받는 일들 식량의 필요와 속삭임들에 마침표를
찍을 수 있으리라는 그의 꿈

그를 위해 이뤄지는 온갖 종류의 소모적인 제공들에도

그렇다고 해서 우리 모두를 상상이 안 되는 마지막까지 다 단 한
방으로 더 이상 그 표면을 더럽힐 만한 건 아무것도 없을 것 같은
이 시커먼 진흙탕으로 처박을 수밖에 없게 되는 일 없이

공정하게 또 우리의 중요한 활동들을 보호하며

그걸 청산하기 위한 이 새로운 삶이라고 말해도 상관없는 이
새로운 진술

갑자기 질문 우리의 몸들이 다 이렇게 모여 다닥다닥 붙어
있는데도 불구하고 서쪽에서 동쪽으로 서서히 이뤄지고 있는
우리가 원하고 있는 이 이동을 우리가 아직도 고백하지 않은 건지

학대자로서 우리에게 득이 되는 일은 가만히 있는 거라면
피해자로서는 떠나야 우리에게 득이 된다는 식으로 정말
생각하고 싶은 건지

그리고 각자의 마음속에서 싸우고 있는 이 두 열망 가운데서
가까스로 이뤄 낸 결과이겠으나 두 번째 열망이 첫 번째 열망을
날려 보내는 게 정상일 수 있다는 식으로 정말 생각하고 싶은 건지

사실 우리가 본 바로는 여행들과 버림받기들의 시기이고 생각해
보면 놀랍기조차 한데 오로지 피해자들만 여행을 했으니까

피해자들을 추적하려고 오른 다리 오른팔 밀고 당겨서 10미터
15미터 돌진하는 대신에 저지른 짓들에 대한 대가일 수도 있지만
역시 우리 정의의 실현으로 버림받은 그곳에 깜짝 놀라 어안이
벙벙해진 듯 그대로 머물러 있는 그들의 학대자들

비록 그 정의가 어떤 부분에서는 눈에 띄지 않는 평범한 한
소란으로 인해 약화되었다 하더라도

누구에게나 부여되는 동일한 의무 정확하게는 희망은 없으나
열심히 추적하면서 두렵지 않으나 도망가야만 하는 그런 의무를
내포하는 정의

그리고 이 늦은 시간에도 다른 세상들을 상상하는 게 여전히
가능한 일인지

우리의 세상만큼이나 공정하지만 덜 섬세하게 조직된 세상들을

하나의 세상이 어쩌면 그런 식의 뛰어놀기들을 수용할 만큼
충분히 관대하고 누구라도 절대 아무도 버리지 않고 누구라도
절대 아무도 기다리지 않으며 절대로 두 몸이 서로 닿지 않는 그런
하나의 세상이 어쩌면 있을지도 모른다

그리고 우리를 버티게 해 주는 식량도 없이 순수하게 결합된
우리의 고통들만으로 서쪽에서 동쪽으로 존재하지도 않는 어떤
평안을 향해 그렇게 우리가 기어갈 수 있었던 게 이상하게 보일
수도 있는지 우리는 알아서 잘 생각해 보기를 부탁받는다

우리와 같은 자들을 위해서 또 우리가 들은 어떤 식대로 침묵이
유일한 자산인 자에게서 강제로 끌어낸 고함을 지르며 아니
한숨을 쉬며 또는 말하는 법을 드디어 잊을 수 있었던 자에게서
갈취한 말로 정어리들로는 절대로 제공받을 수 없을 더 많은
영양분이 있다는 것을

이 삶이라 불러도 상관없는 이 목소리를 청산하기 위해서 그게
헐떡임을 그칠 때 드디어 완전히 마지막 파편들 그 모든 걸
그러니까 청산하기 위해서는

우리와는 같지 않은 자 한 말을 또 하고 또 하는 그 역시
미친놈이라 지쳐서 그와의 관계를 끝내기 위해서는

그의 수중에 있는 게 아닐까 계속해서 그대로 전하자면 훨씬 더
단순하고 보다 더 근본적인 하나의 해결책이

그를 완전히 제거하여 그한테 그와 같은 안식의 길은 적어도 열어
주면서 나한테는 같은 순간에 말로는 표현할 수 없는 이 속삭임 자
이게 결국 드디어 완전히 마지막 파편들 이 속삭임에 대한 책임을
나 혼자만 지도록 만들 수 있는 한 진술

실감이 나지 않지만 내가 나 자신한테 던질 수 있는 질문들과
나 자신한테 줄 수 있는 답변들이라는 익숙한 형식으로 그게
헐떡임을 그칠 때 완전히 마지막 파편들 이상하기는 하지만
완전히 마지막 속삭임들

그 모든 게 그 모든 게 그래 그 모든 게 아닌가 어떻게 말해야 할까
대답이 없다 그 모든 게 거짓이 아닌가 아니 거짓이야

이 모든 계산들이 그래 설명들이 그래 처음부터 끝까지 이야기
전체가 그래 전부 다 거짓 그래

그게 다른 식으로 일어난 건가 그래 완전히 그래 하지만 어떻게
대답이 없다 그게 어떻게 된 거야 대답이 없다 **무슨 일이 일어난
거야** 울부짖음들 좋아

무슨 일이 일어난 거지 그래 하지만 그 모든 일과는 아무 상관
없지 그래 처음부터 끝까지 시시한 건가 그래 까까 이 목소리

그래 시시한 건가 그래 여기에는 오로지 하나의 목소리만 그래 내
목소리인가 그래 그게 헐떡임을 그칠 때 그래

그게 헐떡임을 그칠 때 그래 그게 그러면 사실이었어 그래
헐떡임이 그래 속삭임이 그래 어둠 속에서 그래 진흙탕에서 그래
진흙에다 대고 그래

역시나 믿기 어렵나 그래 나한테 목소리가 하나 있다는 게 그래
내 안에 그래 그게 헐떡임을 그칠 때 그래 다른 때는 안 되고 그래
그리고 내가 속삭인다는 게 그래 어둠 속에서 그래 진흙탕에서
그래 쓸데없이 그래 내가 그래 그래도 그걸 믿어야만 하지 그래

그리고 진흙탕이 그래 어둠이 그래 다 진짜야 그래 진흙탕과
어둠이 진짜라고 그래 그 말 후회하지 않을 거지 그래

참 목소리와 관련된 이 모든 이야기들도 그래 까까 그래 다른
세상들과도 관련된 그래 다른 세상에 있는 누군가와도 관련된
그래 그 세상에서 난 꿈같은 존재겠지 그래 그가 항상 꿈꾸는 그래
항상 이야기하는 그래 그의 유일한 꿈 그래 그의 유일한 이야기
그래

놓여진 자루들과 관련된 이 모든 이야기들도 그래 아마도 줄 끝에
놓여진 그래 내 말을 듣고 있는 귀와도 관련된 그래 나에 대한
관심과도 기록할 수 있는 능력과도 관련된 그래 그 모든 게 좀
시시한가 그래 크림과 크램이 그래 좀 시시한가 그래

그러면 저 위와 관련된 이 모든 이야기들도 그래 빛이 그래
하늘들이 그래 약간 파란가 그래 약간 흰가 그래 돌아가는 지구는
그래 밝기도 하고 또 덜 밝기도 한가 그래 소소한 장면들은
그래 좀 시시한가 그래 여자들은 그래 개는 그래 기도(祈禱)들
가정(家庭)들도 그래 좀 시시한가 그래

그러면 행렬과 관련된 이 이야기도 대답이 없다 행렬과 관련된 이
이야기도 그래 행렬 같은 게 있었던 적이 없는 거지 그래 여행도
그래 핌 같은 존재가 있었던 적이 없는 거지 그래 봄 같은 존재도
그래 누가 있었던 적이 없는 거지 그래 나만 있었나 대답이 없다
나만 그래 그게 그러면 사실이었어 그래 나는 그게 사실이었다고
그래 그러면 나는 이름이 뭐야 대답이 없다 **나는 이름이 뭐냐니까**
울부짖음들 좋아

여하튼 나만 있는 거지 그래 혼자 그래 진흙탕에 그래 어둠 속에
그래 그것들이 붙잡고 있는 건가 그래 진흙탕과 어둠이 붙잡고
있는 거야 그래 그 말 후회하지 않을 거지 그래 내 자루하고 같이
아니 뭐라고 아니라고 자루도 없는 거야 그래 나와 같이하는 단
하나의 자루도 그래

나만 있는 거지 그래 혼자 그래 내 목소리와 같이 그래 내
속삭임도 그래 그게 헐떡임을 그칠 때 그래 그 모든 게 붙잡고
있는 건가 그래 헐떡이면서 그래 점점 더 심하게 대답이 없다
점점 더 심하게 그래 배를 깔고 엎드린 채로 그래 진흙탕에서 그래
어둠 속에서 그래 그 말 바꾸지 않을 거지 그래 십자가처럼 양팔을
벌리고 대답이 없다 **십자가처럼 양팔을 벌리고** 대답이 없다 **그래
안 그래** 그래

측대보로 기어 다녔던 적이 없는 거지 그래 오른 다리 오른팔을
밀고 당겨서 10미터 15미터 없었어 그럼 움직인 적이 전혀 없었던
거야 그래 고통을 줬던 적도 없었지 그래 고통을 당했던 적도
대답이 없다 **고통을 당했던 적도** 그래 버렸던 적도 없는 거지 그래
버림받았던 적도 그래 그러면 그게 여기서의 삶이 맞아 대답이
없다 **그게 여기서의 내 삶이 맞냐고** 울부짖음들 좋아

진흙탕에서 혼자 그래 어둠속에서도 그래 확실해 그래
헐떡이면서 그래 누가 내 말을 듣고 있나 아니 아무도 내 말을
안 듣는다고 그래 때때로 속삭이면서 그래 그게 헐떡임을 그칠

때 그래 다른 때에는 안 그러고 그래 진흙탕에서 그래 진흙에다
대고 그래 나 그래 나한테 있는 내 목소리 그래 다른 사람한테
있는 건 아니고 그래 오로지 나한테만 있는 그래 확실해 그래 그게
헐떡임을 그칠 때 그래 가끔씩 몇 개의 단어들을 그래 몇 개의
파편들을 그래 아무도 듣지 않는데도 그래 하지만 점점 더 적게
대답이 없다 **점점 더 적게** 그래

그러면 그게 변할 수 있을까 대답이 없다 끝날 수 있을까 대답이
없다 내 숨이 콱 막힐 수 있을까 대답이 없다 내가 침몰해 버릴
수 있을까 대답이 없다 진흙을 더 이상 더럽히지 않을 수 있을까
대답이 없다 어둠도 대답이 없다 침묵을 더 이상 깨지 않을 수
있을까 대답이 없다 뒈져 버릴 수 있을까 대답이 없다 **뒈져 버릴
수 있겠냐고** 울부짖음들 나는 뒈져 버릴 수 있을까 울부짖음들
나는 곧 뒈져 버릴 거야 울부짖음들 좋아

좋아 좋아 세 번째이자 마지막 파트의 끝 자 지금까지 그게
어땠는지였다 인용의 끝 핌 다음에는 그게 어떤지

(1961)

1. 핌(Pim)의 존재 여부가 이 텍스트의 파트를 구분한다. 첫 번째 파트는 핌이 오기 전의 삶을, 두 번째 파트는 핌과 함께 있을 때의 삶을, 세 번째 파트는 핌이 떠난 후의 삶을 그리고 있다.

2. 화자는 지금 하고 있는 모든 이야기가 단순한 '인용'임을 강조한다. 즉 '그게 어땠는지 나한테 들리는 바를 그대로 인용해 보겠다', 이것이 화자의 기본 태도다. 책 제목을 간접화법으로 번역한 이유가 여기에 있다.

3. quaqua. 베케트 연구자들은 이 표현을 발음의 유사성에 따라 'caca(똥)'나 'quoiquoi(뭐라고)'로 풀이하고는 한다. 반면 영어 사전에서는 이를 마법사가 마법을 부릴 때 내는 신비로운 주문으로 설명한다. 『고도를 기다리며(En attendant Godot)』에서 럭키의 장광설에서도 관찰되는 이 표현은 본문에서 '의미 부여와 생성의 불가능성' 또는 '의미 규정의 방해'를 단적으로 보여 주는 동시에 '언어의 신성과 권위를 조롱하고 비웃는 역할'을 수행하고 있다. 이런 맥락에서 베케트의 'quaqua'는 어쩌면 고정되고 굳어진 습관적 사고를 뒤흔드는 혼동의 주문일지도 모른다.

4. 화자는 현재형으로 서술하고 있는 이야기가 사실은 반복된 이야기들 중 하나이고, 그 반복은 셀 수 없이 많아서, 이 이야기의 시간대를 확정 짓기가 어려움을 알려 주고 있다. 이렇게 베케트의 시간은 연대기적인 시간을 넘어선다.

5. "나는 그걸 생각한다 (…) 아니면 그걸 더 이상 생각하지 않고"는 "이게 둘 중 하난데"로 선택의 대상이 되고 있다. 베케트 작품에는 이런 식으로 공존할 수 없는 요소들이 같은 선상에 배열되는 경우가 많다. 화자가 선택의 필요성을 피력하기는 하지만 실제로는 배열된 요소들 간에 그 어떤 선택도 이뤄지지 않는다. 질 들뢰즈(Gilles Deleuze)는 논문 「소진된 인간(L'Épuisé)」(미뉘, 1992)에서 이러한 배열을 "포괄적 이접(離接)들(des disjonctions incluses)"이라 하며 "소진(l'épuisement)"의 과정으로 설명한다. "소진은 이와 전혀 다르다. 그것은 모든 선호의 순서, 모든 목적의 유기적 조직화, 모든 의미화를 포기하고 어떤 한 상황의 변수들 전체를 조합하는 것이다. (…) 단지 가능할 뿐인 실존이 있다. 밤이 온다, 밤이 오지 않는다. 비가 온다, 비가 오지 않는다. (…) 이접은 포괄적이 되고, 모든 것은 나누어지되 바로 그 자체로 나뉘며, 가능한 것의 총체인 신은 무와 뒤섞여 구분되지 않는다. (…) 베케트의 인물들은 가능한 것을 실현하지 않고 가능한 것과 유희한다 (…) 조합하는 일은 포괄적 이접을 통해 가능한 것을 소진하는 기술 혹은 과학이다."(질 들뢰즈, 『소진된 인간: 베케트의 텔레비전 단편극에 대한 철학적 에세이』, 이정하 옮김, 문학과 지성사, 2013, 25-8면). 그리고 역자는 논문 「사뮈엘 베케트 작품 세계에서 드러나고 있는 '설명할 수 없는 것': 혼동의 신들과 인간의 이해를 초월하는 괴물들(L'Inexplicable chez Samuel Beckett: Dieux du chaos

et Monstres inconcevables)」(소르본 파리 시테 대학교(l'Université Sorbonne Paris Cité], 2018)에서 이 배열을 "양립 불능한 요소들의 공존(la concomitance des incompatibles)"으로 설명하며 베케트 작품의 주요 특징 중 하나인 '불확정성'을 강조했다.

6. "요람"으로 번역되는 남성명사 "moïse"가 고유명사로 사용될 때에는 성경에 나오는 인물 '모세'를 가리킨다. 이를 밝히는 이유는, 베케트가 자신의 작품을 구현하면서 단어의 다의성을 통해 다양한 해석 가능성을 열어 놓고 있기 때문이다. 또 '요람'은 베케트 작품에서 '무덤'과 거의 구분되지 않는 장소로서 베케트의 작품 세계를 이해하는 데 매우 중요한 소재다. 그런데 작가는 '요람'을 뜻하는 단어로 'moïse'가 아닌 'berceau'를 주로 사용해 왔다. 이 점에서 우리는 본문의 단어 "moïse"에 작가의 특별한 의도가 숨겨져 있으리라고 추측해 볼 수 있다. 모세는 유대인들을 이집트에서 탈출시킨 선지자인 동시에 유대인들을 신이 정해 준 장소 가나안으로 데려가기 위해 고통스러운 광야의 삶으로 이끈 장본인이기도 하다. 이 대열에 합류한 유대인들 대부분은 자신들의 죄로 광야에서 떠돌다 죽고 소수만이 가나안에 들어간다. 어떻게 보자면 그 당시 유대인의 삶은 '광야'에서의 '끝없는 이동'과 다름없다. 이상의 맥락에서 요람은 죄로 인해 신에게 버림받고 목적지에 도달하지 못한 채 쉼 없이 떠돌아다녀야 하는 광야의 인생으로 향하는 첫 출발지로 해석될 수 있을 것이다.

7. 프랑스어 "rat"는 '쥐'를 가리키기도 하지만 '어린아이'나 '아내'의 애칭이기도 하다. 베케트 작품에서 쥐는 중요한 소재다. 갉아 조금씩 뜯어 먹는 쥐의 행위가 베케트의 인물들이 고통 속에서 서서히 분해되어 사라져 가는 과정과 연결되기 때문이다. 그래서 베케트 작품에서 쥐는 고통, 불결과 죽음을 종종 암시한다. 본문에서 쥐는 주변인으로 묘사되는 베케트의 인물과 직접 비교되고 있다. 이와 같은 비교는 추락하는 인물의 비참한 상황을 부각시킨다.

8. 독일어 "Blütezeit"는 '한창때, 전성기'를 의미한다. 쥐의 전성기를 설명하기 위해 선택된 외국어. 상황에 맞지 않는 이와 같은 현학적 태도는 그 부조화로 인해 시선을 끌고 웃음을 유발하며 조롱의 대상이 된다.

9. 라마는 고원지대에 서식하는 낙타과에 속하는 포유류로 작은 무리를 이루고 주로 풀을 먹는다. 알파카는 고원지대에 서식하고 라마와 비슷하게 생겼으나 체구가 더 작다. 노역을 위해 라마를 사육한다면 알파카는 주로 털을 얻기 위해 사육한다. 본문에서 알파카나 라마는 모두 인간의 편의를 위해 길들여지고 이용되는 가축(또는 희생물)을 대표한다. 그러면서 작중인물들의 특성, 특히 인간성을 상실한 희생물로서의 특성을 반영하기도 한다.

10. 박물학은 현재에는 주로 자연사(自然史)라고 불리는 학문 분야로, 동물, 식물, 광물 등 자연계에 존재하는 모든 것을 종류, 성질,

분포나 생태 등 다양한 범주로 나누어 기술한다. 이 학문의 기반을 이룬 저서들 중에서 뷔퐁(Georges-Louis Leclerc de Buffon, 1707-88)의 『박물지(L'Histoire Naturelle)』가 있다. 프랑스에서 18세기 당시 디드로의 『백과전서』만큼 큰 성공을 거둔 이 책은, 자연에 대한 신의 개입을 부인하고 과학과 종교를 분리시키는 작가의 계몽주의적 관점을 반영하면서, 생리학적 측면에서 인간은 동물과 유사한 존재임을 밝힌다.

11. 마편초는 여러해살이풀로서 화장품이나 차의 원료로 사용된다. M. 에메 마르탱(M. Aimé Martin)에 의하면 고대에는 마편초를 신성한 식물로 여겼다. 예컨대 드루이드(켈트인의 대현자)들은 마편초를 채집하기 전에 먼저 땅에 제사를 드렸다. 또 태양을 섬기는 주술사들은 마편초로 장식한 지팡이를 손에 들었다. 비너스가 쓰고 있는 금색 관은 바로 이 마편초로 엮어 만든 것이다. 이러한 마편초의 역사, 특히 비너스와의 관계는 이후에 마편초를 꺼져 가는 사랑을 살려 내는 마법의 힘을 지닌 허브로 여기게 만들기도 했다(M. 에메 마르탱, 『꽃말 [Langage des fleurs]』, 브뤼셀, 소시에테 벨지 드 리브래리[Société Belge de Librairie], 1842, 93-4면). 따라서 우리는 저자가 이 식물을 통해 본문의 분위기를 환상적이면서도 신성하게 만들고 있고, 단절되었던 화자의 기억과 사랑의 회복을 암시하고 있음을 유추할 수 있다.

12. "죽어 버린 머리(tête morte)", 이는 『죽은-머리들(Têtes-mortes)』이라는 단편집이 있을 정도로 베케트 작품 세계에서 비중 있게 다뤄지는 소재들 중 하나다. 리트레(Littré) 프랑스어 사전에서 단어 'tête'와 관련된 52번째 용례를 보면, 'tête-morte'에 대한 풀이가 나와 있다. '-'의 유무로 인해 ― 'tête morte'가 형용사의 꾸밈을 받는 명사라면, 'tête-morte'는 일종의 합성명사다 ― 이 풀이가 정확하게 'tête morte'를 설명하고 있다고 말할 수는 없으나 어떤 의도로 작가가 이런 표현을 썼는지 이해할 수 있는 단초는 마련할 수 있다. 리트레 사전에 의하면, 'tête-morte'는 고대 화학 용어다. 이 용어와 같은 의미의 더 빈번하게 사용되는 용어가 있는데, 그것이 바로 *caput mortuum*(증류 찌꺼기)'라는 라틴어다. 이렇게 '찌꺼기, 혹은 잉여물'을 의미하는 'tête-morte'는 볼테르에 의해 보다 비유적으로 사용된다. "철학가들로 이뤄진 이런 모든 도가니마다 어쩌면 1이나 2온스 정도의 금이 있을 수 있다 하지만 그 나머지는 전부 아무것도 탄생시킬 수 없는 따분한 진흙에 불과한 'tête-morte'일 뿐이다. (Peut-être dans tous ces creusets des philosophes y a-t-il une ou deux onces d'or; mais tout le reste est tête-morte, fange insipide dont rien ne peut naître.)"(볼테르[Voltaire], 『철학 사전[Dictionnaire philosophique]』) 그러니까 "죽어 버린 머리"는 물리적으로 기능을 멈춘 머리일 수도 있고, 볼테르가 비유적으로 사용하듯이 아무짝에도 쓸모없는 머리일 수도 있는

것이다. http://littre.reverso.net/dictionnaire-francais/definition/t%C3%AAte#var52 참조.

13. "그게"는 "ça"의 번역이다. 이 "ça"는 '나'일 수 있다. 즉 화자의 분리된 자아를 가리키는 표현일 수 있다. 특히 제거되기를 바랄 정도로 부정하고 싶은 자아. 『그게 어떤지』 초기 원고들을 분석해서 텍스트를 구성하는 문장들의 본래 상태를, 즉 작가에 의해 다듬어지기 전 상태의 문장들을 부분적으로 복원해 작품의 이해를 돕고 있는 에두아르 마게사 오라일리(Edouard Magessa O'Reilly)도 동일하게 해석하고 있다(『사뮈엘 베케트, 「그게 어떤지/영상」: 비평판[Comment C'est, How it is and/et L'Image: A Critical-Genetic Edition, Une Édition Critico-Génétique]』, 에두아르 마게사 오라일리 편저, 런던, 라우틀리지[Routledge], 2001).

14. 『그게 어떤지』는 프랑스 파리의 출판사 미뉘에서 1961년에 최초로 출판되었다. 그런데 이 프랑스어 텍스트에 나오는 "체념한 입은 버찌인 줄 안 올리브 한 알을 받아먹는다(la bouche résignée a une olive qui reçoit une cerise)"가 사뮈엘 베케트가 직접 옮긴 영어 번역본(『그게 어떤지[How It Is]』, 뉴욕, 그로브 출판사[Grove Press], 1964)에서는 "올리브를 포기하고 체리를 받아먹는 입(the mouth resigned to an olive and given a cherry)"로, 또 에두아르 마게사 오라일리가 주석을 단 『그게 어떤지』에서는 "la bouche résignée a une olive qui reçoit une cerise"로 되어 있다. 이 차이가 출판사의 실수에 의한 것인지 혹은 작가의 의도에 의한 것인지 알 수 없으나, 이 한국어 번역본에서는 (1992년 7월에 출간된) 미뉘 판본을 따랐다.

15. "포세시옹"이라고 옮긴 프랑스어 단어는 "possession"이다. '소유(물)', '재산' 정도의 의미.

16. "근점"은 천체 운동에서 중심 천체와의 거리가 가장 가까운 시기를 일컫는다. 이 단락의 "심연"과 "수 세기"가 천체 운동을 상상하게 한다.

17. 측대보(側對步)는 오른쪽 앞발과 뒷발을 동시에 올렸다 내린 후 왼쪽 앞발과 뒷발을 동시에 올리는 식으로 걷는 방법이다. 코끼리, 기린, 곰, 낙타 등이 이런 식으로 걷는다. 경주마는 상하로 출렁이는 반동이 거의 없는 이 측대보를 훈련받는다.

18. "누군가"로 번역한 프랑스어 단어는 "on"이다. 이 단어 역시 "ça"와 함께 베케트 작품에서 '불확정성'을 드러내는 데 중요한 역할을 한다. 프랑스어에서 'on'은 거의 모든 인칭과 성수를 나타낼 수 있다. 베케트는 이 단어의 이와 같은 특성을 이용해 작중인물의 모호한 정체성을 부각시키고 있다. 한국어에서 '누구'는 가리키는 대상을 굳이 밝혀서 말하지 않을 때 쓰는 인칭대명사로, 프랑스어 단어 'on'의 의미와 특성을 잘 반영할 수 있는 단어다. 이 책에서는 모호한 정체성을 부각시키려는 작가의 의도가 드러난 경우의 "on"은 대체로 "누구"로

옮기고, 다른 경우는 번역하지 않거나 "on"이 가리키는 대명사로 번역했다.

19. 벨라콰는 단테의 『신곡』 중 「연옥 편」을 구성하는 네 번째 칸토(Canto, 장편 시의 한 부분)에 등장하는 인물이다. 게으름과 나태의 표본으로서 벨라콰는 단테와 베르길리우스에 의해 전(前)연옥에서 발견되는데, 그는 커다란 바위 아래 태아처럼 앉아 자신의 인생을 돌아보고 뉘우치며 심판받을 날을 다른 망자들과 함께 기다리고 있었다. 베케트는 이 인물에 관심이 많아 벨라콰를 여러 작품에 등장시켰을 뿐 아니라 작품 속 중심인물들의 모델로 삼기도 했다.

20. "행복(bonheur)"에서 "행(heur)"으로, 첫 번째 단어에서 '좋은(bon)'을 제거하면서 말장난하고 있다.

21. "알프스 등반이나 동굴 탐사 영상"은 손톱 끝으로 한 존재한테 달라붙어 있는 상황에서 연상되는 영상이고, "끔찍한 순간"은 화자가 언급하고 있는 '금요일'이 예수 그리스도의 수난과 죽음을 기념하는 '성 금요일'임을 암시한다.

22. "그렇게 한동안 있다 좋은 순간들이다(ça dure un bon moment ce sont de bons moments)", 이 구절은 동일한 단어가 각기 다른 의미로 사용되고 있고 동일한 단어의 반복이 시적 효과를 일으키고 있다는 것을 보여준다. 번역이 쉽지 않은(원문과 정확하게 일치하지는

않지만 "그렇게 오지게 있다 오지는 순간들이다" 정도로 번역 가능한) 작가의 말장난들 중 대표적인 예.

23. 이 단락부터 단편소설 「영상(L'Image)」과 겹쳐진다. 단 한 문장으로 이뤄진 이 단편은 『그게 어떤지』의 일부분을 대체로 반복하고 있다. 베케트는 이 작품을 『그게 어떤지』 집필 도중 1959년 11월 영국 잡지 『엑스(X)』에 최초로 발표했다.

24. 부사로서 라틴어의 모습을 거의 그대로 갖춘 프랑스어 "덱스트로르섬(dextrorsum)"은 '오른쪽으로 (돌아)', "세네스트로(senestro)"는 '왼쪽으로 (돌아)'를 의미한다.

25. "장밋빛"은 낙천적이고 긍정적인 면모를 의미한다.

26. 니콜라 드 말브랑슈(Nicolas de Malebranche, 1638-715). 철학자이자 오라토리오 사제이며, 프랑스 신학자이고, 데카르트주의자이다. 형이상학을 사상의 기본 토대로 삼고 있는 그는 성 아우구스티누스의 사상과 데카르트의 철학을 접목시키려고 노력했다. 그의 철학은 후대에 '기회원인론'이라는 명칭을 얻는데, 그 이론에 의하면, 자연의 원인들은 진정한 원인이 아니고, 진정한 단 하나의 원인인 신을 확정하는 '기회원인'일 뿐이다. "말브랑슈는 어떤 의미에서 나는 내 팔의 운동의 자연적 원인이라는 사실을 부인하지 않는다. 그러나 이때도 자연적 원인이라는 용어는

'기회원인'이라는 의미이다. (…) 진정한 원인은 창조적 원인이므로 어떤 사람도 그것이 될 수 없다. 인간이라는 대리인은 누구도 창조 능력이 없기 때문이다. (…) 이렇게 보면 결국 팔을 움직이려는 나의 의지가 생길 경우 나의 팔을 움직이는 자는 바로 신이다. 신이 곧 유일한 참된 원인이다."(이광래, 『프랑스철학사』, 문예출판사, 1993, 73-4면)

27. 여기까지가 「영상」과 겹쳐지는 부분이다.

28. 일반적으로 프랑스어로 하루살이는 'l'éphémère'라 부르나, 본문에 나온 "la mouche de mai" 역시 하루살이를 가리킨다. 플라잉 낚시꾼이 자신들이 사용하는 미끼의 모델이 된 곤충을 "la mouche de mai"라고 부르면서부터 이 단어 역시 하루살이를 가리키게 된 것이다.

29. Héraclite l'Obscur. 에페소스 헤라클레이토스는 기원전 6세기 말 소크라테스 이전에 활동한 철학자이다. 베케트는 자신의 작품에서 아리스토텔레스에 의해 자주 "어두운 자, 헤라클레이토스"라 불리던 이 철학자를 종종 언급한다. 헤라클레이토스에 관한 이야기에는 전설과 사실이 뒤섞여 있어 그에 관한 정확한 정보를 알아내기 어렵지만, '어두운 자, 헤라클레이토스'라는 별명의 유래를 대강 두 가지로 정리해 볼 수 있다. 하나는 그의 기이한 행적과 수수께끼 같은 심오한 말들로 인한 별명이라는 설과, 다른 하나는 그의 우울한 기질이 바탕이

된 염세적 세계관 때문에 '어두운 자'라는 별명이 생긴 것이라는 설이다. 두 번째 설에 설명을 더하자면, 사실 헤라클레이토스는 사유의 논리로는 철학의 진앙에 도달할 수 없다고 생각한 철학자이다. 그는 합리적 사고를 뒤흔드는 진리를 표현해 내고자 했고, 또 그러다보니 그의 논리는 몽매주의(l'obscurantisme)와 연결됐다. 헤라클레이토스는 박학다식한 자들의 사유를 어린애 장난이라 부르며 인간의 지적 작업을 경멸했고, 최상과 최악이 뒤얽혀 있는 실존적 혼란의 영원한 고통에 항상 주목했다. 반면, '어두운 자, 헤라클레이토스'의 유래에 대한 첫 번째 설은 수수께끼와 같은 그의 문체에 기반한다. 현재 100편 이상의 단편들만 남아 있는 『자연에 관하여』는 매우 난해한 작품이다. 문장부호의 부재, 짧고 단속적이며 분리된 문체, 모순된 문구들, 시적인 글쓰기 등이 작품을 어렵게 만들고 있다. 그래서 아리스토텔레스가 헤라클레이토스를 "어두운 자, 헤라클레이토스"라 부르며 그의 작품의 난해함에 투덜거렸다는 일화가 있다. '유동설(mobilisme)'은 헤라클레이토스의 철학적 경향을 잘 보여 준다. 이에 대한 스털링 P. 램프레히트의 언급을 옮겨 본다. "헤라클레이토스의 것으로 여겨지고 있는 가장 유명한 말은 '만물은 유전한다.'라는 말이다. (…) 변화한다는 사실만이 변하지 않는다. (…) 기록에 의하면 그는 항상 새로운 물이 흘러오기 때문에 아무도 같은 물에 두 번 들어갈 수는 없다고 말하였다고 한다."(스털링 P. 램프레히트, 『서양

철학사』, 최명관·김태길·윤명로 옮김,
을유문화사, 1994, 32면)

30. 화자는 어둠 속에 있기 때문에
손이 그의 눈을 대신하고 있다.

31. 탈리는 그리스신화에 나오는
여신으로서 희극을 주재하는 뮤즈다.
명랑한 소녀의 모습을 하고 있는 이
여신은 덩굴성 식물인 송악으로 관을
만들어 쓰고 희극배우가 신는 신발을
신고 손에는 가면을 들고 있다.

32. 「누가복음」 16장 22절에
"아브라함의 품(영혼의 안식처)"이
나온다. 그리고 24절에 본문의
"새끼손가락"과 관련시켜 볼 수 있는
"그 손가락 끝에 물을 찍어 내 혀를
서늘하게 하소서"라는 구절이 나온다.
베케트가 성경에 나오는 '거지 나사로'
일화를 패러디하고 있다고 추정할 수
있는 대목들이다.

33. 목(目)은 생물분류
계급(종〈속〈과〈목〈강〈문〈계)에서
강(綱)보다는 범위가 작고
과(科)보다는 범위가 큰 단위다.
예컨대 생물분류로 사람을 살펴보면
'동물계-척추동물문-포유강-영장목-
사람과-사람속-사람'으로 정리할 수
있고, 동물계에서 목은 식육목, 고래목,
영장목 등으로 나뉠 수 있다.

34. 나침반은 원래 동서남북 네
방향으로 표시되지만, 이후 보다
정밀하게 방향을 표시하기 위해
중국은 24개, 유럽은 32개로 구간을
나누어 나침반 지침면에 표시했다.

35. 항해자, 물리학자, 천문학자들이
사용하는 정밀한 시계를 가리킨다.

36. "제기랄"로 번역한 프랑스어
표현은 "bon Dieu"(신의 이름을
함부로 부르지 못하게 했던 서양의
종교적 금기에서 그 유래를 찾아볼
수 있는 욕설)이다. 물론 글자 그대로
'좋은 하나님'이라고 번역해도 틀린
번역은 아닐 것이다. 베케트는
하나의 동일한 표현이 다양한 의미를
발산하도록 하는 말장난을 글쓰기
방식으로 삼고 있기 때문이다. 작가는
한 단락을 "bon Dieu"로 끝내고
다음 단락을 "maudire Dieu"로
시작함으로써 리듬을 형성하면서 두
표현 간의 어떤 호응을 유도하고 있다.

37. "짧은 욕설들"이라고 옮겨진
단어는 "éjaculations"인데,
일반적으로는 '사정(射精)'으로
번역되나, 영어판의 "imprecations"을
근거로, 또 이 단락에서부터 밑으로
네 번째 단락에 나오는 "무언의
저주들"을 근거로, 이 프랑스어 단어의
비유적 의미인 "짧은 욕설들"로
번역했다. 사실 이 단어에는 '빠르고
짧고 강렬하게 규칙적으로 드리는
기도'라는 의미도 있어서 입체적으로
살펴볼 필요가 있다. 이 표현은
아마도 고통스러운 움직임과 실존을
한탄하며 신에게 쏟아붓는 욕설과
저주로 풀이될 수 있을 것이다. 이때
욕설과 저주를 쏟아붓는 방식은
"éjaculations"라는 단어로 인해
일종의 배출하는 식으로, 빠르고 짧고
강렬하며 규칙적으로 이뤄지리라고
상상해 볼 수 있다. 작가의 오랜 고민
끝에 결정되었을 이 한 단어로 인해

인물의 상황이 전체적으로 조망되고
있다.

38. 클롭슈토크(Friedrich Gottlieb
Klopstock, 1724-803)는 근대 독일
국민문학의 선구자인 시인이다.
그의 종교적 서사시 「구세주(Der
Messias)」(1748-73)는 밀턴의
『실낙원』에서 영감을 받았다.

39. 알토나(Altona)는 독일
함부르크의 서쪽에 있는 지역이다.

40. 1936년 말엽 어느 추운 오후,
베케트는 함부르크에 있는 올스도르프
공동묘지를 방문한다. 독일 시인
클롭슈토크의 묘지를 찾아간 것인데,
베케트는 그곳에서 그의 묘지를 찾지
못한다. 그 후 함부르크 알토나에
그 시인의 묘지가 있다는 소식을
듣고 한 번 더 묘지를 찾아가 마침내
시인의 묘지를 방문하게 된다. 이러한
베케트의 경험을 담고 있는 본문의
"그림자"는 클롭슈토크의 작품
「서양(西壤, Abendland)」의 한 구절,
"그가 자신이 태어난 동쪽을 향해
드리우고 있는 위대한 그림자"의
그림자를 생각하게 한다. 이 그림자는
위대한 독일에 대한 시인의 낭만적
감성을 보여 주는데, 후에 나치가
이를 제국주의의 추구로 해석해 나치
선전에 이용한다. C. J. 애커리(C. J.
Ackerley)와 S. E. 곤타스키(S. E.
Gontarski)의 『사뮈엘 베케트 그로브
안내서(The Grove companion to
Samuel Beckett: a reader's guide to
his works, life, and thought)』(뉴욕,
그로브 출판사, 2004)와 크리스
애커리(Chris Ackerley), 「후기:

사뮈엘 베케트의 묘지(Afterword:
Samuel Beckett's Cemeteries)」,
『베케트와 죽음(Beckett and Death)』
(스티븐 바필드[Steven Barfield]·매튜
펠드먼[Matthew Feldman]·필린
튜[Philin Tew] 편집, 뉴욕, 컨티넘
인터내셔널 퍼블리싱 그룹[Conti-
nuum International Publishing
Group], 2009, 216면) 참조.

41. 헤켈(Ernst Heinrich
Philipp August Haeckel, 1834-
919)은 생물학자이자 의사이고
해부학 교수이자 철학자인 독일의
자유사상가이다. 그는 독일에 찰스
다윈의 이론을 알리고 인간의
기원에 관한 이론을 발전시켰다.
이 생물학자는 철저한 무신론자는
아니었지만, 창조론자의 주장을
강하게 거부했다. 창조론자들 역시
진화론을 입증하기 위한 그의 모호한
시도들이나 과학과 종교를 분리하고
대조하는 그의 작업을 많이 공격했다.
철학자이기도 한 헤켈은 정신과
물질, 생물과 무생물, 신과 세상의
통일성, 즉 '일원론(monisme)'을
전개하는 자연철학을 주장했으며,
생물학자로서는 개체 발생이 계통
발생을 반복한다는 '발생반복설'을
주창해 19세기 후반의 생물학계에 큰
반향을 일으켰다. 그의 다윈주의는
후에 나치의 이데올로기에 활용된다.

42. 클롭슈토크의 「서양」 속 한 구절.
주 40번 참조.

43. "꼬리에 있는 독(dans la queue
le venin)"은 꼬리에 독이 있는
전갈을 묘사한 데서 유래된 'in cauda

venenum'이라는 관용적인 라틴어 표현을 프랑스어로 옮긴 것인데, 처음에는 친절한 어조로 이야기를 시작해서 독자를 방심하게 만들다가 끝에 가서 갑자기 날이 선 냉혹한 어조로 이야기를 끝내는 텍스트나 담화를 일컫는다.

44. "이게 무슨 라틴어인지 나는 이해가 안 됐다"로 해석된 프랑스어 구절은 "j'ai perdu mon latin"인데, 이는 관용적인 표현을 이용한 구절로서 일반적으로 '나는 무슨 말인지 알 수 없었다' 또는 '나는 헛수고를 했다' 등으로 번역되지만, 이 구절 바로 앞에 나오는 "꼬리에 있는 독"이 라틴어 관용구이기 때문에 "라틴어"라는 표현을 살려서 번역했음을 밝힌다. 다시 말해 작가는 'j'ai perdu mon latin'이라는 관용적인 표현을 이용해서 "dans la queue le venin"이라는 프랑스어 표현이 '*in cauda venenum*'이라는 라틴어 표현을 가리키고 있음을 암시하면서 동시에 본래 그 표현이 가지고 있는 관용적인 의미도 드러내고 있기 때문에, 작가가 의도한 중의적인 의미를 살리고자 "j'ai perdu mon latin"을 문체적 의미와 문자적 의미를 섞어서 옮겼다.

45. 노바야제믈랴 제도는 북극해에 있는 러시아의 군도로, 동북에서 서남 방향으로 활처럼 뻗어 있는 두 섬과 주위의 작은 섬들로 이루어져 있다. 1961년 10월 30일의 수소폭탄 차르 봄바 실험으로 유명하다.

46. 밸러스트 오피스(Ballast Office)는 아일랜드 국회가 1707년 더블린 항구도시의 발전을 위해 승인한 4층 건물이다. 이 건물 2층 외벽에 달린 매우 크고 아주 정확한 시계는 이 밸러스트 오피스가 더블린의 도시와 항구의 타임키퍼 역할을 하고 있음을 보여 준다. 건물 옥상에는 구리 공이 있는데, 매일 한 시에 그 공이 내려온다.

47. 개개의 숫자 대신에 숫자를 대표하는 x나 y와 같은 일반적인 문자를 사용하여 수의 관계, 성질, 계산 법칙 따위를 연구하는 학문을 일컫는다.

48. 손바닥에서 엄지손가락 안쪽의 불룩한 부분을 무지구라고 하고, 새끼손가락 밑의 볼록한 부분을 소지구라고 한다. 원문에서 해부학 용어를 사용하고 있기 때문에 역시 해부학 용어를 사용해서 번역했다. 이와 같은 전문 용어의 사용은 화자의 지적 수준을 보여 준다. 그러나 이는 곧 부정되거나 지적인 측면에서의 화자의 추락을 오히려 부각시킨다.

49. 프랑스의 플라졸렛은 최초의 대규모 궁정 발레인 「여왕의 무도극(Ballet comique de la reine)」에서 이 악기를 연주한 시에 쥐비니(Sieur Juvigny)가 만들었다고 알려져 있다. 약 19세기까지 오케스트라에서 이 악기를 사용했다.

50. 도티는 인도에서 남자들이 몸에 두르는 천이다.

51. 입으로 향하는 근육으로서 위턱뼈와 아래턱뼈에서 일어나

일부는 입꼬리의 피부에 붙고 일부는 입둘레근으로 이어진다. 입으로 하는 모든 일에 이 근육이 사용된다.

52. 근로자가 동일 기업에서 근무한 연수를 의미한다.

53. 성 안드레아 십자가는 X자 형태의 십자가를 의미한다.

54. 왼쪽으로. 주 24번 참조.

55. 아직 이리나 곤이가 없는 청어를 낚시꾼들이 일컫는 이름이다. 본문에서 이 이름은 인물들의 식량을 가리키기도 하지만 동시에 그들의 동성애를 유추할 수 있게 해 준다.

56. 모세관현상이란 액체 속에 폭이 좁고 긴 관을 넣었을 때, 관 내부의 액체 표면이 외부의 표면보다 높거나 낮아지는 현상을 일컫는다. 이는 액체의 응집력과 관과 액체 사이의 부착력에 의해 일어나는 현상으로, 예컨대 이를 통해 식물은 자신의 뿌리를 이용해 무기양분과 물을 흡수한다.

57. 삼투현상이란 농도가 낮은 곳에서 높은 곳으로 선택적 투과성 막을 통한 물의 이동 현상을 말한다

58. "살아 있는 진흙 인간"으로 번역된 구절은 "son homme en vie"이다. 여기서 "진흙 인간(son homme)"은 "진흙에서 사는 인간(l'homme de la boue)"으로서 "진흙으로 만들어진 인간(l'homme de boue)"과는 구별된다. 하지만 이 인물이 진흙을

양식으로 삼고 진흙으로 뒤범벅이 된 채 진흙에서 사는 인간이기 때문에 그 구별이 아주 명확하다고는 볼 수 없다. 본문의 이상과 같은 설정으로 인해 몇 가지 해석 가능성이 생기는데, 그중 하나로서 여성 명사인 진흙이 인물의 양식이자 생활 터전이 되고 있다는 점에서 이 진흙을 자궁으로 간주할 수 있다.

59. 「마태복음」 5장 44-5절, "나는 너희에게 이르노니 너희 원수를 사랑하며 너희를 핍박하는 자를 위하여 기도하라 이같이 한즉 하늘에 계신 너희 아버지의 아들이 되려니 이는 하나님이 그 해를 악인과 선인에게 비취게 하시며 비를 의로운 자와 불의한 자에게 내리우심이라". 텍스트의 "비"와 "해"에 대한 화자의 언급은 "사랑"과 "버림받는 것에 대한 두려움"이라는 그의 감정들, 학대자와 피해자로 이뤄진 관계 등과 연결 지어 봤을 때 제시한 성경 구절의 패러디 가능성을 보여 준다. 실제로 베케트는 그의 작품에서 성경을 많이 패러디한다.

60. 본문의 "세상의 죄들을 짊어진 검은 어린 양"은 「요한복음」 1장 29절, "이튿날 요한이 예수께서 자기에게 나아오심을 보고 이르되 보라 세상 죄를 지고 가는 하나님의 어린 양이로다"와 연결 지을 수 있다. 성경에서는 「요한계시록」 1장 14절, "그 머리와 털의 희기가 흰 양털 같고"와 「마태복음」 17장 2절, "저희 앞에서 변형되사 그 얼굴이 해같이 빛나며 옷이 빛과 같이 희어졌더라"가 보여 주듯이 예수와 하얀 색을 주로

연결시킨다. 그런데 본문에서는 예수를 암시하는 어린 양의 털 색깔을 검은 색으로 설정함으로써 성경과의 차이를 드러내고 있다.

61. 성부, 성자, 성령이라는 그리스도교의 삼위일체를 암시하기도 하지만, 동시에 '나'의 분열을 가리키기도 한다.

62. 푸른 망토는 서양에서 관습적으로 성모마리아의 망토를 가리킨다.

63. 본문의 비둘기는 "pigeon"이다. 이 단어는 19세기 초반까지 비둘기를 의미하는 또 다른 단어 'colombe'와 크게 구분되지 않았다. 그러다가 19세기 후반부터 두 단어의 쓰임새가 분명하게 나뉘는데, 거리에서 쉽게 볼 수 있는 잿빛 비둘기를 의미하며 부정적 은유로 자주 사용되는 단어로는 'pigeon'이 사용되고, 주로 하얀 비둘기를 가리키며 성경의 성령의 형상을 뜻하는 단어로는 'colombe'가 쓰이게 된다. 베케트는 그리스도교를 암시하면서도 'colombe' 대신에 'pigeon'을 사용함으로써 패러디, 신성모독, 조소와 같은 특성을 드러낸다.

64. Tatata. 프랑스어 표현 'patati et patata'의 변형된 모습. 영어판에서는 "tattle tattle"로 번역된 이 단어는 자세한 내용은 생략한 채 수다를 계속 이어 가는 모습을 표현한다.

65. 이 텍스트에는 문장부호뿐만 아니라 문장의 시작을 알리는 대문자도 생략되어 있다. 그렇다고 대문자가 전혀 없는 것은 아니다. 이름을 표시할 때나 특별한 경우에 사용된다. 이번 경우는 인물의 등판에 새겨진 대문자를 그대로 재현하고 있다. 한국어에는 대문자가 없기 때문에 이런 종류의 대문자는 굵게 표기했다.

66. 옥토실라브는 8개의 음절로 구성된 시를 의미한다. 프랑스 시에서 옥토실라브는 주로 중세 때 사용된 상당히 음악적인 시 형식이다.

67. 본문에서 작가는 "Dieu"라는 단어로 말장난을 하고 있다. 이 단어는 '신'이라는 의미의 명사로 사용되기도 하지만 놀라움, 찬탄, 분개, 저주, 욕설 등을 나타내는 감탄사로 사용되기도 한다. 작가의 말장난을 느낄 수 있도록 '이런', '제길', '세상에나' 등 대신에 글자 그대로 번역했다.

68. 목소리를 뜻하는 프랑스어 단어, "voix"는 'vous(당신/너희들, 당신들)'처럼 단수와 복수의 형태가 동일하다. 작가는 이 점을 이용해서 이 작품에 등장하는 인물이 단 한 명인지 아니면 여러 명인지 모호하게 만들고 있다.

69. "새[鳥類] 문법(grammaire d'oiseau)"은 단어들을 연결하여 문장을 이루는 일반 문법과는 달리 리듬에 따라 연상에 따라 문장들을 해체하는 문법을 가리킨다. 즉 일반 문법이 문장들의 연속체를 이루는 반면 이 문법은 불연속적인 텍스트를 형성한다.

70. 낙낙한 케이프가 붙어 있고 허리께에서 앞부분이 두 줄로 길게 터져 있는 남자용 외투.

71. 누워 있는 인물을 묘사한, 묘지를 장식하는 기독교 조각품.

72. 1945년 5월 8일은 유럽연합이 제2차세계대전에서 독일에게 승리를 거둔 날이다. 그날 독일은 항복을 선언한다.

73. "척추 장애를 가진 내 개 말하자면 스파이널 도그"로 번역된 프랑스어 구절은 "mon chien spinal ou spinal dog"으로, 같은 대상을 가리키는 프랑스어와 영어 표현이 접속사 'ou(또는, 혹은, 말하자면)'로 연결되어 있다. 영어판에는 "my spinal dog"(『그게 어떤지[How It Is]』, 85면)으로만 표현된 것으로 보아, "mon chien spinal"의 의미를 구체화시키기 위해 영어 표현을 첨가한 것처럼 보인다. 한편 2개 국어 사용 작가로서 베케트가 영어와 프랑스어를 혼용하여 일종의 말장난을 하고 있는 것처럼 보이기도 한다. 여기서 스파이널 도그([the chronic] spinal dog)는 척추에 이상이 있는 개를 가리킨다. 척추의 문제로 인해 개와 병원에 있는 여인이 연결된다.

74. 예수의 열두 사도 중 한 명으로서 성 안드레아는 흑해 주변 지역에 복음을 전했다. 성 안드레아는 마케도니아 이남 지역인 아카이아에서 순교하는데 그때 성 안드레아는 그리스어로 예수를 뜻하는 X 형태의 십자가를 요구했다. 그 이후로 X 형태를 성 안드레아 십자가라고 부른다.

75. 호메로스는 기원전 18세기 말엽 활동한 그리스의 시인으로서 『일리아드』와 『오디세이아』의 저자로 알려져 있다. 본문의 "연보라색 빛"은 땅거미가 지는 하늘빛을 가리킨다. 이와 유사한 표현이 베케트의 시집 『에코의 뼈들(Echo's Bones)』(1993/2009)의 다섯 번째 시 「도르트문터(Dortmunder)」 1행에 나온다. "호메로스의 황혼이라는 마술 속으로(In the magic the Homer dusk)"(김예령 옮김, 워크룸 프레스, 2019, 18면)에서 "황혼"은 마법과도 같은 신비로운 때를 가리킨다. 문학비평가 숀 롤러(Sean Lawlor)는 왜 베케트가 황혼을 붉은색이 아닌 연보라색으로 표현했는지 의문을 가지면서 호메로스와 연보라색 빛과의 연관 관계를 찾아보고자 했다. 숀 롤러는 "In the magic the Homer dusk"라는 구절이 빅토르 베라르(Victor Bérard)의 "모든 거리들이 어두워져 가는 시간(l'heure où l'ombre emplit toutes les rues)"이라는 표현에서 유래된 것이라고 밝히며 베케트가 참조하고 있는 호메로스의 『오디세이아』가 베라르가 번역한 『오디세이아(Odyssée)』, 특히 마법을 부리는 요부 키르케에 대한 일화라는 사실을 지적한다. 제임스 조이스의 『율리시스(Ulysses)』에는 키르케 일화가 사창가, 매춘부, 마법, 보라색, 환영 등과 연결되어 있는데, 숀 롤러는 이 요소들을 가지고 베케트의 시구를 해석했다(숀 롤러,

「알바와 도르트문터: 천국의 이정표 세우기와 세상을 엿먹이기(AlBA AND DORTMUNDER: Signposting Paradise and the Balls-aching World)」, 『모든 질풍과 노도의 반대: 베케트와 낭만주의: 레딩에서의 베케트(All Sturm and No Drang: Beckett and Romanticism: Beckett at Reading)』, 2006, 암스테르담, 로도피[Rodopi], 2007, 227-366면 참조). 결론적으로 "호메로스적인 연보라색 빛"은 숀 콜러의 작업에 기대어 본다면 오디세우스의 모험에 등장하는 키르케를 상기시키고 또 그만큼 마법이 일어날 수 있는 신비한 분위기를 만들어 낸다.

76. 원문의 "sérotine"은 박쥐의 일종을 가리키는 용어로서, '저녁의, 때늦은'이라는 의미의 라틴어 '세로티누스(serotinus)'에서 유래되었다. 어원을 살려 번역하면 '저녁에 나오는 박쥐' 정도가 된다. 그러니까 '저녁'이라는 시간을 강조해 주는 명칭이라고 볼 수 있다. 베케트의 문학 세계에서 '저녁'은 중요한 소재다.

77. 러시아 서부의 강으로서 유럽에서 가장 긴 강이다. 성 안드레아는 러시아에 복음을 전한 최초의 인물.

78. bonsoir. 프랑스의 저녁 인사.

79. 쥐벼룩이 페스트균을 옮겨 페스트균의 감염에 의해 급성으로 일어나는 전염병이다. 그래서 이 전염병을 페스트라고 부르기도 한다. 사람에 의해서도 감염되기 때문에 전염성이 강하고 사망률이 높다.

실제로 14세기 중엽부터 17세기 중엽까지 약 300년 동안 유럽은 페스트로 인해 많은 사람들이 죽었다. 이처럼 유럽에서 페스트에 대한 공포는 엄청난 것이었지만, 19세기 말 파스퇴르의 공헌으로 이 전염병의 원인이 밝혀지고 치료법이 개발됨에 따라 그 공포는 더 이상 지속되지 않았다. 본문에서 페스트는 치명적인 전염성, 공포, 죽음, 격리, 도피 등, 과거 유럽에서 페스트라는 전염병이 가졌던 위상을 고스란히 반영하고 있는데, 작가가 주인공을 그런 페스트를 퍼트릴 수 있는, 보잘것없는 존재나 엄청난 파국을 일으킬 수 있는 '쥐'와 연결시킴으로써, 공포를 일으키고 폭력적이고 죽음의 기운을 퍼트리고 버림받고 홀로 남겨지고 일정한 역할을 반복하고 반복시키는 주인공의 페스트적인 특성을 부각시키고 있다.

80. 데스트로르섬(destrorsum).

81. '쀠이'라고 발음하는 프랑스어 단어 'puis(그러고는)'의 반복은 새 울음소리처럼 들린다. 그래서 그 효과를 살리고자 '삥'이라는 단어를 첨가해 보았다. 이 단어 외에도 '레삐'라고 발음하는, '휴식'이라는 의미의 프랑스어 단어 'répit' 역시 새소리를 나타내기 위한 베케트의 의도적인 장치로 보인다. 그 결과 "쀠이 레삐 쀠이 르 쒸이방 쀠이 쀠이(puis répit puis le suivant puis puis)"라는 구절은 음성적으로 새소리를 연상시킨다.

82. 작가는 결국 같은 결과를

가져오지만 상반되는 동사 "떨어진다"와 "올라간다"를 대비시키고 있다. 원문 'monter ciel'은 아마도 "monter au ciel"을 나타내기 위한 표현일 텐데, 그 의미는 '천국으로 가다', 즉 '죽다'이다.

83. 물방아 깔때기 위에서 끊임없이 짤깍거리는 판. 은유적으로 '신경을 거슬리게 하는 말'을 의미하기도 한다.

84. 에보나이트는 신축성이 적고 단단한 고무로서 과거 축음기에 사용된 판의 재질로 사용되었다.

85. "마무르(mamour)"는 혼성어(mot-valise)로 '나의(mon)'의 'm'과 '사랑(amour)'이 합쳐진 단어다. 상대를 다정하게 부르기 위한 표현으로, '내 사랑' 정도로 번역할 수 있다. 그리고 "마망(maman)"은 '엄마'를 의미하는 단어다. 이 단락에서는 이 두 단어의 발음이 중요하기 때문에 한국어로 번역하지 않고 소리 나는 대로 표기했다.

86. 수학에서, 원 또는 곡선의 호 두 끝을 잇는 선분.

87. 데스트로르섬(destrorsum).

88. 1964년 영어 판본은 "814,326번이 그런 식으로 소문을 통해 814,345번을 알 수 있어"라고 되어 있다. 에두아르 마게사 오라일리도 문제의 부분을 영어 텍스트와 동일하게 수정해서 자신의 책 『사뮈엘 베케트, 「그게 어떤지 / 영상」: 비평판』(라우틀리지, 2001)에 『그게 어떤지』의 프랑스어 텍스트를 수록하고 있다. 역자는 문제의 부분을 교정하지 않고 일단은 1997년 7월 판본대로 번역하고자 한다. 출판사의 오류로 인한 구절이라 할지라도 베케트의 문학 세계에서는 그 오류마저 나름의 의미를 갖기 때문이다. 이를테면 이 부분은 수학적인 정확성으로도 해결할 수 없는 근본적인 무지 혹은 오류를 말하고 있기 때문에 어떤 면에서는 (주석이 없다면 또는 주의 깊게 보지 않으면 인지하지 못할 수도 있는) 이 오류가 수학적인 정확성의 한계를 단적으로 보여 주는 부분으로 읽힐 수 있다.

89. "안녕"으로 번역한 프랑스어 "bonsoir"는 저녁 인사다.

90. 베케트가 만들어 낸 단어 "désespécé"는 '인류라는 종에서 탈락한' 정도로 풀이된다.

91. "시체인 자기도 모르게"로 번역한 프랑스어 표현은 "à son cadavre défendant"이다. 이 표현은 "자기도 모르게(à son corps défendant)"라는 관용구에서 베케트가 '몸(corps)'을 '시체(cadavre)'로 바꾼 것이다.

92. "즉시"로 번역한 프랑스어 표현은 "à la minute"인데 이 표현을 작가가 선택한 이유가 '분(minute)'의 의미를 강조하기 위한 것은 아닌지 추측해 본다.

93. '테바이드(Thébaïde)'라는 지명에서 유래된 이 단어는 황량하고 적막한 공간을 가리킨다.

영상

혀가 진흙 범벅이다 이럴 때 유일한 해결책 혀를 다시 입안에 넣고
돌리기 진흙을 그걸 꿀꺽 삼키거나 다시 뱉기 진흙에 영양가가
있는지 알아보는 문제와 가망성들 사실 물을 자주 마실 필요는
없지만 나는 진흙탕 물을 한입 가득 물고 있다 이것도 내 자원들
중 하나니까 입에 문 채로 한동안 있는다 진흙을 삼키면 그게
내 양분이 되는지 알아보는 문제와 열린 가망성들 기분 나쁜
순간들은 아니다 애를 써 보는 게 중요한 거니까 혀가 다시 나온다
진흙탕에 분홍색 혀 그사이에 손들은 뭘 하고 있을까 손들이
뭘 하는지 항상 살펴봐야 한다 아 그래 그럼 왼손은 우리가 본
바로는 계속 자루를 움켜쥐고 있다 그러면 오른손은 아 그러니까
오른손은 잠시 후에 나는 이런 말이 가능하다면 아니 이런
자세가 가능하다면 쇄골 축을 따라 최대한 길게 뻗은 팔 끝에서
바로 거기서 펴졌다 다시 오므려지는 진흙탕에서 펴졌다 다시
오므려지는 그 손을 보게 된다 그런 동작도 내 자원들 중 하나다
그런 작은 동작이 내게 도움이 된다 왜 그런지는 모르지만 나는
이렇게 그래도 꽤 도움이 되는 자잘한 비법들을 가지고 있다
변화무쌍한 하늘 아래서 비록 벽에 바짝 붙어 다니지만 나는
이미 영악해져 있는지도 모른다 그 손은 아주 멀리 있으면 안
된다 끽해야 I미터 정도 나는 그게 멀리 있는 것처럼 느껴진다
언젠가는 그 손이 혼자 힘으로 엄지를 포함해서 네 개의
손가락으로 가 버리겠지 사실 그 손에는 손가락이 하나 없는데
그게 엄지는 아니다 여하간 그 손은 날 떠날 거다 나는 네 개의
손가락을 갈고리처럼 앞으로 툭 던지는 손을 본다 손가락 끝이
푹 박히고 그 상태로 당긴다 그렇게 손은 조금씩 수평 이동을
하며 멀어져 간다 나는 바로 그런 걸 좋아한다 그렇게 아주
조금씩 조금씩 가는 걸 그러면 다리는 다리는 뭘 하고 있지 오
다리 그리고 눈은 뭘 하고 있는 거야 확실히 감겨 있는 눈 자
그러면 아 아니다 사실은 갑자기 저기 진흙탕에서 아 내가 보이는
거야 내가 나는이라고 말하듯이 내가 그는이라고 말해도 되듯이
나는 내가라고 말한다 왜냐하면 재밌으니까 내가 열여섯 살처럼
보인다 게다가 금상첨화로 날씨가 아주 좋네 청록색 하늘에
열지어 가는 조각구름들 내가 등을 돌리자 내가 손잡고 있는

소녀도 같이 등을 돌린다 내 그 엉덩이 에메랄드빛 풀을 장식하는
꽃들을 보니 지금은 4월 아니면 5월이다 어떻게 내가 꽃들과
계절들에 관한 이런 이야기들을 알고 있는지 모르겠으나 그래서
또 얼마나 좋은지 어쨌거나 내가 이런 이야기들을 알고 있다는
사실 그거면 된 거다 하얀색 울타리와 세련된 붉은색의 관람석
이런 자잘한 몇몇 단서들로 보건대 우리는 경마장에 있는 거다
머리를 뒤로 젖힌 채 우리는 내 상상에 똑바로 정면을 주시하고
있다 서로 엉켜 있는 손들에 연결된 흔들리는 팔들 말고는
동상처럼 꼼짝도 안 한 채 자유로운 내 손에는 즉 내 왼손에는
정체불명의 물건 하나 그러다 보니까 소녀의 오른손에는 고개를
푹 숙이고 옆으로 비스듬히 앉아 있는 잿빛 회색의 적당한
크기의 테리어 한 마리를 이끄는 짧은 목줄의 끄트머리 꼼짝도
안 하는 그 손들과 그에 상응하는 팔들 그렇게나 넓은 푸른
초원에 왜 목줄을 알아볼 문제 그리고 지체 없이 어미들 가운데
있는 어린양들이라고 내가 부르는 조금씩 생겨나는 회색과 흰색
점들 어떻게 내가 동물들에 관한 이런 이야기들을 알고 있는지
모르겠다 어쨌거나 내가 이런 이야기들을 알고 있다는 사실
그거면 된 거다 날이 좋을 때는 완전히 다른 품종의 네댓 마리
개들의 이름을 나는 댈 수 있다 그 개들이 보인다 무엇보다도
이해하려고 하지 말자 대략 사오 마일 정도 떨어져 있는 풍경 속에
푸르스름한 덩어리로 보이는 완만한 경사의 긴 산 우리 머리가
단 하나의 스프링으로 아니면 이렇게 말해도 된다면 동시에
작동되는 두 개의 스프링으로 통 튀어 오르듯 산등성이 위로 봉긋
솟아 있다 우리는 잡은 손을 놓고 반 바퀴 돈다 나는 덱스트로르섬
소녀는 세네스트로 소녀가 목줄을 왼손으로 옮겨 잡음과 동시에
나는 그 물건을 오른손으로 지금 보니 벽돌 모양의 희끄무레한
작은 뭉치 어쩌면 샌드위치일지도 우리가 하는 동작은 아마도
우리 손을 다시 엉키게 하는 동작 팔들이 흔들린다 개는 움직이지
않았다 나는 우리가 나를 쳐다보는 것 같은 어처구니없는 기분이
든다 나는 혀를 다시 집어넣고 입을 다물고는 미소를 짓는다
정면에서 보니 소녀가 덜 못생겨 보인다 내 흥미를 끄는 사람은
그 소녀가 아니다 나 스포츠형으로 바짝 깎은 생기 없는 머리카락

여드름으로 뒤덮인 붉고 살찐 얼굴 튀어나온 배 벌어진 바지
앞트임 무릎을 굽히면서 더 확실하게 중심을 잡으려고 쫙 벌린
가느다란 안짱다리 최소 135도 정도 벌린 발 장래에 후에 반쯤
짓게 될 흡족한 미소 깨어 일어나는 삶의 모습 초록색 트위드 노란
반장화 장식 단춧구멍에 끼운 수선화 또는 그 비슷한 꽃 다시
안쪽으로 반 바퀴 즉 순식간에 궁둥이 말고 얼굴과 얼굴 우리가
서로 마주 보도록 이끄는 자연스러운 동작 90도 회전 후 옮겨
잡기 손 다시 잡기 팔 흔들기 개는 정지 내 그 궁둥이 셋 둘 하나
왼쪽 오른쪽 야 저기 우리가 간다 치켜든 고개 흔들리는 팔 개가
따라간다 푹 숙인 고개 불알에 딱 붙은 꼬랑지 우리와는 지금
아무 상관도 없는 개 그 개가 전에는 장밋빛이 덜한 말브랑슈에
대해서 같은 순간에 같은 생각을 했었다 당시 내가 갖추고 있었던
인문학적 교양 개는 오줌을 눠도 그냥 가면서 질질질 싸 버릴
거다 나는 소리치고 싶다 여자애를 저기다 버려 그리고 달려가 네
손목을 그어 버려 보조 맞춰 걸은 지 3시간 만에 자 정상에 도착한
우리 개는 히스 덤불 속에 비스듬히 앉아서 거무죽죽하면서도
핑크빛 도는 성기 쪽으로 주둥이를 가져가지만 거기를 핥을 힘이
없다 반면 우리는 안쪽으로 반 바퀴 옮겨 잡기 손 다시 잡기 팔
흔들기 조용히 바다와 섬들에 대한 음미 도시에서 피어오르는
연기 쪽으로 하나인 것처럼 방향을 전환하는 머리들 조용히
기념물들의 위치 포착 무슨 축으로 연결되어 있는 것처럼
제자리로 돌아오는 머리들 짧게 안개 그리고 달콤한 말들을
주고받으며 각자의 샌드위치를 한 입씩 번갈아 먹고 있는 또 우리
사랑하는 깜찍이 내가 한 입 베어 문다 소녀는 꿀꺽 삼킨다 멋진
곰돌이 소녀가 한 입 베어 문다 나는 꿀꺽 삼킨다 우리는 아직
입안에 음식물을 가득 넣고 달콤한 말을 속삭이지는 않는다 내
사랑 내가 한 입 베어 문다 소녀는 꿀꺽 삼킨다 내 보물 소녀가 한
입 베어 문다 나는 꿀꺽 삼킨다 짧게 안개 그리고 들판을 가로질러
다시 멀어져 가는 또 우리 손에 손 흔들리는 팔 점점 더 작아지는
봉우리들 쪽으로 꼿꼿하게 세운 머리 이제는 개가 안 보인다
이제는 우리가 안 보인다 장면이 삭제된 거다 몇 마리 짐승들
표면에 드러난 화강암 같은 양들 수그린 머리 구부러진 등 선 채로

정지해 있는 본 적 없었던 한 마리의 말 그 짐승들은 알고 있다
하늘의 푸른색과 하얀색 진흙탕에서 또 4월의 아침이 그건 끝났어
그건 다 된 거잖아 꺼진다 장면이 아직도 비어 있다 몇 마리
짐승들 그러고는 꺼진다 푸른색은 더 이상 없고 나는 여기에 남아
있다 진흙탕에서 저기 오른쪽에서 손이 펴졌다 다시 오므려진다
그게 내게 도움이 된다 그 장면이 나가다니 나는 아직도 미소 짓고
있는 나를 발견한다 더 이상 그럴 필요가 없는데 오래전부터 더
이상 그럴 필요가 없는데 혀가 다시 나와 진흙탕 속으로 들어간다
나는 이렇게 남아 있다 이제는 목마르지 않아 혀가 제자리로
돌아간다 입이 다시 닫힌다 지금 그 장면에 분명 줄이 죽 그어지고
있을 거다 다 된 거니까 내가 그 영상을 만들었다

(1950년대)

해설
중첩, 얽힘, 연속
─『그게 어떤지』의 상호텍스트성[1]

사뮈엘 베케트의 『그게 어떤지』는 인용의 방식으로, 대문자와
마침표가 부재하는 문장의 파편들, 그 파편들로 이뤄진 단락, 그런
단락들의 모임들로 구조된 기형적인 텍스트다.

인용의 일반적인 사용 목적은 인용이 가지는 권위로
화자의 말에 신빙성과 신뢰성을 부여하는 데 있다. 인용은
대개 과학 담론에서 자주 활용되는 수단으로서 확고부동한
개념과 전제적인 질서를 형성한다. 『그게 어떤지』에서 제시되는
인용 역시 표면적으로는 과학 담론의 인용처럼 지식, 질서와
확실성에 기여하는 것처럼 보인다. 그러나 '나'로 지칭되는
화자의 분열, 인용자의 실수, 건망증, 주의력 결핍, 목소리의
복수화와 거짓말 등이 전통적이고 관습적인 인용의 역할을 곧
전복시킨다. 이 전복은 과학 담론이 구축한 신화, 즉 진보와
지식이라는 신화의 전복을 의미하기도 한다. 기존의 역할에서
벗어난 텍스트의 인용은 이제 다른 역할을 수행하기 시작한다. 즉
상호텍스트성으로서, 글쓰기의 한 양상으로서, 텍스트에 복수의
차원을 만들어 무한히 확장되고 영속되면서 끊임없이 새로워질
수 있는 한 장을 형성한다.

초기 3부작 소설 『몰로이』(1951), 『말론 죽다』(1951), 『이름 붙일
수 없는 자』(1953) 이후, 단편 「아무것도 아닌 텍스트들」(1955)을
마치고 한동안 공백기를 거친 다음에, 사뮈엘 베케트가
1959년부터 프랑스어로 집필하기 시작해서 1년 반 만에 완성한,
베케트 글쓰기의 정점을 보여 주는, 총 3부로 이루어진 『그게
어떤지』는 베케트의 작품에서 드러나는 상호텍스트성에 의한
중첩, 공존과 얽힘을 가장 잘 보여 주는 작품이다. 베케트는 다른
작품들에서도 꾸준하게 상호텍스트성을 활용하지만 이 작품처럼
상호텍스트성을 전면에 내세우고 작품 전체를 구조하지는 않는다.

『그게 어떤지』는 이렇게 시작된다.

그게 어땠는지 내가 그대로 전하자면 핌 전에는 핌과는 핌 다음에는 그게 어떤지 세 개의 파트 나는 그걸 들리는 대로 말한다[2]

작품 구성에 대해 간략히 소개하는 이 짧은 단락의 첫 줄은 "내가 그대로 전하자면"이라는 표현을 통해 이야기의 전개 방식을 바로 알린다. 소설에서 이런 식의 도입은 화자가 자신이 하는 이야기의 신빙성을 강조하며 독자의 호기심을 자극하고 싶을 때 주로 사용된다. 특히 괴기소설이나 탐정소설에서 인용은 대개 믿기 어려운 특별한 이야기를 위한 전제이자 증거로 활용된다. 하지만 베케트 텍스트의 인용은 어떤 특별한 사건의 이야기를 위한 전제이자 증거처럼 보이지 않는다.

『그게 어떤지』의 통사적 규범은 붕괴된 상태다. 그 붕괴를 보여 주는 가장 대표적인 예는 문장의 시작을 알리는 대문자와 문장부호의 부재다. 프랑스어의 문장은 일반적으로 대문자로 시작해 마침표, 느낌표나 의문부호와 같은 문장부호로 끝맺음하는 단어들의 조합이다. 그런데 문장을 규정해 주는 이 주요한 두 개의 문법적 요소가 『그게 어떤지』에는 없다. 그래서 인용문을 구성하는 절들을 문장들로 간주하기 어려울 뿐 아니라 각각의 절들이 어디에 연결되고 어디서 끝나는지 정확하게 파악할 수 없다. 그저 통사론적으로 또는 의미론적으로 결정 불가능한 다양한 가능성들만 나열할 수 있을 뿐이다. 이러한 상황에서 온전하게 완결된 하나의 이야기를 끌어내기는 거의 불가능하다. 따라서 이 텍스트의 인용은 서사를 이끌고 진실을 확증하며 앎을 제공하는 인용이라기보다는 텍스트의 실존과 구조를 보여 주는 하나의 글쓰기 양식으로 부각된다.

전통적인 글쓰기에 이의를 제기하고 텍스트를 인용의 결과물로 제시하는 문학비평가 롤랑 바르트는 1960년대 포스트구조주의의 선구자 중 하나다. 바르트는 소논문「작가의 죽음」을 통해 텍스트 해석의 근거를 작가의 의도와 생애에서 찾는 기존 문학비평을 비판하면서 텍스트를 다음과 같이 정의한다.

> 우리는 텍스트가 단 하나의 의미만을 끌어내는, 말하자면
> (신이라는 작가의 "전언"이라 할 수 있는) 신학적인 의미만을
> 도출하는 일련의 단어들이 아니라, 그 어떠한 것도 근원이
> 되지 못하는 다양한 글쓰기들이 서로 결합하고 서로 이의를
> 제기하는 복수의 차원으로 이뤄진 한 공간이라는 사실을
> 안다. 그러니까 텍스트는 문화의 수많은 발생지에서 생성된
> 인용들로 만들어진 결과물인 셈이다.[3]

흥미롭게도, 바르트는 텍스트를 "인용들로 만들어진 결과물"로
간주한다. 사실 베케트 역시 영어 소설 『머피』 서두에서 "이미
있던 것이 후에 다시 있겠고 이미 한 일을 후에 다시 할지라
해 아래에는 새것이 없나니"라는 「전도서」 1장 9절 후반부를
암시하는 "햇볕이 (…) 새로운 게 아무것도 없는 곳 위로 쨍쨍
내리쬐었다."[4]라는 구절을 적으면서, 글쓰기는 신의 창작과는
다른 작업임을 나타낸 적이 있다. 그에게 창작은 "나는 그것들
전부를, 그들이 나한테 알려 주었던 단어들 전부를 사용하고
있어, 단어 목록들이 있었어, (…), 내가 그것들을 까먹었을 거야,
그것들이 내 안에서 뒤죽박죽된 게 분명해, (…), 아주 믿을 수
있고, 잘 정착되어 있으며, 매우 다양한 단어들로, 한 스무 개
정도 있으면 충분할 거야, 팔레트가 여기 있다면, 나는 그것들을
섞어서, 그것들을 다양하게 만들 텐데"[5]가 보여 주듯이, 기존의
글쓰기들을 다양하게 조합하고 변형시키면서 이루어지는 일이다.
그러니까 기존의 글쓰기들을 변형시킬 뿐만 아니라, 바르트가
"서로 결합하고 서로 이의를 제기하는" 글쓰기들의 상호적인
관계들을 텍스트의 창작과 연관시키듯이, 글쓰기들끼리의
상호작용을 통해 새로운 결과물을 만드는 일이 그의 창작
작업이다. 이러한 맥락에서 『그게 어떤지』의 "내가 그대로
전하자면"은 이야기의 근원이자 창조자로 알려진 작가에 대한
신화를, 진리에 대한 확증을, 또 순차적으로 이어지는 일회적인
이야기의 연대기적 시간을 전복시키는 장치이자, "복수의

차원으로 이뤄진 한 공간"을 드러내는 텍스트의 실존적이고 구조적인 양상으로서, "내가 창작을 해 보자면"이라는 말로 바꿔 말할 수 있을지도 모른다.

『그게 어떤지』는 인용과 유사한 양상들로서 인용처럼 텍스트들의 중첩과 공존을 드러내는 표절, 모방, 미장아빔 등도 내포하고 있다. 베케트에게 형식은 내용이나 다름없다. 베케트의 문학 세계에서 형식은 내용에 종속되어 내용의 효과적인 전달을 위해 사용되는 부차적인 요소가 아니다. 그 한 예로 표절, 모방, 미장아빔 등과 같은 글쓰기의 양상이 이 텍스트의 형식적인 차원에서 전통적이고 아카데믹한 문학 규범을 넘어서는 텍스트의 본질과 예술의 속성을 부각시키고 있다. 정신분석학자 줄리아 크리스테바는 "하나의 텍스트가 이루는 공간에 다른 텍스트들에 속하는 여러 개의 진술들이 서로 얽히고 서로 상쇄되는"[6] 현상을, '상호텍스트성(intertextualité)'이라는, 그가 새롭게 만들어 낸 용어로 지칭하면서 텍스트를 "다른 텍스트의 흡수와 변형"으로 정의한다.[7] 이 정의는 바르트의 텍스트 정의와 일맥상통하지만 텍스트의 실존적 양상을 '상호텍스트성'이라고 명명하면서 인용으로서의 텍스트를 미학적 차원에서의 글쓰기로 다룰 수 있는 가능성을 열어 준다. 실제로 문학 이론가들은 크리스테바의 용어를 다양한 방식으로 재해석하면서 텍스트들의 중첩과 얽힘을 여러 양상으로 분류해 글쓰기의 특성을 드러낸다. 제라르 주네트는 "한 텍스트를 분명하게 또는 은밀하게 다른 텍스트들과 연관시키는 모든 것들"을 '초텍스트성(transtextualité)'[8]이라고 하고, 그 초텍스트성에 "두 개 이상의 텍스트가 공존하면서 맺는 관계", 즉 "한 텍스트가 다른 텍스트 안에 실제로 위치"함으로써 형성되는, 그가 새롭게 정리한 상호텍스트성을 포함시킨다.[9] 이때 상호텍스트성은 한 텍스트에 위치한 텍스트의 모습이 얼마나 원래의 모습에 가까운가에 따라 순서대로 인용, 표절, 암시로 구분된다. 프랑스어로 시를 쓰는 스위스 시인 마르크 에젤뎅제는 이 구분에 모방과 미장아빔도 포함시킨다.[10] 『그게 어떤지』의 인용은 권위에 기대어 전언의 확실성과 신빙성을 보장하는 수단이 아니라 텍스트의 미학적 실체를 드러내는 상호텍스트성의

한 양상으로 볼 수 있다. 이와 같은 관점은 기존 담론의 규범을 배반함으로써 예술로 승화되는 진정한 창작을 실현하고자 하는 베케트의 미학적 시도를 엿볼 수 있게 해 준다.

인용이라는 글쓰기

일반적으로 인용이라 하면 (자기의 이론을 증명하거나 주장을 강조하기 위하여) "남의 말이나 글을 자신의 말이나 글 속에 끌어 쓰는"(국립국어원 표준국어대사전) 기법을 의미한다. 그만큼 인용은 '권위'를 전제하고, 그 인용을 구성하는 언어는 "(연산들, 가설들, 결과들)과 같은 과학적인 내용"을 전달하는 도구로서 "가능한 한 투명하고 중성적인"[11] 언어여야만 한다. 바르트는 이러한 종류의 언어를 요청하는 담론을 과학 담론으로 보고 과학과 문학을 구분한다. 그에 의하면 과학에서 언어는 과학적인 사실을 알리는 도구에 지나지 않지만, 문학에서의 언어는 "문학의 실존이자 문학의 터전 자체"[12]다. 과학은 진리 탐구와 관련 있는 담론을 "상위 기호 체계"로 간주하고 거기에 "권위"[13]를 부여하는 반면, 문학은 이처럼 특권을 부여받은 기호 체계와 그 체계가 형성하는 위계질서를 파괴할 수 있는 "총체적인 기호 체계"[14]가 되고자 한다. 권위를 부여받은 과학의 상위 기호 체계는 마치 신학처럼 사회 전반에 영향력을 행사하는데 그 정도가 거의 전제적이다. 그래서 바르트는 전제적인 과학 담론의 폭주를 막을 수 있는 방법은 문학적인 글쓰기밖에 없다고 주장한다. 그에 의하면 문학적인 글쓰기만이 "언어의 절대적인 힘"[15]으로 과학의 환상을 무너뜨리고 그 권위를 파괴할 수 있다.

『그게 어떤지』에서의 인용은 과학 담론을, 특히 권위를 앞세우는 전제적 담론을 패러디하면서 글쓰기의 힘을 보여 준다. 이 텍스트의 인용은 '나(je)'라고 자신을 가리키는 인물이 자신의 삶을 이야기하는 자신의 내면에서 들려오는 목소리를 그대로 전하는 식으로 이뤄진다. 언어의 자율적인 힘의 부정, 위계적인 담론의 분류, 그 분류를 통해 얻게 된 '권위'로 진리를 대변하고 지식의 축적을 믿게 만드는 과학적인 인용은 과학적인 지배 담론의 신화를 구축한다. 그런데 그 신화는 베케트의 텍스트에서 패러디되면서 조롱의 대상이 되고 무력화된다. 그와 동시에 그 신화로 인해 외면되었던 부조리한 실존의 조건들, 시간의 중첩, 자아의 분열, 결정 불가능성으로 인해 양산되는 가능성과 무지, 영원한 반복과 순환, 공존할 수 없는 요소들의 공존이 만들어 내는 패러독스 등이 표면화되면서 인용은 혼동을 야기하는 글쓰기의 조건이 된다.

『그게 어떤지』는 인용의 정확성을 강조하려는 듯 인용 과정에 화자의 의견이 개입될 여지가 없음을 다양한 방법으로 보여 준다. 먼저 인용문의 "나는 그걸 들리는 대로 말한다"는 인용의 정확성을 보증하는 구절로 화자의 가감 없는 인용을 강조한다. 문제는 이 구절의 동사 "entendre"를 '듣다, 들리다'가 아닌 다른 식으로, 즉 '이해하다'로 해석할 경우 인용은 인용하는 주체에 의해 변질될 가능성을 갖게 된다. 이 외에도 텍스트에서는 인용의 정확성을 강조하기 위해 인용 과정에 '나'라는 인용하는 주체를 배제하고, 그 대신 언어가 그 주체의 자리에 위치하도록 만들고 있다. 예컨대 "il vient le mot"[16]라는 구절은 '그 단어가 생각이 난다', 아니면 '그 단어가 온다', 이렇게 두 가지의 해석 가능성을 가지고 있는데, 전자는 '나'라는 주체가 표면에 드러나지는 않지만 그 존재를 전제한 해석이고, 후자는 단어의 독립성과 자율성을 부각시키면서 '나'의 존재를 배재시킨 해석이다. 후자로 예문을 해석할 경우 인용을 변경시킬 수 있는 '나'의 개입이 사라지기 때문에 인용의 정확성은 보장받을 수 있다. 사실 텍스트는 후자의 해석 가능성을 높이고 있다. '나'가 있어야 할 자리에 '나'의 일부로 간주하기 어려운, 그 정도로 '나'에게 낯설어진 신체의 일부분이 "ma main ne vient pas les mots ne viennent pas(내 손이 오지 않는다 단어들이 오지 않는다)"[17]처럼 주체로 위치하거나 단어들이 그 주체의 자리를 차지하는 경우가 많기 때문이다. 『이름 붙일 수 없는 자』의 "귀로 포착한 소리, 그게 곧장 내 입으로, 아니면 다른 쪽 귀로, 이것도 가능한 일이니까, 나오는 거야."[18]라는 구절 역시 인용의 정확성을 강조하는 한 예로 파악될 수 있다. 이 경우 화자는 말이 지나가는 단순한 통로로 간주된다. 특히 부사 "곧장"은 '나'의 내부에 머무는 시간이 많아질수록 받을 수 있는 영향을 최소화하기 위한 장치로 원래 상태를 유지하고 있는 오염되지 않은 단어를 강조한다.『그게 어떤지』에 등장하는 교육 역시 인용의 정확성을 보장하기 위한 하나의 장치다. 이 교육은 완벽한 주입식 교육으로, 완전한 순종을 목표로 한다. "기본적인 자극 리스트 1 노래해 손톱으로 겨드랑이를 2 말해 깡통 따개의 철제 부분으로 엉덩이를 3 스톱 머리통에 주먹질 4 더 크게 깡통 따개 손잡이로 허리를"[19]은 엄격한 주입식 교육과정을 보여 준다. 고문과도 같은 일련의 과정은 학생이자 피해자인 인물의 주체적인 생각이나 의견을 조금도 허용하지 않는다. 그러다 보니 '나'는 전언을 전달하는 통로로 전락하게 된다.

그런데 이상의 장치들은 인용의 정확성을 보장하는 데 기여할 뿐만 아니라 인용의 정확성에 의문을 제기하게 만드는 원인이 되기도 한다. 바로 이러한 글쓰기의 특징으로 인해 2차원적인 전통적인 독서법으로는 베케트의 작품을 이해하기가 어렵다. 그와 같은 접근에서 베케트의 텍스트는 일종의 혼돈일 뿐이다. 숨이 끊어지기 전 팔딱거리는 생선처럼 계속해서 뒤집히고 그 힘을 잃어 가는 베케트의 단어들을 입체적으로 경험할 필요가 있다. 앞에서 언급했듯이 동사 "entendre"의 또 다른 해석 가능성은 인용의 정확성을 보장하지 못한다. 즉 '주의 깊게 듣다(écouter d'une oreille attentive)'가 아니라 '이해하다(comprendre)'로 문제의 동사를 해석할 경우, 인용의 변형 가능성은 높아질 수밖에 없다. 주체의 자리에 선 단어들 역시 인용의 정확성을 보장하지 못한다. 왜냐하면 그렇게 주체의 자리에 선 단어들은 "잘 못 들린 잘 못 속삭여진 케케묵은 단어들"이고[20], 그저 "들릴락 말락 들리는 그 파편들"[21]이나 구조할 뿐이기 때문이다. 교육 역시 마찬가지다. 그 어떤 주입식 교육일지라도 "흡수력이 전무한 나의 상태, 쉽게 잊을 수 있는 나의 능력"[22]으로 인해 결국은 실패하고 말기 때문이다. 이 밖에도 인용의 정확성은 이용하는 자의 상태로 인해 보장받기가 어렵다. 비록 "entendre"를 '주의 깊게 듣다'라고 해석하더라도 "부주의나 실수",[23] 또는 "나의 잘못 주의력의 기억력의 결핍"[24]과 같은 인용하는 자의 문제로 "잘못 말하니까

잘못 듣고 잘못 알아보니까 잘못 속삭이게 되는"[25] 결과를
초래하게 된다.

　　모리스 블랑쇼가『미래의 책』에서 언급[26]한 이후 비평가들의
집중을 받게 된『이름 붙일 수 없는 자』의 세 가지 질문, "지금은
어딜까? 지금은 언제일까? 지금은 누구일까?"의 마지막 질문은
결국 세 질문만큼이나 유명한 질문, "나는. 이 나는이 도대체
누구야?"로 연결되면서 주체의 분열과 실종을 알린다.[27] 이 질문은
다시『이름 붙일 수 없는 자』에서 거의 집착적으로 반복 제기되는
"누가 말하는 걸까, 말하는 이는 내가 아닌데"[28]라는 질문으로
이어지는데, 이는『그게 어떤지』에서도 "나는 부정하지도 믿지도
않으면서 듣고 있다 나는 이제 말하지 않는다 누가 말하는
걸까"[29]라는 거의 비슷한 형태로 다시 나타난다. 사실 '나'의
분열은 이 텍스트의 첫 부분에서부터 분명하게 드러난다. "목소리
먼저 밖에서 까까 사방에서 그러고는 헐떡임을 그치자 내 안에서
어디 나한테 또 말해 봐"는 목소리가 '그게'(본문에서는 번역을
생략했지만 "ça"로서 '헐떡임'의 주체다.) 헐떡임을 그치면 '나'의
안으로 들어와 '나'에게 말하고 '나'는 목소리의 말을 그대로
전하는 식의 관계를 보여 준다. 이 세 존재는 마치 삼위일체처럼
모두 '나'라는 공간에 있으나 '나'로 완벽하게 환원되지는 않는다.
'나'는 3인칭을 사용해서 '그것'과의 거리를 벌리고, "내 목소리가
아니"[30]라고 직접 부정하면서 목소리와의 간격을 확보한다.
이러한 종류의 분열은 결국 "즉 100만 명 만일 우리가 100만
명이라면 100만 명의 핌"[31]에 이르게 되면서 "분열 번식의
광란"으로 이어진다.[32]

　　목소리 역시 이러한 광란에서 자유롭지 않다. "이 목소리인지
이 목소리들인지 어떻게 알지"[33]라는 구절은 프랑스어 단어
'목소리(voix)'의 단수 형태와 복수 형태가 동일하다는 점을 이용해
단수와 복수가 이 단어에 중첩되어 있음을 보여 준다. 이는 자신의
말을 전달하는 목소리가 하나의 목소리가 아닌 다수의 목소리일
수 있고, 하나의 소리가 아닌 다수의 소리가 동시 다발적으로 울릴
수 있다는 가능성을 시사한다. 이러한 상황에서 인용하는 주체가
인용해야 하는 목소리를 바르게 분별하기는 쉽지 않다. 그런데

이와 같은 목소리의 특성을 잘 보여 주는『이름 붙일 수 없는 자』의 "그러면서도 종종 그들은 다 같이 동시에 이야기할 때가 있어, 그들 모두가 정확하게 똑같은 말을 동시에, 게다가 신만이 무소부재(無所不在)할 수 있다는 사실을 알지 못했다면, 하나의 입에서 나오는, 하나의 목소리라고 여길 정도로 완벽한 앙상블을 이루면서, 말을 하는 거지"[34]는 다수의 목소리가 '정확하게 똑같은 말'을 할 때가 있다고 알려 주고 있다. 그렇다면 목소리가 하나든 다수든 간에 목소리가 전달하고자 하는 내용은 명확하게 전달될 수 있는 게 아닐까? 설혹 그렇게 인용의 정확성을 보장할 수 있다 해도 목소리가 전하는 그 내용으로 말미암아 인용의 신빙성은 떨어지고 만다. 왜냐하면 목소리는 "어떻게 거짓말을 안 하지, (…), 이런 목소리를, 그 누가 제어할 수 있겠어, (…), 목소리가 나를 찾고 있어, 캄캄한 데서, 목소리가 입을 하나 찾고 있어"[35]라는 구절이 알려 주듯이 목소리가 해 주는 이야기에는 거짓이 섞여 있기 때문이다. 실제로 이러한 목소리의 전언에 대한 의구심은 텍스트 곳곳에서 "아 근데 뭔가 말이 안 되는 게"[36]라는 말을 반복하면서 꾸준하게 제기되고 있다. 결과적으로 "내가 잘못 듣거나 목소리가 잘못 말해서"[37] 인용은 변질되고 신용할 수 없는 수단으로 추락한다.

한편에서는 인용의 정확성과 신빙성을 논하고 다른 한편에서는 문법적으로 파편화되고 의미적으로 오류와 거짓을 포함하고 있는 인용에 대한 불신을 드러내면서 베케트는『그게 어떤지』에서 살펴볼 수 있는 인용의 실질적인 의의를 부각시킨다. 즉 지식의 축적과 문명의 구축을 확신하는, 주체의 확고한 정체성을 기반으로 하는 전제적 담론을 주체의 분열과 상실, 망각으로 인한 무지 등으로 파괴하면서 과학적 인용이 추구하는 바와는 상반되는 방향으로 텍스트를 이끌고 인용을 논리적 수단이 아닌 문학적 글쓰기의 한 양상으로 변질시키며 권위를 생산하는 인용이 아니라 화자를 분열시키고 텍스트를 중첩시켜 텍스트와 텍스트 사이의 상호적 움직임을 가능하게 만드는 인용, 즉 상호텍스트성으로서 인용의 활용을 보여 준다.

장르적 특성들의 중첩과 얽힘

『그게 어떤지』는 하나의 장르로 규정하기 어려운 작품이다. 이 텍스트에는 문장의 시작을 알리는 대문자와 문장부호가 생략되어 있고, 주로 네다섯 줄, 길어도 열다섯 줄을 넘지 않는 단락들이 모여 있으며, 각 단락들은 문장의 파편과도 같은 절들과 단어들의 결합으로 이루어져 있다. 퍼즐을 맞추듯 파편들을 가지고 문장을 재구성할 수는 있지만 생략된 문장 요소들로 인해 완벽한 문장을 재현하기는 대체로 불가능하다. 이러한 상황의 『그게 어떤지』를 단순히 소설이라고 하기에는 아카데믹한 소설 규범에 충실한 작품이 아닐 뿐만 아니라 중첩되어 있고 얽혀 있는 다른 장르적 특성들을 무시하기가 어렵다.

> 내 안에서 밖에 있었다가 헐떡임을 그치자 오래된 한
> 목소리의 파편들이 내 안에서 내 목소리는 아니다[38]

파편 같은 구절들로 이뤄진 위 인용문에서 시적인 면모를 밝히는 일은 어렵지 않다. 예컨대 구절들의 집합이라는 특성으로 인해 전통적인 12음절은 아니지만 위 단락을 'en moi qui furent dehors / quand ça cesse de haleter // bribes d'une voix ancienne / en moi pas la mienne', 즉 '6 / 8 // 7 / 5' 이렇게 2행으로 나눠 볼 수 있고, 'ancienne'와 'mienne'가 내는 유사한 음과 'en moi'의 반복 덕분에 시의 주요한 특성들 중 하나인 리듬감 있는 소리의 조화를 제시해 볼 수 있다.

다음과 같은 형태의 텍스트 구성 역시 산문보다는 시의 느낌을 준다.

> 커플을 거쳐 여행으로 가려고 버림받는 데서부터 시작하거나
> 또는 어딘가로 가려고 커플로부터 시작하면서 취하게 될지도
> 모르는 순서 순서들보다도 더 좋아한다면

> 커플로

버림받기를 거쳐서

아니면 여행을 거쳐

정확해

아 근데 뭔가 말이 안 되는 게[39]

『그게 어떤지』의 기본 구조를 봤을 때, 즉 2줄 이상 15줄 이하로
이뤄진 단락들과 단락들 사이의 넓이를 봤을 때, 위 인용문의
5줄은 각각 1줄로 이뤄진 5개의 단락으로 간주될 수 있다. 사실
전통적인 산문에서는 대화문을 삽입하는 경우를 제외하고
인용에서 보이는 단락들처럼 단 한 줄로 단락을 구성하지 않을
뿐만 아니라 텍스트에 불규칙한 오른쪽 여백을 허용하지도
않는다. 이는 산문보다 시에서 가능한 구조다. 이렇게 시적인
요소를 담고 있는 산문을 보통 '시적 산문'이라고 부르지만, 이브
토마는 "산문의 시화(詩化)"라고 설명한다.[40] 이는 "텍스트를
단편이나 절로 만들어 버리는 절단"을 단행하는 베케트의
글쓰기를 강조하기 위한 것인데, 이브 토마는 베케트의 그와 같은
글쓰기를 화자의 헐떡임을 드러내기 위한 것이라고 설명하며,
『그게 어떤지』의 서술을 "헐떡이며 이루어지는 진술"이나
"경련적인 발화"라고 묘사하고 그 텍스트에서 드러나는 리듬과
박자를 "가쁜 숨으로 이뤄진 서술을 효과적으로 드러내기 위한
흐름을 끊는 리듬과, 센박과 여린박이 계속 뒤바뀌는 박자"로
표현한다.[41] 그런데 여기서 헐떡임을 표현하는 글쓰기라는 이브
토마의 설명은, 시의 주제와 관련된 (혹은 상반된) 형상을 글자로
만들어 청각과 시각을 모두 활용해 작품을 감상하게 하면서
동시에 내용과 형식, 시와 그림의 경계를 모호하게 만드는
시작법, 기욤 아폴리네르(Guillaume Apollinaire)가 시도한
'칼리그람(Calligramme)'을 떠올리게 한다.

어떤 면에서 『그게 어떤지』는 시각적인 자극을 주는 텍스트다.
텍스트의 낯선 구성과 상태가 그 내용보다도 먼저 독자의 시선을

사로잡기 때문이다. 들여쓰기가 되어 있지 않은 첫 줄들, 문장의
시작을 알리는 대문자의 부재, 문장부호의 실종, 단락과 단락
사이의 여백, 각기 다른 단락의 크기, 산문에서 흔히 찾아볼 수
없는 구절 배치, 특정한 위치에서 반복되는 단어들, 숫자 배열,
대문자로 이뤄진 구절들, 이러한 요소들은 때로는 추상화와
같은 그림을 때로는 시각화된 청각을 느끼게 만든다. 이렇게
형성된 텍스트를 칼리그람과 연결해서 살펴보고자 하는 이유는
기형적인 형식과 내용과의 긴밀한 관계 때문이다. 예컨대 정확한
이름을 알 수 없는 등장인물들을 더욱더 구분하기 어렵게 만드는
의미론적 차원의 원인들이 있는데, 그 한 예가 이 텍스트의 공간적
배경을 이루는 어둠과 진흙탕(또는 진흙)이다. 개체의 정체성을
구성하는 특성들을 지우면서 구상을 추상으로 만들고, 개체들
간의 경계를 지워 개체들을 하나의 덩어리로 만드는 이 어둠과
진흙탕은 문장을 이루고 문장들을 구분해 주는 두 요소, 대문자와
문장부호의 부재로 인한 텍스트 내의 혼란과 거의 유사한 혼란을
만들어 낸다. 또 목소리에 사로잡혀 일종의 앵무새 노릇을 해야만
하는 화자는 침묵과 소리의 반복 가운데 있으면서 그의 분신과도
같은 존재들과의 만남과 헤어짐을 반복하는데, 단어들의 만남으로
이뤄진 단락과, 그런 단락과 단락 사이의 여백은 침묵과 소리,
헤어짐과 만남을 형상화한다. 그러면서 정지와 움직임을 반복하며
캄캄한 진흙탕을 기어 다니는 화자의 여정 역시 드러내 준다.
이러한 비교들은 『이름 붙일 수 없는 자』에서 언급되는 '나(je)'와
단어와의 관계를 통해, 즉 "단어들, 내가 그 모든 단어들이야,
그 모든 낯선 단어들, 먼지 같은 그 말들이 다 나야, (…) 그 모든
단어들이 다 나라고 말을 해"[42]라고 단어로 규정되는 '나'를 통해
그 타당성을 획득하기도 한다.

비록 글자들이 모자나 분수처럼 구체적인 사물들을
형상화하는 구상적인 칼리그람은 아니지만, 글자들이 이루는
선들과 텍스트 페이지의 여백으로 텍스트의 의미론적 차원을
형상화하는 추상적인 칼리그람으로 볼 수 있는 여지는 분명 있다.
게다가 "아폴리네르의 칼리그람은 텍스트와 그림의 단순한 합도,
음성 배열과 글자 배열이 합쳐진 시구도 아니며, 글자, 구두점,

공간 배열이 텍스트 속에서 시니피앙스(signifiance)를 만들어 내는 결과물이다. (…) 시니피앙스를 위해 언어, 여백, 이미지, 음성뿐 아니라 지면의 크기, 타이포그래피, 구두점 등 모든 것은 시에서 의미를 갖는다는 것이다."[43]라는 설명은 칼리그람적인 면모로 시라는 장르가 『그게 어떤지』에 중첩되어 있고, 그래서 나름의 시니피앙스를 만들어 내고 있음을 지지한다.

이브 토마는 "텍스트를 단편이나 절로 만들어 버리는 절단"을 통해 『그게 어떤지』의 시적 특성을 끌어냈다. 이때 텍스트를 조각조각 절단하고 그 절단을 시각적으로 보여 주는 역할을 여백이 담당한다. 의미 중심적인 전통적인 산문 형식을 배반해 새로운 차원의 예술을 구현하고자 하는 베케트는 이 여백에 특별한 시니피앙스를 부여한다. 즉 이 여백을 척력과 인력이 공존하는 불안정한 에너지 장으로 만들어 텍스트에 긴장되고 반복적이며 영속되는 움직임을 만드는 것이다. 텍스트의 여백은 단락들을 구분 지을 뿐만 아니라, 단락들 사이의 인력도 동시에 드러낸다. 예컨대 소문자로의 시작과 실행되지 않는 들여쓰기가 단락들 간의 어떤 연관성을 가시적으로 암시한다. 이 암시로 인해 여백은 단락과 단락을 끌어당기는 일종의 에너지 장이 된다. 이는 다시 단락의 시작으로는 적당하지 않은 단어들, 이를테면 'et', 'où', 'qu'on', 'en', 'au' 등과 같은 단어들의 배치와, 단락의 마지막 단어와 이어지는 단락의 첫 번째 단어의 반복[44] 등과 같은 장치들에 의해 더 구체적으로 가시화된다.

『그게 어떤지』에서 대문자로만 이뤄진 구절들은 시각화된 청각을 느끼게 해 주는 또 다른 형태의 칼리그람적 면모를 보여 준다. 미셸 뷔토르는 "그런데 칼리그람은 통상 형상화라고 일컫는 것만을 의미하지는 않는다."라고 말하면서 스테판 말라르메(Stéphane Mallarmé)의 「주사위 던지기(Un coup de dés)」를 칼리그람적 면모들을 발견할 수 있는 텍스트로 간주한다.[45] 도윤정은 말라르메가 악보처럼 만들었다고 밝히는 이 텍스트에 대해 "활자들의 크기가 다양하며 대문자가 빈번하게 등장하고 이탤릭체도 자주 등장한다는 점이 눈에 띈다."고 묘사하면서 "이 작품을 음악의 악보로 여긴다면 활자의 크기는 음의 세기로 볼 수 있을 것이다."라고 설명한다.[46] 이 설명은 아폴리네르가 글자들로 그림을 그렸다면, 말라르메는 글자들로 음악을 연주했음을 알려 준다. 두 작가가 자신의 작품을 통해서 추구하고자 했던 바가 그림과 음악으로 각각 다르지만, 둘 다 언어의 관습적인 사용을 거부하고 텍스트의 경계를 뛰어넘고자 했다는 점에서, 미셸 뷔토르가 지적했듯이, 말라르메의 작품과 칼리그람을 충분히 연결시킬 수 있을 것이다.

『그게 어떤지』에서 대문자는 고유명사를 표기할 때를 제외하고는 문법적으로 거의 기능하지 않을 뿐만 아니라 텍스트에 잘 등장하지도 않는다. 그렇기 때문에 대문자의 출현은 자연스럽게 부각될 수밖에 없다. 고유명사 표기로서의 대문자를 제외하고 텍스트에 등장하는 대문자는 "로마자 I의 위쪽 횡선을 그으려고 살갗에 닿은 손톱"[47]처럼 그 자체로 하나의 형상을 보여 주거나, 아래 지문처럼 격앙된 감정과 소리의 크기를 시각적으로 표현한다.

> 그러면 그게 변할 수 있을까 대답이 없다 끝날 수 있을까
> 대답이 없다 내 숨이 콱 막힐 수 있을까 대답이 없다 내가
> 침몰해 버릴 수 있을까 대답이 없다 진흙을 더 이상 더럽히지
> 않을 수 있을까 대답이 없다 어둠도 대답이 없다 침묵을
> 더 이상 깨지 않을 수 있을까 대답이 없다 뒈져 버릴 수
> 있을까 대답이 없다 **뒈져 버릴 수 있겠냐고** 울부짖음들 **나는**
> **뒈져 버릴 수 있을까** 울부짖음들 **나는 곧 뒈져 버릴 거야**
> 울부짖음들 좋아[48]

우리는 위 인용문에서 질문을 하는 '나', '나'의 질문을 받는 어떤 존재, 이 둘을 객관적으로 바라보며 상황을 중개하는(혹은 지시하는) 제3자, 이렇게 세 존재를 구분해 볼 수 있다. 물론 이 상황은 머릿속에서 일어나는 일이기 때문에[49] 세 존재를 셋으로 분리된 자아라고도 말할 수 있다. 질문하는 '나'는 자신의 죽음 가능성에 대해 질문한다. 초반에는 죽음을 가리키는 완곡하면서도 다양한 표현들로 질문하는데, 계속해서 질문에 대한 답변을

얻을 수 없자 급기야 "crever(뒈지다)"라는 노골적이면서도
저속한 표현을 사용해 감정의 변화를 드러낸다. 그럼에도 대답이
없자 결국 감정을 터뜨린다. 대문자는 그렇게 격앙된 감정을
형상화한다. 게다가 "울부짖음들"이라는 제3자의 설명(혹은
지시)이 개입되면서 말라르메의「주사위 던지기」에 나오는
대문자들처럼 위 예문의 대문자는 소리의 크기를 시각화하게
된다. 이렇게 시각화된 청각은 베케트 텍스트의 칼리그람적
면모를 증거하고『그게 어떤지』를 단순히 소설로 정의할 수 없게
만드는 장르적 중첩을 시사한다.

　　지금까지 산문에서 찾아보기 어려운 텍스트 구조, 리듬을
구성하는 단어들, 초현실주의의 시작법이었던 칼리그람적 면모 등
『그게 어떤지』에 드러나는 시적 면모를 다각적으로 살펴봤다.
이 시적 면모는『그게 어떤지』를 소설이라는 장르로 단순하게
규정지을 수 없게 만들 뿐만 아니라 텍스트의 내용과 형식의
구분을 무의미하게 만들면서, 기존 소설의 독자가 소설 텍스트가
제시한 줄거리와 주제를 수동적으로 이해하는 방식의 관습적인
독서 습관에서 벗어나도록, 독자가 분명한 방식으로 듣기와
보기를 고려하면서 언어를 다시 유형화하도록 이끈다.[50] 소설과
시라는 두 장르의 중첩과 얽힘으로 형성된 혼란과 마주한 독자는
수동적인 이해를 넘어서서 시각과 청각을 사용해 텍스트와의
관계를 보다 적극적이고 주체적으로 맺어야만 하는 상황에
처해진 것이다. 그런데 장르의 중첩은 여기서 그치지 않는다.
『그게 어떤지』의 3부 마지막 부분에서 그 양상이 강해지는 특별한
형태의 글쓰기는 또 다른 장르의 중첩을 보여 준다.

우리는 위 인용문에서 세 존재를 구분했다. 질문하는 '나', 질문을
받는 어떤 존재, 그리고 그 둘을 바라보면서 상황을 중개하거나
지시하는 제3자. 위 인용문에서 질문을 받는 존재는 침묵을
지키고 있지만, 텍스트의 다른 부분에서는 "그것들이 붙잡고 있는
건가 그래 진흙탕과 어둠이 붙잡고 있는 거야 그래 그 말 후회하지
않을 거지 그래"[51]처럼 질문자에게 '그래' 혹은 '아니'라고 답변을
제시하며 그 존재를 드러낸다. 텍스트를 구성하는 질문자와

답변자 간의 대화는 인용한 구절이 보여 주듯이 대체로 무대 위 인물들이 나누는 대화처럼 직접적이면서도 신속하게 이뤄진다. 전통적인 소설에 등장하는 대화는 일반적으로 '~라고 말했다'처럼 화자의 인용으로 처리되는 반면, 이 텍스트의 대화는 화자의 개입 없이 인물들에 의해 직접 실현되고 있기 때문이다. 그래서 독자는 거의 다섯 면 분량의 대화를 읽으면서 희곡을 읽을 때보다도 더 생생하게 대화의 생동감과 현장감을 느낄 수 있다.

그런데 이 생동감과 현장감이 대화의 상황을 설명하거나 대화자의 행동을 지시하는 것처럼 보이는 "pas de réponse"와 "hurlements"과 같은 표현들과, 대화의 전반적인 흐름을 조망하는 제3자의 어떤 판단을 보여 주는 것 같은 "bon"의 개입으로 인해 가끔씩 끊길 때가 있다. 이 개입은 대화를 유도하는 화자의 개입과는 차이를 보이는데, 베케트의 다른 희곡들에서 이와 유사한 개입을 찾아볼 수 있다. 희곡「무엇을 언제」에는 인물들의 대화에 직접 참여하지는 않지만 그 대화를 평가하고 인물들을 조정하는 V(voix)라는 인물이 나온다. V는 인물들의 대화가 마음에 들지 않으면 "이 장면은 마음에 들지 않는다. 나는 다시 시작한다."[52]처럼 진행된 대화를 평가하고 처음으로 되돌리기도 하고, "이번 장면은 마음에 든다. (…) 벰 등장한다."[53]처럼 인물의 등장까지 관여하면서 극을 주도하기도 한다.「파국」의 M(연출자),「코메디」의 P(조명) 역시 V와 동일한 역할을 한다. 그러니까 M이 '연출가(Metteur en scène)'를 뜻하는 약자인 것처럼, M, P와 V는 모두 극 속에서 극을 연출하고 있다. 그래서 이들이 연출하는 극은 극 속의 극이 된다. 극 속의 극은 상호텍스트성을 드러내며 관객으로 하여금 극에 동화되지 못하도록 하면서 관객이 연극을 보고 있음을 인식시키고 더불어 관객도 관객을 연기하는 상황을 만들어 관객마저 극의 한 요소가 되게끔 유도한다. 이런 면에서 극 속의 극은 연극이라는 장르를 강조하는 장치라고도 할 수 있다. 따라서 질문자와 답변자의 대화에 개입하는 제3자는 연극적 상황을 강조하는 존재로 간주될 수 있다. 그러면서 『그게 어떤지』는 시적 면모에 이어 희곡적 면모를 취하게 된다.

장르적 측면에서 지금까지 살펴본 중첩과 얽힘은 장르로 작품을 정의하고 분류하는 기존 문학 연구의 관점으로 본다면 혼동과 다름없는 현상이다. 베케트의 이와 같은 탈중심적 글쓰기는 '좋은' 문학의 기준과 표본을 만들어 창작 가능성을 제한하고 예술의 실현을 방해하며 진실을 왜곡하는 권위적인 관습과 규범에 균열을 만든다.

제목의 상호텍스트성

이제 텍스트의 제목을 통해 『그게 어떤지』에서 구현되고 있는 또 다른 형태의 상호텍스트성을 살펴본다. 책 제목을 지시하는 데 사용되었던 라틴어 '*titŭlus*'에서 파생된, 제목을 의미하는 프랑스어 단어 'titre'는 작가가 생산한 작품을 가리키는 일종의 이름표 역할을 담당한다. 단순한 이름표가 아니라 작품에 대한 모든 정보를 압축적으로 담아내는 이름표다. 그러다 보니 환유적으로 제목을 작품 자체로 간주할 수 있게 된다. 이런 점에서 소설의 제목은 본래적으로 작품과 상호텍스트적인 관계를 맺고 있다. 그러나 이러한 관계를 인식하고 제목을 실용적 관점이 아닌 예술적 관점으로 접근하기 시작한 지는 그리 오래되지 않았다. '그게 어떤지'라는, 암호와도 같은 이 제목에 대해 미셸르 투레는 "주절이 없는 상황절로서 질문도 아니고 긍정명제도 아닌 것으로 보아 끝을 맺지 못한 단순한 보고인가?"[54]라고 질문을 제기한다. 그만큼 한눈에 파악되기 어려운 이 제목은 통사적, 형태적, 음성적 측면에서 여러 해석 가능성을 제시하며, 제목의 난해함으로 텍스트의 난해함을 다양한 차원에서 전달하며 정교한 미장아빔을 보여 준다.

이제 미셸르 투레의 언급을 중심으로 'COMMENT C'EST'라는 제목을 다시 살펴보기 전에, 먼저 이 제목을 타이포그래피 측면에서 간략히 언급해 보겠다. 베케트의 모든 작품을 출판한 미뉘 출판사는 제목과 관련해 두 가지 종류의 타이포그래피를 선보인다. 대문자로만 구성된 제목과 대문자와 소문자의 조합으로 이루어진 제목. 이는 산문 장르와 산문이 아닌 장르를 구분해 준다. 그래서 『그게 어떤지』의 제목은 미뉘 출판사가 제시하고 있는 타이포그래피의 분류 방식으로만 봤을 때 이 텍스트가 산문에 속하는 작품임을 알려 준다. 그러나 텍스트와의 상호텍스트성으로 제목을 다시 살펴봤을 때 이 타이포그래피의 단순하면서도 전제적인 구분은 그 정당성을 잃게 된다. 『그게 어떤지』에 존재하는 다양한 장르적 특성들의 중첩과 얽힘은 소설이라는 산문으로, 즉 단 하나의 장르로 이 텍스트를 규정하지 못하게 막고 있기 때문이다. 그러므로 제목의 대문자는 텍스트에 등장하는 대문자들과 연결 지어 다른 식으로 파악해 볼 필요가 있다. 이때 제목의 타이포그래피는 칼리그람적인 효과를 획득하게 된다. 그래서 제목을 구성하는 대문자로부터 격양된 감정과 소리의 크기를 읽어 낼 수 있게 된다. 결과적으로 이 제목은 산문과 운문 사이를 오가며 두 요소의 중첩과 얽힘을 제시하는데, 이는 평면의 고정된 제목에 어느 하나로도 정착하지 못하는 고통스러운 입체적인 움직임을 부여한다. 이렇게 'COMMENT C'EST'라는 제목은 실용적인 가치 이상의 존재 가치를 보여 준다. 그 결과 이 제목은 환유의 차원이 아닌 그 자체로 텍스트와 동등한 위치에서 상호작용을 이룰 수 있는 또 하나의 텍스트가 된다.

　"주절이 없는 상황절로서 질문도 아니고 긍정명제도 아닌 것으로 보아 끝을 맺지 못한 단순한 보고인가?"라는 미셸르 투레의 질문은 통사적 측면에서 '그게 어떤지'를 간접화법으로 파악할 수 있는 단서를 제공한다. 만일 이 제목을 구어적 표현으로 본다면 'Comment, c'est?'와 같은 의문문으로도 간주할 수 있다. 텍스트에 문장부호가 생략되어 있기에 충분히 끌어낼 수 있는 해석 가능성이다. 중요한 것은 두 가능성 다 문법적인 규범을 넘어서고 있고 제목으로서 '그게 어떤지'와 '어때, 그건?'이라는 표현들은 둘 다 중간에서 생성된 결과물이라는 점이다. 하나는 주절이 생략된 상황에서 끝을 맺지 못한 상황절로서, 다른 하나는 규정되지 않은 지시 대상을 전제하고 답변을 기다리는 의문문으로서, 둘 다 중간에 위치하고 있다. 이와 같은 제목의 상황은 텍스트의 상황을 그대로 반영한다.

　작게는 문장의 시작과 끝을, 넓게는 텍스트의 시작과 끝을 보증하는, 문법적으로 중요한 두 요소인 대문자와 문장부호의 제거는 『그게 어떤지』라는 텍스트를 중간에서부터 생성된 결과물로 만들고 있다. 이 텍스트의 첫 구절 "comment c'était"는 첫 글자의 소문자로 인해, 또 그 구절이 과거형 종속절이라는 점으로 인해 '0으로부터의 시작'[55]을 확증해 주지 못한다. 대신 어떤 '중간'에서의 시작 혹은 재시작을 암시한다. 실제로 텍스트에서 반복되는 "cette fois"와 "quelquefois"처럼 반복을 나타내는 표현들은 중간에서의 시작을 지지한다. "이번에 그건 내가 봐 왔던 진흙탕에서 내가 가끔씩 보는 그런 영상들 중 하나였다"[56]에서, "가끔씩"이 암시하는 반복 가운데 등장하는 "이번에"는 이 이야기가 중간에서부터 시작되고 있음을 잘 보여 준다. 이 텍스트의 마지막 구절에서도 중간에서의 재시작을 목격할 수 있다. "좋아 좋아 세 번째이자 마지막 파트의 끝 자 지금까지 그게 어땠는지였다 인용의 끝 펨 다음에는 그게 어떤지"[57]라는 이 텍스트의 마지막 단락은 "세 번째이자 마지막 파트의 끝"과 "인용의 끝"을 통해서 텍스트의 끝을 분명히 표시한다. 그런데 이 텍스트의 제목이기도 한, 마침표가 없는 마지막 구절 "comment c'est"가 그 끝이 완벽한 끝이 아니라 다시 곧 이어질 "끊어진 선"[58]일 뿐임을 알려 준다. 첫 글자를 소문자로 시작함으로써 어딘가에 이어져 있는 듯한 느낌을 주는 텍스트의 첫 구절처럼, 마침표가 찍히지 않은 텍스트의 마지막 구절은 이어지는 공백을 다른 구절과 연결되기 위해 건너뛰어야만 하는 공간처럼 보이게 한다. 게다가 이 마지막 구절이 제목과 이루는 수미상관은 텍스트의 처음과 끝의 구분을 지운다. 텍스트의 마지막 구절 "comment c'est"는 음성학적 측면에서 동음이의어 단어 'commencer(시작하다)'와 이 동사의 몇몇 변화형을 상기시킨다. 그중에서도 이 동사의 2인칭 복수 명령형, 'commencez(시작하시오)'는 끝나야 할 자리에 끝을 알리는 점 대신에 또 다른 시작에 대한 명령이 자리한다는 해석을 가능하게 해 준다. 이와 같은 중간에서의 생성은 들뢰즈의 중요한 테마들 중 하나이기도 하다. "관계를 맺어야 하는 것은 점으로 존재하는 시작과 끝이 전혀 아니다. 관계를 맺어야 하는 것은 중간이다. (…) 중간에서 다시 시작하는 것이다. (…) 풀은 사물 가운데서 자라날 뿐만 아니라 그 자체가 중간에서부터 자라난다. (…) 풀은 탈주선을 따르지 뿌리를 박고 정착하지는 않는다. (…) 탈주선에는 언제나 배반이 일어난다. (…) 우리를 붙잡아 두기를 원하는 고정된 권력들, 지상에 확립된 권력들을 배반하는 것이다. (…) 왜냐하면 배반자가 되는 일이 어려운 것은 그게 창조하는 일이기 때문이다."[59] 즉 중간에서부터의 시작이 중요한 이유는 지배적인 의미 작용들과 고정된 질서에서 벗어나 진정한 창조 작업을 실현할 수 있기 때문이다.

다시 제목으로 돌아가 보자. 제목의 해석 가능성은 다양하고 그 가능성은 하나의 결정으로 환원되지 못한다. 그럼에도 불구하고 간접화법으로 해석하는 데 보다 무게를 두고자 하는데, 그 이유는 간접화법의 특성 때문이다. 간접화법은 "남의 말을 인용할 때, 현재 말하는 사람의 입장에서 인칭이나 시제 따위를 고쳐서 말하는 화법"(국립국어원 표준국어대사전)을 의미한다. 그러니까 간접화법이 가진 인용이라는 특성이 텍스트의 첫 줄에서 "그게 어땠는지 내가 그대로 전하자면"[60]이라고 밝히고 있는 텍스트의 전개 방식과 호응하기 때문에 상호텍스트성의 관점에서 제목을 간접화법으로 파악하는 편이 보다 적절해 보인다.

제목을 이해하는 또 다른 접근은 제목이 주는 청각적 효과에 집중하는 것이다. 애벗 포터는 이 음성적 효과를 인식하고 제목과 동음이의어를 이루는 'commencer(시작하다)'와 'commencez(시작하시오)'를 제목과 연결시킨다. 동음이의어를 이루는 단어는 이 두 단어 말고도 1인칭 단수 반과거 'commençais'와 2인칭 단수 반과거 'commençais', 그리고 관용적 표현인 '알고 있듯이(comme on sait)'도 있지만, 애벗 포터는 그중에서 '시작하다'와 '시작하시오'만을 제목과 연결시켰다. 그 이유는 베케트의 "재시작의 미학(aesthetic of recommencement)"[61]을 제목과 연결 지어 설명하기를 원했기 때문이다.

베케트가 「아무것도 아닌 텍스트들」 집필 이후 10년 만에 산문으로 복귀한 『그게 어떤지』는 전통 소설 규범에서 완전히 탈피한 새로운 형태의 작품이다. 그러다 보니 이 작품을 읽어 내기 위해 독자 역시 새로운 방식으로 독서를 진행해야만 한다. 애벗 포터는 새로운 소설의 시작을 알리고 새로운 방식의 독서를 독려하는 제목으로, 음성적 층위에서 얻어 낸 단어들 '시작하다'와 '시작하시오'를 제목과 연결시키고자 했다. 그런데 이 비평가가 실제로 말하고자 한 것은 이 시작이 최초의 시작도 일회적인 시작도 아니라는 점이다. 그 근거로 애벗 포터는 『그게 어떤지』에서 벌어진 자기 표절을 지적했다. 이 텍스트에서 인용의 신빙성이나 또는 그 허상을 밝히는 데 중요한 단서로 제시되었던 구절 "je le dis comme je l'entends"을 「아무것도 아닌 텍스트들」의 표절[62]로 간주한 것이다. 표절은 윤리적 문제와 연관된다. 하지만 애벗 포터가 지시한 표절은 상호텍스트성을 가리키는 한 표지로서 무(無)로부터의 시작(또는 창작)의 불가능성을 지적하고자 사용된 용어다. 결과적으로 애벗 포터가 음성적 층위에서 얻어 낸 제목 '시작하다'는 무수한 시작들 가운데의 시작을, 연속을 실현하는 시작을, 상호텍스트성을 전제한 시작을 암시하고, '시작하시오'는 완벽한 끝을 허락하지 않고 경계를 넘어서는 연속적인 움직임을 형성하는 시작을 의미한다.

　　베케트의 특징적인 글쓰기 방식 중 하나는 말장난이다. 제목에서 드러나는 동음이의어 효과는 베케트의 말장난을, 또 그의 창작 방식을 잘 보여 준다. 이 말장난으로 인해 청각적 의미가 문자적 의미에 중첩되고, 그 중첩으로 인해 제목의 해석 가능성은 더 복잡한 상태가 된다. 그리고 두 층위가 겹쳐지면서 또 다른 종류의 상호텍스트성이 형성된다. 이 상호텍스트성은 제목 자체에서 형성된 것으로, 텍스트의 영향을 받았던 제목이 이번에는 텍스트에 영향을 미친다. 텍스트에도 'comment c'est'라는 표현은 나온다. 그것도 빈번하게 등장한다. 하지만 "나는 세 번째 파트에 있다 핌 다음에는 그게 어땠는지 그게 어떤지 나는 그걸 들리는 대로 말한다"[63]처럼 그 표현이 문맥 가운데 있고 문맥 가운데서 파악되기 때문에, 텍스트 내에 그 표현을 강조하는 특별한 장치가 없는 한, 제목에서 얻을 수 있었던 청각적 효과를 파악하기가 상대적으로 쉽지 않다. 이와 달리 제목에서는 오로지 'comment c'est'에만 집중할 수밖에 없기 때문에 작가의 말장난은 보다 쉽게 파악되고, 그 결과는 텍스트에 영향을 미치게 된다. 이렇게 『그게 어떤지』라는 책을 구성하는 제목과 텍스트는 서로 영향을 끼치면서 상호텍스트성을 드러낸다. 그러면서 제목과 텍스트 사이에 있을 수 있는 위계적 관계를 극복한다.

책들 간의 상호텍스트성

『그게 어떤지』를 집필하던 도중 베케트가 영국 잡지 『엑스(X)』에 1959년 11월 발표했고 1988년 책으로 출판하도록 허락한, 한 문장으로 이뤄진 단편 『영상』은 매우 특별한 작품이다. 이 작품은 『그게 어떤지』의 42면에서 48면까지 이어지는 한 에피소드를 따로 책으로 만들었다고 볼 수 있을 만큼(어떻게 보면 그게 사실이다.) 여러 면에서 유사성을 보이기 때문이다. 그래서 『영상』에서는 모방, 표절, 패러디의 형태로, 또 『그게 어떤지』에서는 인용, 표절, 패러디의 형태로 드러나는 두 작품 간 상호텍스트성을 한눈에 알아볼 수 있다.

개별적인 텍스트로서 상호텍스트성을 이루기 위해서는 먼저 『영상』이 『그게 어떤지』와 구별되는 독자적인 텍스트로 존재할 필요가 있다. 다음은 『영상』을 독립된 한 권의 책으로 볼 수 있게 만드는, 『그게 어떤지』와의 차이를 살펴보기 위한 예문이다.

a) la langue se charge de boue ça arrive aussi un seul remède alors la rentrer et la tourner dans la bouche
혀가 진흙 범벅이다 이런 일도 생긴다 이럴 때 유일한 해결책 혀를 다시 입안에 넣고 돌리기[64]

b) La langue se charge de boue un seul remède alors la rentrer et la tourner dans la bouche
혀가 진흙 범벅이다 이럴 때 유일한 해결책 혀를 다시 입안에 넣고 돌리기[65]

『영상』은 한 문장으로 이뤄진 텍스트다. 텍스트의 첫 단어의 첫 글자가 대문자이고 텍스트의 마지막 단어 뒤에 마침표가 찍혀 있다.[66] 게다가 그 첫 단어는 들여쓰기까지 되어 있다. 들여쓰기, 대문자, 마침표의 등장은 이 모든 요소가 부재하는 『그게 어떤지』와 구분되는 가장 큰 차이라고 볼 수 있다. 이 외에 a)에는 있고 b)에는 없는 "ça arrive aussi"처럼, 첨가되고 삭제되고 변형되는 표현들도 있다. 또 다른 차이는 단락의 유무다. 『그게 어떤지』는 단락들로 구성된 반면, 한 문장으로 이뤄진 『영상』 에는 단락이 없다.

　이러한 면에서 『영상』의 존재는 상징적이다. 이제껏 내용으로만 작품을 평가하고 구분했던 풍토에 충격을 던지는 작품이다. 그리고 '나'의 "분열 번식의 광란"과 호응하는 한 예이기도 하다. 앞서 인용의 불확실성을 살피는 과정에서 복수와 단수의 형태가 동일한 목소리와 "모두 '나'라는 공간에 있으나 '나'로 완벽하게 환원되지는 않"는 '나'의 분열에 대해 언급했다. 이 분열이 의미론적 차원에서 벌어지는 분열이라면, 『영상』은 일종의 형식적 차원에서 벌어지는 분열로 볼 수 있다.

　베케트는 이와 유사한 "분열 번식의 광란"을 또 만들고 있다. 바로 번역을 통한 분열 번식이다. 베케트는 2개 언어를 사용한 작가로서 자신의 작품을 직접 번역했다. 그래서 베케트 비평가들은 그를 "자가번역가(auto-traducteur)"라 부르기도 한다. 자가번역가로서 그가 실행한 번역은 특별했는데, 원본의 표현을 그대로 옮기지 않고 수정, 생략, 첨가를 실행했기 때문이다.

a) F donc bien profond vite [...] la barre supérieure du I romain
F 아주 깊게 판 글자 빨리 (…) 로마자 I의 위쪽 횡선[67]

b) E then good and deep quick [...] the down-stroke of the Roman N
E 좋아 게다가 깊게 됐네 빨리 (…) N의 위에서 아래로 내려 그은 선[68]

위 인용문은 『그게 어떤지』의 프랑스어 판본과 영어 판본의 차이를 보여 준다. 먼저 프랑스어 판본의 "F"와 "I"가 영어 판본에서 "E"와 "N"으로 변했음을 알 수 있는데, 이 변화로 인해, 프랑스어 판본의 "F"와 "I"가 어떤 단어의 철자일 수 있는지 짐작할 수 있게 된다. 프랑스어 판본에서는 두 철자가 이루는 단어에 대한 정보가 전혀 없는데, 영어 판본에서 알파벳을 바꿔 제시해 비로소 이 철자들이 "FIN" 또는 "END"의 철자일 수 있겠다는 하나의 가정을 세워 볼 수 있게 된 것이다. a)와 b)의 상호텍스트성이 드러나는 순간이다. 그리고 "la barre supérieure"와 "the down-stroke"가 보여 주는 대조는 변화된 철자로 인한 당연한 변화라고 말할 수도 있겠지만 철자 "N"에 "I"와 동일한 부분이 있기 때문에 변화된 철자로 인한 어쩔 수 없는 변화의 결과가 아니라 의도적으로 다른 효과를 야기하기 위해 만들어진 대조로 봐야 한다. b)의 접속사 "and"의 삽입은 절의 리듬을 그대로 번역하기 위해 a)의 "F donc bien profond vite" 구절의 총 20개 철자 개수를 얼추 맞추기 위한 장치일 수도 있고, 문법적 관계가 전혀 드러나 있지 않은 혼동과도 같은 "bien profond vite"라는 단어 나열에 문법적 단서를 주기 위한 장치일 수도 있다. 이렇게 원작의 내용 전달에 주로 초점이 맞춰지는 일반 번역과 다른 양상을 보이는 작가의 번역으로 인해 비평가들은 베케트의 번역 작업을 다른 식으로 해석하지 않을 수 없게 되었다.

"가끔씩 자가번역이 번역에 가까울 때도 있지만, 그 외의 경우에는 두 번째 판본을 번역보다는 차라리 해석 판본, 또는 보충 판본으로 여길 수 있을 정도로 베케트가 자신의 텍스트를 변형시킴으로써, (…) 따라서 베케트에게 "자가번역"은 (…) 텍스트의 반복하기이고, 해설하기이고, 풍요롭게 하기이고, 게다가 다시 쓰기이다. 두 번째 판본이 보여 주는 매우 불완전한 반복은 계속하는 방식이자, 끝을 연기하는 방식이며, 게다가 끝나지 않게 하는 방식이다."[69] 베케트의 자가번역에 대한 쉬아라 몽티니의 설명에 따르면 그의 자가번역은 번역이기도 하면서 번역의 경계를 넘어서는 해설하기, 보충하기, 다시 쓰기이면서 또 반복하기이기도 하다. 이렇게 베케트의 자가번역은 한 가지

속성으로 정의 내릴 수 없다는 것을 보여 주는 시아라 몽티니는 그럼에도 그 모든 속성들을 하나로 묶을 수 있는 전제를 하나 제시한다. 즉 "다른 언어로 시행되는 모든 새로운 글쓰기는 그 글쓰기 이전에 존재한 텍스트를 기반으로 이루어진다."[70]는 것이다. 이는 자가번역은 일종의 인용으로서 상호텍스트성을 내재화하고 있다고 해석될 수 있다. 이를 다시 파스칼 사르댕달레스투아의 표현으로 바꾸면, 자가번역은 "내적이면서 상호적인 텍스트 작업을 연장시키는 자아의 (잘못된)-인용"[71]인 셈이다. 쉬아라 몽티니는 이 '연장', 즉 '계속'을 강조하기 위해 차이를 생성하는 반복을 부각시킨다. 결과적으로 자가번역 역시 상호텍스트성을 통해 "분열 번식의 광란"에 참여하는 한 계열인 것이다. 『영상』은 자가번역의 결과물은 아니지만, 『그게 어떤지』의 에피소드를 기반으로 만들어진 작품이기에 일종의 다시 쓰기로 분류될 수 있다. 그러니까 "계속하는 방식이자, 끝을 연기하는 방식이며, 게다가 끝나지 않게 하는 방식"으로서 차이를 생성하는 반복인 셈이다. 만일 이러한 『영상』의 출판 근거를 추리하고자 한다면, 상호텍스트성과 창작의 관계를 단적으로 보여 주고, 상호텍스트성의 방식으로 무한히 '계속'되어지는 베케트 문학 세계를 드러내기 위함이라고 설명할 수 있겠다.

지금까지 텍스트의 내용과 형식, 텍스트의 장르적 특성, 제목과 텍스트, 그리고 작품과 작품, 다양한 층위의 상호텍스트성을 살펴보는 여정에서 전통적 문학 규범의 위계적 질서로 정의되고 분류되었던 개념과 체계가 무너지고 텍스트를 이루는 모든 요소들이 유사한 힘의 균형을 이루며 상호적인 관계를 만들어 가고 있음을 목격할 수 있었다. 메시지의 전달 수단이었던 형식이 내용만큼이나 중요한 하나의 텍스트를 이루면서 여백, 단어의 배열, 문장부호, 심지어 글자 크기까지 텍스트들 간의 상호적인 관계를 이루는 중요한 요소로 부각되었다. 텍스트의 다양한 장르적 면모는 작품을 장르라는 하나의 주형으로 짜맞추기 원하는 전제적 문학 질서를 전복시켰고, 이름표나 선전의 도구 정도로 취급되었던 제목이 예술성을 발현하는 하나의 텍스트로서 텍스트와 상호적인 관계를 이뤘다. 글자의 크기, 문장부호, 띄어쓰기와 단락의 유무, 무시할 수 있을 정도의 첨삭된 몇몇 표현들이 복사본이나 단순 번역이 아닌 독립된 작품으로서의 가치를 이루는 데 기여했다.

이상은 베케트의 독특한 미학을 구성할 뿐만 아니라 기존 문학 질서를 벗어나 진정한 예술을 지향하는 작가의 노력을 보여 준다. 그리고 그간 수동적인 독서에 길들여진 독자에게 적극적으로 작품과 상호 소통할 수 있는 통로를 마련해 준다. 한국에 희곡작가로 더 많이 알려진 베케트이지만 그가 평생에 걸쳐 심혈을 기울인 작품은『그게 어떤지』와 같은, 새로운 형태의 산문이었다. 그런 점에서『그게 어떤지』만큼 베케트의 미학을 가장 잘 보여 줄 수 있는 작품도 없다고 감히 말할 수 있다. 지금까지의 분석이『그게 어떤지』의 예술적 가치를 드러내고 진정한 예술을 실현하고자 했던 작가의 진실 어린 노력을 조금이나마 보여 주는 기회가 되었기를 바란다.

글을 마무리 짓기 전에『그게 어떤지』의 번역과 관련해서 짧게 몇 마디 더하고자 한다. 이 텍스트는 좌에서 우로 직진하는 독서를 어렵게 만들고 있다. 독자는 한 번 간 길을 다시 돌아와 다시 시작해야 단락을 구성하고 있는 파편들을 조금이나마 더 분명하게 이해할 수 있을 것이다. 끝으로 이 번역이 나올 수 있도록 지원해 주고 기다려 준 워크룸 프레스와 그 누구보다도 이 작업의 어려움을 이해하고 지지해 준 김뉘연 씨에게 깊은 감사의 마음을 전한다. 그리고 폐허에서 고통스러운 자유를 마음껏 누릴 수 있게 해 준 사뮈엘 베케트에게 존경과 사랑을 표한다.

전승화

1. 이 글은 다음의 논문을 정리한 것이다. 전승화, 「사뮈엘 베케트의 『그게 어떤지』에서 드러나는 상호텍스트성에 의한 중첩, 얽힘과 연속」, 『불어불문학연구』 120집, 2019년 겨울 호.

2. "comment c'était je cite avant Pim avec Pim après Pim comment c'est trois parties je le dis comme je l'entends". 사뮈엘 베케트, 『그게 어떤지』, 파리, 미뉘 출판사(Les Éditions de Minuit), 1961, 9면. (방점: 인용자 강조)

3. 롤랑 바르트(Roland Barthes), 「저자의 죽음(La Mort de l'auteur)」, 『망테이아(Mantéia)』, 5호, 1968, 65면. (방점: 인용자 강조)

4. "Le soleil brillait, [...], sur le rien de neuf." 사뮈엘 베케트, 『머피』, 미뉘, 1965, 7면.

5. 사뮈엘 베케트, 『이름 붙일 수 없는 자(L'Innommable)』, 미뉘, 1953, 247-8면.

6. 줄리아 크리스테바(Julia Kristeva), 『세미오티케: 기호 분석 연구(Sèméiotikè: Recherches pour une sémanalyse)』, 파리, 쇠유 출판사(Les Éditions du Seuil), 1969, 113면.

7. 같은 책, 146면.

8. 제라르 주네트(Gérard Genette), 『팔랭프세스트(Palimpsestes: La littérature au second degré)』, 쇠유, 1982, 7면.

9. 같은 책, 8면.

10. 마르크 에젤댕제(Marc Eigeldinger), 『신화 그리고 상호텍스트성(Mythologie et Intertextualité)』, 제네바(Genève), 슬라트킨 출판사(Éditions Slatkine), 1987, 12면.

11. 롤랑 바르트, 「과학에서 문학으로(De la science à la littérature)」, 『언어의 속삭임(Le Bruissement de la langue)』, 쇠유, 1984, 12면.

12. 같은 책, 13면.

13. 같은 책, 17면.

14. 같은 책, 17면.

15. 같은 책, 12-3면.

16. 사뮈엘 베케트, 『그게 어떤지』, 미뉘, 1961, 40면.

17. 같은 책, 27면.

18. 사뮈엘 베케트, 『이름 붙일 수 없는 자』, 미뉘, 1953, 138-9면.

19. "tableau des excitations de base un chante ongles dans l'aisselle deux parle fer de l'ouvre-boîte dans le cul trois stop coup de poing sur le crâne quatre plus fort manche de

l'ouvre-boîte dans le rein". 사뮈엘 베케트, 『그게 어떤지』, 미뉘, 1961, 108면.

20. "de vieux mots mal entendus mal murmurés", 같은 책, 209면.

21. "des bribes à peine audibles", 같은 책, 21면.

22. "Mon incapacité d'absorption, ma faculté d'oubli", 사뮈엘 베케트, 『이름 붙일 수 없는 자』, 미뉘, 1953, 76면.

23. "아니면 그 목소리는 실제로 말해 줬던 거다 다르게 말하고 있지 않다고 믿으면서 부주의나 실수로 때로는 벰을 때로는 봄을(elle disait en réalité tantôt Bem tantôt Bom par distraction ou inadvertance en croyant ne pas varier)". 사뮈엘 베케트, 『그게 어떤지』, 미뉘, 1961, 176면.

24. "ma faute manque d'attention de mémoire". 같은 책, 166면.

25. "entendue mal retrouvée mal murmurée dans la boue". 같은 책, 10면.

26. 모리스 블랑쇼(Maurice Blanchot), 『미래의 책(Le Livre à venir)』, 파리, 갈리마르 출판사 (Éditions Gallimard), 1986, 288면.

27. 사뮈엘 베케트, 『이름 붙일 수 없는 자』, 미뉘, 1953, 7면, 101면.

28. 같은 책, 202면.

29. "j'entends sans nier sans croire je ne dis plus qui parle". 사뮈엘 베케트, 『그게 어떤지』, 미뉘, 1961, 31면.

30. "pas la mienne [voix]". 같은 책, 9면.

31. "donc un million si nous sommes un million un million de Pim". 같은 책, 179면.

32. "frénésie scissipare". 같은 책, 175면.

33. "cette voix ces voix comment savoir". 같은 책, 165면.

34. 사뮈엘 베케트, 『이름 붙일 수 없는 자』, 미뉘, 1953, 141-2면.

35. 같은 책, 254면.

36. "quelque chose là qui ne va pas". 사뮈엘 베케트, 『그게 어떤지』, 미뉘, 1961, 12면.

37. "j'entends mal ou la voix dit mal". 같은 책, 178면.

38. "en moi qui furent dehors quand ça cesse de haleter bribes d'une voix ancienne en moi pas la mienne". 같은 책, 9면.

39. "en commençant par l'abandon pour aboutir au voyage en passant

par le couple ou en commençant
par le couple pour aboutir au / au
couple / en passant par l'abandon
/ ou par le voyage / c'est juste /
quelque chose là qui ne va pas".
같은 책, 181면.

40. 이브 토마(Yves Thomas), 「소거를
번역하기: 『그게 어떤지』의 번역에
대한 노트(Traduire l'effacement:
Notes sur la traduction de *Comment
C'est*)」, 『1990년대의 베케트(Beckett
in the 1990s)』, 암스테르담,
로도피(Rodopi), 1993, 140면.

41. 같은 책, 139면.

42. 사뮈엘 베케트, 『이름 붙일 수 없는
자』, 미뉘, 1953, 204면.

43. 조윤경, 「언어시각적 리터러시
연구: 아폴리네르의 칼리그람
(Calligrammes)을 중심으로」,
『외국문학연구』 34호, 한국외국어
대학교 외국문학연구소, 2009, 238면.

44. 관련된 예 몇 가지. '/' 표시는
단락과 단락 사이의 여백을, 밑줄은
강조를 나타낸다. "chacune de ses
parties et rêve / rêve viens d'un
ciel"(『그게 어떤지』, 미뉘, 1961, 57면),
"quelque chose bon Dieu / maudire
Dieu aucun son"(같은 책, 62면),
"je ne peux pas le croire à écouter
/ à écouter comme si parti"(같은
책, 66면). 『그게 어떤지』의 단락
형태는 대체로 이와 같다. 동일한
단어가 반복되면서 단락과 단락의
연관성은 높아지고 단락과 단락을
구분하는 여백에는 인력이 형성된다.
그런데 두 번째 예문은 "bon Dieu"의
해석 가능성들의 중첩(욕설, 가톨릭
신의 구어적 표현, 글자 그대로
풀이된 '선량한 신')을 통해 형태의
동일성이 반드시 의미의 동일성을
보장하지 않음을 보여 준다. 이는
온전한 형태로의 복원 불가능성을
의미한다. 인력의 힘으로 만일 절단된
단락들끼리 서로 연결된다 해도 결코
완전한 연결을 이룰 수 없는 차이가
언제나 존재할 것임을 알려 준다.
엄밀하게 말해 이 텍스트의 여백은
인력과 척력이 공존하는 불안정한
에너지장이다. 그래서 온전한 절단도
온전한 연결도 가능하지 않다. 그저
그 두 가능성 사이를 끊임없이 오갈
뿐이다. 베케트는 상반된 힘의 중첩을
이렇게 시각화해 하나의 에너지가
작품을 잠식하지 못하게 하면서 언어
중심의 메이저 체계에서 벗어나고 있다.

45. 알랭마리 바시(Alain-Marie
Bassy), 제라르 블랑샤르(Gérard
Blanchard), 미셸 뷔토르(Michel
Butor), 피에르 가르니에(Pierre
Garnier), 마생 제롬 페뇨(Massin
Jérôme Peignot), 장마리
트리코(Jean-Marie Tricaud),
「칼리그람에 대하여(Du
calligramme)」, 『커뮤니케이션과
언어(Communication et langages)』,
47호, 1980, 51면.

46. 도윤정, 「말라르메의 페이지
공간: 「주사위 던지기」를 중심으로」,
『인문과학』 제92집, 연세대학교
인문학연구원, 2010, 272면.

47. "ongle sur la peau pour la barre supérieure du I romain". 사뮈엘 베케트, 『그게 어떤지』, 미뉘, 1961, 138면.

48. "alors ça peut changer pas de réponse finir pas de réponse je pourrais suffoquer pas de réponse m'engloutir pas de réponse plus souiller la boue pas de réponse [...] crever pas de réponse CREVER hurlements JE POURRAIS CREVER hurlements JE VAIS CREVER hurlements bon". 같은 책, 228면.

49. "사실 우리는 잘 알다시피 하나의 머릿속에 있으니까". 사뮈엘 베케트, 『진정제』, 미뉘, 1945, 57면.

50. 미레이 부스케(Mireille Bousquet), 「『그게 어떤지』에서의 진흙(La Boue dans *Comment c'est*: Petits paquets grammaire d'oiseau)」, 『사뮈엘 베케트 투데이/오주르뒤(Samuel Beckett today/aujourd'hui)』, 로도피, 2008, 72면.

51. "ça tient oui la boue et le noir tiennent oui là rien à regretter non". 사뮈엘 베케트, 『그게 어떤지』, 미뉘, 1961, 226면.

52. "Ce n'est pas bon. Je recommence." 「무엇을 언제(Quoi où)」(1983), 『파국 그리고 다른 극작품들(Catastrophe et autres dramaticules)』, 미뉘, 1986, 95면.

53. "C'est bon. [...] Enfin Bem paraît." 같은 책, 96면.

54. 미셸르 투레(Michèle Touret), 「오 좋은 제목들(Oh les beaux titres)」, 『사뮈엘 베케트: 2000년의 끝 없는 끝(Samuel Beckett: Fin sans fins en l'an 2000)』, 로도피, 2001, 223면.

55. 들뢰즈는 "사람들은 제로에서 시작하거나 다시 시작하기를 자주 열망한다. 그러면서 그들은 또 그들이 도달하게 될 지점을, 그들이 추락하게 될 지점을 두려워한다(Les gens rêvent souvent de commencer ou recommencer à zéro ; et aussi ils ont peur de là où ils vont arriver, de leur point de chute)."고 말하면서 "어떤 것의 처음이나 끝에, 시초나 마지막이 되는 지점들에 관심을 갖는 것은 어리석은 짓이다(C'est la bête de s'intéresser au début ou à la fin de quelque chose, à des points d'origine ou de terminaison)."라는 베네의 지적을 강조한다. 카르멜로 베네(Carmelo Bene), 질 들뢰즈(Gilles Deleuze), 『중첩들(Superpositions)』, 미뉘, 1979, 95면.

56. "cette fois c'était une image comme j'en vois quelquefois dans la boue comme j'en voyais". 사뮈엘 베케트, 『그게 어떤지』, 미뉘, 1961, 15면.

57. "bon bon fin de la troisième partie et dernière voilà comment c'était fin de la citation après Pim

comment c'est". 같은 책, 228면.

58. 들뢰즈는 창작에 있어서의 '재시작'을 다음과 같이 설명한다. "반면에, 다시 시작하는 또 다른 방식은 끊어진 선을 다시 취하는 것이고, 작살난 선에다 한 선분을 더하는 것이며, 그 선을 두 바위 사이를 지나가게 하거나, 좁은 협로로 들어가게 하거나, 또는 선이 멈춘 그곳에 있는 공간을 건너뛰도록 하는 것이다.(L'autre manière de recommencer, au contraire, c'est reprenre la ligne interrompue, ajouter un segment à la ligne brisée, la faire passer entre deux rochers, dans un étroit défilé, ou par-dessus le vide, là où elle s'est arrêtée.)" 질 들뢰즈·클레르 파르네(Claire Parnet), 「영미 문학의 우수성에 대하여(De la supériorité de la littérature anglaise-américaine)」, 『디알로그(Dialogues)』, 파리, 플라마리옹 출판사(Éditions Flammarion), 1977, 50면.

59. 같은 책, 50-6면.

60. "comment c'était je cite". 사뮈엘 베케트, 『그게 어떤지』, 미뉘, 1961, 9면.

61. 애벗 포터(Abbott Porter), 『베케트를 쓰는 베케트: 자필 원고에서 드러나는 작가(Beckett Writing Beckett: The Author in the Autograph)』, 이타카/런던(Ithaca and London), 코넬 UP(Cornell UP), 1996, 97면.

62. 사뮈엘 베케트, 「아무것도 아닌

텍스트들(Textes pour rien)」, 『단편들 그리고 아무것도 아닌 텍스트들(Nouvelles et Textes pour rien)』, 미뉘, 1958, 149면.

63. "je suis dans la troisième partie après Pim comment c'était comment c'est je le dis comme je l'entends". 사뮈엘 베케트, 『그게 어떤지』, 미뉘, 1961, 9면. (방점: 인용자 강조)

64. 같은 책, 42면. (방점: 인용자 강조)

65. 사뮈엘 베케트, 『영상』, 미뉘, 1988, 9면. (방점: 인용자 강조)

66. 위 인용문 b)의 원문에서 제시된 정관사 "La"는 『영상』(미뉘, 1988)의 9면 첫 줄에서 들여쓰기가 적용된 첫 번째 단어로, 문장의 시작을 알린다. 그리고 『영상』의 18면 마지막 줄에 나오는 "[...] l'image."의 마침표는 문장의 끝을 표시한다.

67. 사뮈엘 베케트, 『그게 어떤지』, 미뉘, 1961, 138면.

68. 사뮈엘 베케트, 『그게 어떤지(How it is)』, 뉴욕, 그로브 출판사(Grove Press), 1964, 88면.

69. 쉬아라 몽티니(Chiara Montini), 『독백 대결: 사뮈엘 베케트의 2개 국어 활용 시학의 기원(La Bataille du soliloque: Genèse de la poétique bilingue de Samuel Beckett [1929-1946])』, 로도피, 2007, 268면.

70. 같은 책, 268면.

71. 파스칼 사르댕달레스투아(Pascale Sardin-Dalestoy), 『사뮈엘 베케트, 자가번역가 또는 '방해'의 기술(Samuel Beckett, Auto-traducteur ou l'art de "l'empêchement")』, 아라스(Arras), 아르투아 출판사(Artois Presses Université), 2002, 217면.

작가 연보*

1906년 — 4월 13일 성금요일, 아일랜드 더블린 남쪽 마을 폭스록의 집
　　　　'쿨드리나(Cooldrinagh)'에서 신교도인 건축 측량사 윌리엄(William)과 그 아내
　　　　메이(May)의 둘째 아들 새뮤얼 바클레이 베킷(Samuel Barclay Beckett) 출생. 형
　　　　프랭크 에드워드(Frank Edward)와는 네 살 터울이었다.

1911-4년 — 더블린의 러퍼드스타운에서 독일인 얼스너(Elsner) 자매의 유치원에 다닌다.

1915년 — 얼스포트 학교에 입학해 프랑스어를 배운다.

1920-2년 — 포토라 왕립 학교에 다닌다. 수영, 크리켓, 테니스 등 운동에 재능을 보인다.

1923년 — 10월 1일, 더블린의 트리니티 대학교에 입학한다. 1927년 졸업할 때까지 아서
　　　　애스턴 루스(Arthur Aston Luce)에게서 버클리와 데카르트의 철학을, 토머스
　　　　러드모즈브라운(Thomas Rudmose-Brown)에게 프랑스 문학을, 비앙카
　　　　에스포지토(Bianca Esposito)에게 이탈리아문학을 배우며 단테에 심취하게 된다.
　　　　연극에 경도되어 더블린의 아베이극장과 런던의 퀸스 극장을 드나든다.

1926년 — 8-9월, 프랑스를 처음 방문한다. 이해 말 트리니티 대학교에 강사 자격으로 와
　　　　있던 작가 알프레드 페롱(Alfred Péron)을 알게 된다.

---

* 이 연보는 베케트 연구자이자 번역가인 에디트 푸르니에(Edith Fournier)가 정리한
연보(파리, 미뉘, leseditionsdeminuit.fr/auteur-Beckett_Samuel-1377-1-1-0-1.html)
와 런던 페이버 앤드 페이버의 베케트 선집에 실린 커샌드라 넬슨(Cassandra Nelson)이
정리한 연보, C. J. 애컬리(C. J. Ackerley)와 S. E. 곤타스키(S. E. Gontarski)가 함께 쓴
『그로브판 사뮈엘 베케트 안내서(The Grove Companion to Samuel Beckett)』(뉴욕,
그로브, 1996), 마리클로드 위베르(Marie-Claude Hubert)가 엮은 『베케트 사전
(Dictionnaire Beckett)』(파리, 오노레 샹피옹[Honoré Champion], 2011), 제임스
놀슨(James Knowlson)의 베케트 전기 『명성을 누리도록 저주받은 삶: 사뮈엘 베케트의
생애(Damned to Fame: The Life of Samuel Beckett)』(뉴욕, 그로브, 1996), 『사뮈엘
베케트의 편지(The Letters of Samuel Beckett)』 1-3권(케임브리지, 케임브리지 대학교
출판부[Cambridge University Press], 2009-14) 등을 참조해 작성되었다.
　　베케트 작품명과 관련해, 영어로 출간되었거나 공연되었을 경우 영어 제목을,
프랑스어였을 경우 프랑스어 제목을, 독일어였을 경우 독일어 제목을 병기했다. 각 작품명
번역은 되도록 통일하되 저자나 번역가가 의도적으로 다르게 옮겼다고 판단될 경우
한국어로도 다르게 옮겼다. — 편집자

1927년 — 4-8월, 이탈리아의 피렌체와 베네치아를 여행하며 여러 미술관과 성당을 방문한다. 12월 8일, 문학사 학위를 취득한다(프랑스어·이탈리아어, 수석 졸업).

1928년 — 1-6월, 벨파스트의 캠벨 대학교에서 프랑스어와 영어를 가르친다. 11월 1일, 파리의 고등 사범학교 영어 강사로 부임한다(2년 계약). 여기서 다시 알프레드 페롱을, 그리고 전임자인 아일랜드 시인 토머스 맥그리비(Thomas MacGreevy)를 만나게 된다. 맥그리비는 파리에 머물던 아일랜드 작가이자 베케트에게 큰 영향을 미치게 되는 제임스 조이스(James Joyce)를, 또한 파리의 영어권 비평가와 출판업자들, 즉 문예지 『트랜지션(transition)』을 이끌던 마리아(Maria)와 유진 졸라스(Eugene Jolas), 파리의 영어 서점 셰익스피어 앤드 컴퍼니(Shakespeare and Company) 운영자 실비아 비치(Sylvia Beach) 등을 소개해 준다.

1929년 — 3월 23일, 전해 12월 조이스가 제안해 쓰게 된 베케트의 첫 비평문 「단테… 브루노. 비코··조이스(Dante...Bruno. Vico..Joyce)」를 완성한다. 이 비평문은 『'진행 중인 작품'을 진행시키기 위하여 그가 실행한 일에 대한 우리의 '과장된' 검토(Our Exagmination Round his Factification for Incamination of Work in Progress)』(파리, 셰익스피어 앤드 컴퍼니, 1929)의 첫 글로 실린다. 6월, 첫 비평문 「단테… 브루노. 비코··조이스」와 첫 단편 「승천(Assumption)」이 『트랜지션』에 실린다. 12월, 조이스가 훗날 『피네건의 경야(Finnegans Wake)』에 포함될, 『트랜지션』의 '진행 중인 작품' 섹션에 연재되던 글 「애나 리비아 플루라벨(Anna Livia Plurabelle)」의 프랑스어 번역 작업을 제안한다. 베케트는 알프레드 페롱과 함께 이 글을 옮기기 시작한다. 이해에 여섯 살 연상의 피아니스트이자 문학과 연극을 애호했던, 1961년 그와 결혼하게 되는 쉬잔 데슈보뒤메닐(Suzanne Dechevaux-Dumesnil)을 테니스 클럽에서 처음 만난다.

1930년 — 3월, 시 「훗날을 위해(For Future Reference)」가 『트랜지션』에 실린다. 7월, 첫 시집 『호로스코프(Whoroscope)』가 낸시 커나드(Nancy Cunard)가 이끄는 파리의 디 아워즈 출판사(The Hours Press)에서 출간된다(책에 실린 동명의 장시는 출판사가 주최한 시문학상에 마감일인 6월 15일 응모해 다음 날 1등으로 선정된 것이었다). 맥그리비 등의 주선으로 마르셀 프루스트(Marcel Proust)에 관한 에세이 청탁을 받아들이고, 8월 25일 쓰기 시작해 9월 17일 런던의 출판사 채토 앤드 윈더스(Chatto and Windus)에 원고를 전달한다. 10월 1일, 트리니티 대학교 프랑스어 강사로 부임한다(2년 계약). 11월 중순, 트리니티 대학교의 현대 언어 연구회에서 장 뒤 샤(Jean du Chas)라는 이명으로 '집중주의(Le Concentrisme)'에 대한 글을 발표한다.

1931년 — 3월 5일, 채토 앤드 윈더스의 '돌핀 북스(Dolphin Books)' 시리즈에서 『프루스트(Proust)』가 출간된다. 5월 말, (첫 장편소설의 일부가 될) 「독일 코미디(German Comedy)」를 쓰기 시작한다. 9월에 시 「알바(Alba)」가 『더블린 매거진(Dublin Magazine)』에 실린다. 시 네 편이 『더 유러피언 캐러밴(The European Caravan)』에 게재된다. 12월 8일, 문학 석사 학위를 취득한다.

1932년 — 트리니티 대학교 강사직을 사임한다. 2월, 파리로 간다. 3월, 『트랜지션』에 공동 선언문 「시는 수직이다(Poetry is Vertical)」와 (첫 장편소설의 일부가 될) 단편 「앉아 있는 것과 조용히 하는 것(Sedendo et Quiescendo)」을 발표한다. 4월, 시 「텍스트(Text)」가 『더 뉴 리뷰(The New Review)』에 실린다. 7–8월, 런던을 방문해 몇몇 출판사에 첫 장편소설 『그저 그런 여인들에 대한 꿈(Dream of Fair to Middling Women)』(사후 출간)과 시들의 출간 가능성을 타진하지만 거절당하고, 8월 말 더블린으로 돌아간다. 12월, 단편 「단테와 바닷가재(Dante and the Lobster)」가 파리의 『디스 쿼터(This Quarter)』에 게재된다(이 단편은 1934년 첫 단편집의 첫 작품으로 실린다).

1933년 — 2월, 이듬해 출간될 흑인문학 선집 번역 완료. 강단에 다시 서지 않기로 결심한다. 6월 26일, 아버지 윌리엄이 심장마비로 사망한다. 9월, 첫 단편집에 실릴 작품 10편을 정리해 채토 앤드 윈더스에 보낸다.

1934년 — 1월, 런던으로 이사한다. 런던 태비스톡 클리닉의 윌프레드 루프레히트 비온 (Wilfred Ruprecht Bion)에게 정신분석을 받기 시작한다. 2월 15일, 시 「집으로 가지, 올가(Home Olga)」가 『컨템포(Contempo)』에 실린다. 2월 16일, 낸시 커나드가 편집하고 베케트가 프랑스어 작품 19편을 영어로 번역한 『흑인문학: 낸시 커나드가 엮은 선집 1931-3(Negro: Anthology made by Nancy Cunard 1931–1933)』이 런던의 위샤트(Wishart & Co.)에서 출간된다. 5월 24일, 첫 단편집 『발길질보다 따끔함(More Pricks Than Kicks)』이 채토 앤드 윈더스에서 출간된다. 7월, 시 「금언(Gnome)」이 『더블린 매거진』에 실린다. 8월, 단편 「천 번에 한 번(A Case in a Thousand)」이 『더 북맨(The Bookman)』에 실린다.

1935년 — 7월 말, 어머니와 함께 영국을 여행한다. 8월 20일, 장편소설 『머피(Murphy)』를 영어로 쓰기 시작한다. 10월, 태비스톡 인스티튜트에서 열린 융의 세 번째 강의에 윌프레드 비온과 함께 참석한다. 12월, 영어 시 13편이 수록된 시집 『에코의 뼈들 그리고 다른 침전물들(Echo's Bones and Other Precipitates)』이 파리의 유로파 출판사(Europa Press)에서 출간된다. 더블린으로 돌아간다.

1936년 — 6월, 『머피』 탈고. 9월 말 독일로 떠나 그곳에서 7개월간 머문다. 10월, 시 「카스칸도(Cascando)」가 『더블린 매거진』에 실린다.

1937년 — 4월, 더블린으로 돌아온다. 새뮤얼 존슨(Samuel Johnson)과 그 가족을 다룬 영어 희곡 「인간의 소망들(Human Wishes)」을 쓰기 시작한다. 10월 중순, 더블린을 떠나 파리에 정착해 우선 몽파르나스 근처 호텔에 머문다.

1938년 — 1월 6일, 몽파르나스에서 한 포주에게 이유 없이 칼로 가슴을 찔려 병원에
　　　　입원한다. 쉬잔 데슈보뒤메닐이 그를 방문하고, 이들은 곧 연인이 된다. 3월 7일,
　　　　『머피』가 런던의 라우틀리지 앤드 선스(Routledge and Sons)에서 장편소설로는
　　　　처음 출간된다. 4월 초, 프랑스어로 시를 쓰기 시작하고, 이달 중순부터 파리
　　　　15구의 파보리트 가 6번지 아파트에 살기 시작한다. 5월, 시 「판돈(Ooftish)」이
　　　　『트랜지션』에 실린다.

1939년 — 알프레드 페롱과 함께 『머피』를 프랑스어로 번역한다. 7-8월, 더블린에 잠시
　　　　돌아가 어머니를 만난다. 9월 3일, 영국과 프랑스가 독일과의 전쟁을 선언하자
　　　　이튿날 파리로 돌아온다.

1940년 — 6월, 프랑스가 독일에 함락되자 쉬잔과 함께 제임스 조이스의 가족이 머물고
　　　　있던 비시로 떠난다. 이어 툴루즈, 카오르, 아르카숑으로 이동한다. 아르카숑에서
　　　　뒤샹을 만나 체스를 두거나 『머피』를 번역하며 지낸다. 9월, 파리로 돌아온다.
　　　　페롱을 만나 다시 함께 『머피』를 프랑스어로 옮기는 한편, 이듬해 그가 속해 있던
　　　　레지스탕스 조직에 합류한다.

1941년 — 1월 13일, 제임스 조이스가 취리히에서 사망한다. 2월 11일, 소설 『와트(Watt)』를
　　　　영어로 쓰기 시작한다. 9월 1일, 레지스탕스 조직 글로리아 SMH에 가담해 각종
　　　　정보를 영어로 번역한다.

1942년 — 8월 16일, 페롱이 체포되자 게슈타포를 피해 쉬잔과 함께 떠난다. 9월 4일,
　　　　방브에 도착한다. 10월 6일, 프랑스 남부 보클뤼즈의 루시용에 도착한다. 『와트』를
　　　　계속 집필한다.

1944년 — 8월 25일, 파리 해방. 10월 12일, 파리로 돌아온다. 12월 28일, 『와트』를 완성.

1945년 — 1월, M. A. I. 갤러리와 마그 갤러리에서 각기 열린 네덜란드 화가 판 펠더(van
　　　　Velde) 형제의 전시회를 계기로 비평 「판 펠더 형제의 회화 혹은 세계와 바지(La
　　　　Peinture des van Velde ou Le Monde et le pantalon)」를 쓴다. 3월 30일,
　　　　무공훈장을 받는다. 4월 30일 혹은 5월 1일 페롱이 사망한다. 6월 9일, 시 「디에프
　　　　193?(Dieppe 193?)」[sic]이 『디 아이리시 타임스(The Irish Times)』에 실린다.
　　　　8-12월, 아일랜드 적십자사가 세운 노르망디의 생로 군인병원에서 창고관리인 겸
　　　　통역사로 자원해 일하며 글을 쓴다. 다시 파리로 돌아온다.

1946년 — 1월, 시 「생로(Saint-Lô)」가 『디 아이리시 타임스』에 실린다. 첫 프랑스어 단편
　　　　「계속(Suite)」(제목은 훗날 '끝[La Fin]'으로 바뀜)이 『레 탕 모데른(Les Temps
　　　　modernes)』 7월 호에 실린다. 7-10월, 첫 프랑스어 장편소설 『메르시에와
　　　　카미에(Mercier et Camier)』를 쓴다. 10월, 전해에 쓴 판 펠더 형제 관련

비평이 『카이에 다르(Cahiers d'Art)』에 실린다. 11월, 전쟁 전에 쓴 열두 편의 시 「시 38-39(Poèmes 38-39)」가 『레 탕 모데른』에 실린다. 10월에 단편 「추방된 자(L'Expulsé)」를, 10월 28일부터 11월 12일까지 단편 「첫사랑(Premier amour)」을, 12월 23일부터 난편 「신정제(Le Calmant)」를 프랑스어로 쓴다.

1947년 — 1-2월, 첫 프랑스어 희곡 「엘레우테리아(Eleutheria)」를 쓴다(사후 출간). 4월, 『머피』의 첫 번째 프랑스어판이 파리의 보르다스(Bordas)에서 출간된다. 5월 2일부터 11월 1일까지 『몰로이(Molloy)』를 프랑스어로 쓴다. 11월 27일부터 이듬해 5월 30일까지 『말론 죽다(Malone meurt)』를 프랑스어로 쓴다.

1948년 — 예술비평가 조르주 뒤튀(Georges Duthuit)가 주선해 주는 번역 작업에 힘쓴다. 3월 8-27일 뉴욕의 쿠츠 갤러리에서 열린 판 펠더 형제의 전시 초청장에 실릴 글을 쓴다. 5월, 판 펠더 형제에 대한 글 「장애의 화가들(Peintres de l'empêchement)」이 마그 갤러리에서 발행하던 미술 평론지 『데리에르 르 미르와르(Derrière le Miroir)』에 실린다. 6월, 「세 편의 시들(Three Poems)」이 『트랜지션』에 실린다. 10월 9일부터 이듬해 1월 29일까지 희곡 「고도를 기다리며(En attendant Godot)」를 프랑스어로 쓴다.

1949년 — 3월 29일, 위시쉬르마른의 한 농장에서 『이름 붙일 수 없는 자(L'Innommable)』를 프랑스어로 쓰기 시작한다. 4월, 「세 편의 시들」이 『포이트리 아일랜드(Poetry Ireland)』에 실린다. 6월, 미술에 대해 뒤튀와 나눴던 대화 중 화가 피에르 탈코트(Pierre Tal-Coat), 앙드레 마송(André Masson), 브람 판 펠더(Bram van Velde)에 관한 내용을 「세 편의 대화(Three Dialogues)」로 정리하기 시작한다. 12월, 「세 편의 대화」가 『트랜지션』에 실린다.

1950년 — 1월, 유네스코의 의뢰로 『멕시코 시 선집(Anthology of Mexican Poetry)』 (옥타비오 파스[Octavio Paz] 엮음)을 번역하게 된다. 이달 『이름 붙일 수 없는 자』를 완성한다. 8월 25일, 어머니 메이 사망. 10월 중순, 프랑스 미뉘 출판사(Les Éditions de Minuit) 대표 제롬 랭동(Jérôme Lindon)이 쉬잔이 전한 『몰로이』의 원고를 읽고 이를 출간하기로 한다. 11월 중순, 미뉘와 『몰로이』, 『말론 죽다』, 『이름 붙일 수 없는 자』 등 세 편의 소설 출간 계약서를 교환한다. 12월 24일, 「아무것도 아닌 텍스트들(Textes pour rien)」 1편을 프랑스어로 쓴다.

1951년 — 3월 12일, 『몰로이』가 미뉘에서 출간된다. 11월, 『말론 죽다』가 미뉘에서 출간된다. 12월 20일, 「아무것도 아닌 텍스트들」을 총 13편으로 완성한다.

1952년 — 가을, 위시쉬르마른에 집을 짓기 시작한다. 베케트가 애호하는 집필 장소가 될 이 집은 이듬해 1월 완공된다. 10월 17일, 『고도를 기다리며』가 미뉘에서 출간된다.

1953년 — 1월 5일, 「고도를 기다리며」가 파리 몽파르나스 라스파유 가의 바빌론 극장에서 초연된다(로제 블랭[Roger Blin] 연출, 피에르 라투르[Pierre Latour], 루시앵 랭부르[Lucien Raimbourg], 장 마르탱[Jean Martin], 로제 블랭 출연). 5월 20일, 『이름 붙일 수 없는 자』가 미뉘에서 출간된다. 7월 말, 패트릭 바울즈(Patrick Bowles)와 함께 『몰로이』를 영어로 옮기기 시작한다. 8월 31일, 『와트』영어판이 파리의 올랭피아 출판사(Olympia Press)에서 출간된다. 9월 8일, 「고도를 기다리며(Warten auf Godot)」가 베를린 슈로스파크 극장에서 공연된다. 9월 25일, 「고도를 기다리며」가 파리 바빌론 극장에서 다시 공연된다. 10월 말, 다니엘 마우로크(Daniel Mauroc)와 함께 『와트』를 프랑스어로 옮기기 시작한다. 11월 16일부터 12월 12일까지 바빌론 극장이 제작한 「고도를 기다리며」가 순회 공연된다(독일, 이탈리아, 프랑스). 한편 「고도를 기다리며」의 영어 판권 문의가 쇄도하자 베케트는 이를 직접 영어로 옮기기 시작한다.

1954년 — 1월, 미뉘의 『메르시에와 카미에』 출간 제안을 거절한다. 6월, 『머피』의 두 번째 프랑스어판이 미뉘에서 출간된다. 7월, 『말론 죽다』를 영어로 옮기기 시작한다. 8월 말, 『고도를 기다리며(Waiting for Godot)』영어판이 뉴욕의 그로브 출판사(Grove Press)에서 출간된다. 9월 13일, 형 프랭크가 폐암으로 사망한다. 10월 15일, 『와트』가 아일랜드에서 발매 금지된다. 이해에 희곡 「마지막 승부(Fin de Partie)」를 프랑스어로 쓰기 시작해 1956년에 완성하게 된다. 이해 또는 이듬해에 「포기한 작업으로부터(From an Abandoned Work)」를 영어로 쓴다.

1955년 — 3월, 『몰로이』영어판이 파리의 올랭피아에서 출간된다. 8월, 『몰로이』 영어판이 뉴욕의 그로브에서 출간된다. 8월 3일, 「고도를 기다리며」의 첫 영어 공연이 런던의 아츠 시어터 클럽에서 열린다(피터 홀[Peter Hall] 연출). 8월 18일, 『말론 죽다』영어 번역을 마치고, 발레 댄서이자 안무가, 배우였던 친구 데릭 멘델(Deryk Mendel)을 위해 「무언극 I(Acte sans paroles I)」을 쓴다. 9월 12일, 「고도를 기다리며」가 런던의 크라이테리언 극장에서 공연된다. 10월 28일, 「고도를 기다리며」가 더블린의 파이크 극장에서 공연된다. 11월 15일, 「추방된 자」, 「진정제」, 「끝」 등 단편 세 편과 13편의 「아무것도 아닌 텍스트들」이 포함된 『단편들 그리고 아무것도 아닌 텍스트들(Nouvelles et textes pour rien)』이 미뉘에서 출간된다. 12월 8일, 런던에서 열린 「고도를 기다리며」 100회 기념 공연에 참석한다.

1956년 — 1월 3일, 「고도를 기다리며」가 미국 마이애미의 코코넛 그로브 극장에서 공연된다(앨런 슈나이더[Alan Schneider] 연출). 1월 13일, 『몰로이』가 아일랜드에서 발매 금지된다. 2월 10일, 『고도를 기다리며』가 런던의 페이버 앤드 페이버(Faber and Faber)에서 출간된다. 2월 27일, 『이름 붙일 수 없는 자』를 영어로 옮기기 시작한다. 4월 19일, 「고도를 기다리며」가 뉴욕의 존 골든 극장에서 공연된다(허버트 버고프[Herbert Berghof] 연출). 6월, 「포기한 작업으로부터」가 더블린 주간지 『트리니티 뉴스(Trinity News)』에 실린다. 6월 14일부터 9월 23일까지 「고도를 기다리며」가 파리의 에베르토 극장에서 공연된다. 7월, BBC의 요청으로 첫 라디오극 「넘어지는 모든 자들(All That Fall)」을 영어로 쓰기 시작해 9월 말 완성한다. 10월, 『말론 죽다(Malone Dies)』 영이편이 그로브에서 출간된다. 12월, 희곡 「으스름(The Gloaming)」(제목은 훗날 '연극용 초안 I[Rough for Theatre I]'로 바뀜)을 쓰기 시작한다.

1957년 — 1월 13일, 「넘어지는 모든 자들」이 BBC 3프로그램에서 처음 방송된다. 1월 말 또는 2월 초, 『마지막 승부/무언극(Fin de partie *suivi de* Acte sans paroles)』이 미뉘에서 출간된다. 3월 15일, 『머피』가 그로브에서 출간된다. 4월 3일, 「마지막 승부」가 런던의 로열코트극장에서 프랑스어로 공연되고(로제 블랭 연출, 장 마르탱 주연), 이달 26일 파리의 스튜디오 데 샹젤리제 무대에도 오른다. 베케트는 8월 중순까지 이 작품을 영어로 옮긴다. 8월 24일, 데릭 멘델을 위해 두 번째 『무언극 II(Acte sans paroles II)』를 완성한다. 8월 30일, 『넘어지는 모든 자들』이 페이버에서 출간된다. 로베르 팽제(Robert Pinget)가 베케트와 협업해 프랑스어로 옮긴 「넘어지는 모든 자들(Tous ceux qui tombent)」이 파리의 문학잡지 『레 레트르 누벨(Les Lettres nouvelles)』에 실린다. 「포기한 작업으로부터」가 이해 창간된 뉴욕 그로브 출판사의 문학잡지 『에버그린 리뷰(Evergreen Review)』 1권 3호에 실린다. 10월 말, 『넘어지는 모든 자들』이 미뉘에서 출간된다. 12월 14일, 「포기한 작업으로부터」가 BBC 3프로그램에서 방송된다(패트릭 머기[Patrick Magee] 낭독).

1958년 — 1월 28일, 「마지막 승부」의 영어 버전인 「마지막 승부(Endgame)」 공연이 뉴욕의 체리 레인 극장에서 초연된다(앨런 슈나이더 연출). 2월 23일, 『이름 붙일 수 없는 자』의 영어 번역 초안을 완성한다. 3월 6일, 「마지막 승부(Endspiel)」가 빈의 플라이슈마르크트 극장에서 공연된다(로제 블랭 연출). 3월 7일, 『말론 죽다』 영어판이 런던의 존 칼더(John Calder)에서 출간된다. 3월 17일, 희곡 「크래프의 마지막 테이프(Krapp's Last Tape)」를 영어로 완성한다. 4월 25일, 『마지막 승부/무언극 I(Endgame, followed by Act Without Words I)』 영어판이 페이버에서 출간된다. 이해에 『포기한 작업으로부터』도 페이버에서 출간된다. 7월, 희곡 「크래프의 마지막 테이프」가 『에버그린 리뷰』에 실린다. 8월, 훗날 「연극용 초안 II[Rough for Theatre II]」가 되는 글을 쓴다. 9월 29일, 『이름 붙일 수 없는 자(The Unnamable)』 영어판이 그로브에서 출간된다. 10월 28일, 「크래프의 마지막 테이프」가 런던의 로열코트극장에서 초연된다(도널드 맥위니[Donald McWhinnie] 연출, 패트릭 머기 주연). 11월 1일, 「아무것도 아닌 텍스트들」 중 1편을 영어로 옮긴다. 12월, 1950년 옮겼던 『멕시코 시 선집』이 미국 블루밍턴의 인디애나 대학교 출판부(Indiana University Press)에서 출간된다. 12월 17일, 훗날 『그게 어떤지(Comment c'est)』의 일부가 되는 「핌(Pim)」을 쓰기 시작한다.

1959년 — 3월, 베케트와 피에르 레리스(Pierre Leyris)가 함께 「크래프의 마지막 테이프」를 프랑스어로 옮긴 「마지막 테이프(La Dernière bande)」가 『레 레트르 누벨』에 실린다. 6월 24일, 라디오극 「타다 남은 불씨들(Embers)」이 BBC 3프로그램에서 방송된다. 7월 2일, 트리니티 대학교에서 명예박사 학위를 받는다. 『몰로이』, 『말론 죽다』, 『이름 붙일 수 없는 자』가 한 권으로 묶여 10월에 파리의 올랭피아에서 『3부작(A Trilogy)』으로, 11월에 뉴욕의 그로브에서 『세 편의 소설(Three Novels)』로 출간된다. 11월, 「타다 남은 불씨들」이 『에버그린 리뷰』에 실린다. 같은 달 짧은 글 「영상(L'Image)」이 영국 문예지 『엑스(X)』에 실리고, 이후 이 글은 『그게 어떤지』로 발전한다. 12월 18일, 『크래프의 마지막 테이프 그리고 타다 남은 불씨들(Krapp's Last Tape and Embers)』이 페이버에서 출간된다. 팽제가 「타다 남은 불씨들」을 프랑스어로 옮긴 「타고 남은 재들(Cendres)」이 『레 레트르 누벨』에 실린다. 이해에 독일 비스바덴의 리메스 출판사(Limes Verlag)에서 베케트의 『시집(Gedichte)』이 출간된다.

1960년 — 1월, 『마지막 테이프 / 타고 남은 재들(La Dernière bande *suivi de* Cendres)』이 미뉘에서 출간된다. 1월 14일, 「크래프의 마지막 테이프」가 뉴욕의 프로방스타운 극장에서 공연된다(앨런 슈나이더 연출). 『그게 어떤지』 초고를 완성하고, 8월 초까지 퇴고한다. 3월 27일, 「마지막 테이프」가 파리의 레카미에 극장에서 공연된다(로제 블랭 연출, 르네자크 쇼파르[René-Jacques Chauffard] 주연). 3월 31일, 『세 편의 소설』이 존 칼더에서 출간된다. 4월 27일, 「고도를 기다리며」가 BBC 3프로그램에서 방송된다. 8월, 희곡 「행복한 날들(Happy Days)」을 영어로 쓰기 시작해 이듬해 1월 완성한다. 8월 23일, 로베르 팽제가 프랑스어로 쓴 라디오극 「크랭크(La Manivelle)」를 베케트가 영어로 번역한 「옛 노래(The Old Tune)」가 BBC 3프로그램에서 방송된다(바버라 브레이[Barbara Bray] 연출). 9월 말, 베케트의 번역 「옛 노래」가 함께 수록된 팽제의 『크랭크』가 미뉘에서 출간된다. 리처드 시버(Richard Seaver)와 함께 「추방된 자」를 영어로 옮긴다. 10월 말, 파리 14구 생자크 거리의 아파트로 이사한다. 이해에 『크래프의 마지막 테이프 그리고 다른 희곡들(Krapp's Last Tape, and Other Dramatic Pieces)』이 뉴욕 그로브에서 출간된다.

1961년 — 1월, 『그게 어떤지』가 미뉘에서 출간된다. 2월, 마르셀 미할로비치[Marcel Mihalovici]가 작곡한 가극 「크래프의 마지막 테이프」가 파리의 샤이요 극장과 독일의 빌레펠트에서 공연된다. 3월 25일, 영국 동남부 켄트의 포크스턴에서 쉬잔과 결혼한다. 파리로 돌아온 직후부터 6월 초까지 「행복한 날들」의 원고를 개작해 그로브에 송고한다. 4월 3일, 뉴욕의 WNTA TV에서 「고도를 기다리며」가 방송된다(앨런 슈나이더 연출). 5월 3일, 「고도를 기다리며」가 파리의 오데옹극장에서 공연된다. 5월 4일, 호르헤 루이스 보르헤스(Jorge Luis Borges)와 공동으로 국제 출판인상을 수상한다. 6월 26일, 「고도를 기다리며」가 BBC 텔레비전에서 방송된다(도널드 맥위니 연출). 7월 15일, 『그게 어떤지』를 영어로 옮기기 시작한다. 9월, 『행복한 날들』이 그로브에서 출간된다. 9월 17일, 「행복한 날들」이 뉴욕 체리 레인 극장에서 초연된다(앨런 슈나이더 연출). 11월 말, 라디오극 「말과 음악(Words and Music)」을 쓴다(존 베케트[John Beckett] 작곡). 12월, '음악과 목소리를 위한 라디오극' 「카스칸도(Cascando)」를 프랑스어로 처음 쓴다(마르셀 미할로비치 작곡). 『영어로 쓴 시(Poems in English)』가 칼더 앤드 보야즈(Calder and Boyars, 출판사 존 칼더가 1963년부터 1975년까지 사용했던 이름)에서 출간된다.

1962년 — 1월, 단편 「추방된 자(The Expelled)」의 영어 버전이 『에버그린 리뷰』에 실린다. 5월, 희곡 「연극(Play)」을 영어로 쓰기 시작해 7월에 완성한다. 5월 22일, 「마지막 승부」가 BBC 3프로그램에서 방송된다(앨런 깁슨[Alan Gibson] 연출). 6월 15일, 『행복한 날들』이 페이버에서 출간된다. 11월 1일, 「행복한 날들」이 런던 로열코트극장에서 공연된다. 11월 13일, 「말과 음악」이 BBC 3프로그램에서 방송된다. 「말과 음악」이 『에버그린 리뷰』에 실린다.

1963년 — 1월 25일, 「넘어지는 모든 자들」이 프랑스 텔레비전에서 방송된다. 2월, 『오 행복한 날들(Oh les beaux jours)』 프랑스어판이 미뉘에서 출간된다. 3월 20일, 『영어로 쓴 시(Poems in English)』가 그로브에서 출간된다. 4월 5-13일, 시나리오 「필름(Film)」을 쓴다. 6월 14일, 독일 울름에서 「연극」의 독일어 버전인 「유희(Spiel)」가 공연되고, 베케트는 공연 제작을 돕는다(데릭 멘델 연출). 7월 4일, 「아무것도 아닌 텍스트들」 13편을 영어로 옮기기 시작한다. 9월 말, 「오 행복한 날들」이 베네치아 연극 페스티벌에서 공연되고(로제 블랭 연출, 마들렌 르노[Madeleine Renaud], 장루이 바로[Jean-Louis Barrault] 주연), 이어 10월 말 파리 오데옹극장 무대에 오른다. 10월 13일, 「카스칸도」가 프랑스 퀼튀르에서 방송된다(로제 블랭 연출, 장 마르탱 목소리 출연). 이해 독일 프랑크푸르트의 주어캄프 출판사(Suhrkamp Verlag)에서 베케트의 『극작품(Dramatische Dichtungen)』 1권(총 3권)이 출간된다(「고도를 기다리며」, 「마지막 승부」, 「무언극 I」, 「무언극 II」, 「카스칸도」 등 수록).

1964년 — 1월 4일, 「연극」이 뉴욕의 체리 레인 극장에서 공연된다(앨런 슈나이더 연출). 2월 17일, 「마지막 승부」 영어 공연이 파리의 샹젤리제 스튜디오에서 열린다(잭 맥고런[Jack MacGowran] 연출, 패트릭 머기 주연). 3월, 『연극 그리고 두 편의 라디오 단막극(Play and Two Short Pieces for Radio)』이 페이버에서 출간된다(「연극」, 「카스칸도」, 「말과 음악」 수록). 4월 7일, 「연극」이 런던의 국립극장 올드빅에서 공연된다. 4월 30일, 『그게 어떤지(How it is)』 영어판이 런던의 칼더 앤드 보야즈에서 출간된다. 6월, 「연극」을 프랑스어로 옮긴 「코메디(Comédie)」가 『레 레트르 누벨』에 게재된다. 6월 11일, 「코메디」가 파리 루브르박물관의 마르상 관에서 초연된다(장마리 세로[Jean-Marie Serreau] 연출). 7월 9일, 로열셰익스피어극단이 제작한 「마지막 승부」가 런던의

알드위치 극장에서 공연된다. 7월 10일부터 8월 초까지 뉴욕에서 「필름」 제작을
돕는다(앨런 슈나이더 감독, 버스터 키턴[Buster Keaton] 주연). 8월 말, 훗날
「잘못된 출발들(Faux départs)」이 될 글을 쓰기 시작한다. 10월 6일, 「카스칸도」가
BBC 3프로그램에서 방송된다. 12월 30일, 「고도를 기다리며」가 런던의
로열코트극장에서 공연된다(앤서니 페이지[Anthony Page] 연출).

1965년 — 1월, 희곡 「왔다 갔다(Come and Go)」를 영어로 쓴다. 3월 21일, 「왔다 갔다」의
    프랑스어 번역을 마친다. 4월 13일부터 5월 1일까지 첫 텔레비전용 스크립트
    「어이 조(Eh Joe)」를 영어로 쓴다. 5월 6일, 『고도를 기다리며』 무삭제판이
    페이버에서 출간된다. 7월 3일, 「어이 조」의 프랑스어 번역을 마친다. 7월
    4-8일, 봄에 프랑스어로 쓴 단편 「죽은 상상력 상상해 보라(Imagination morte
    imaginez)」를 영어로 옮긴다. 프랑스어로 쓴 「죽은 상상력 상상해 보라」는 『레
    레트르 누벨』에 게재되고 미뉘에서 출간된다. 영어로 번역된 「죽은 상상력 상상해
    보라(Imagination Dead Imagine)」는 런던의 『더 선데이 타임스(The Sunday
    Times)』에 실리고 칼더 앤드 보야즈에서 출간된다. 8월 8-14일, 「말과 음악」을
    프랑스어로 옮긴다. 9월 4일, 「필름」이 베네치아 국제영화제에서 상영되고, 젊은
    비평가상을 수상한다. 이날 단편 「충분히(Assez)」를 프랑스어로 쓰기 시작한다.
    10월 18일, 로베르 팽제의 「가설(L'Hypothèse)」이 파리 근대 미술관에서
    공연된다(베케트와 피에르 샤베르[Pierre Chabert] 공동 연출). 11월, 「소멸자(Le
    Dépeupleur)」를 프랑스어로 쓰기 시작한다.

1966년 — 1월, 『코메디 및 기타 극작품(Comédie et Actes divers)』이 미뉘에서
    출간된다(「코메디」, 「왔다 갔다[Va-et-vient]」, 「카스칸도」, 「말과 음악[Paroles
    et musique]」, 「어이 조[Dis Joe]」, 「무언극 II」 수록). 2월 28일, 「왔다 갔다」와
    팽제의 「가설」(베케트 연출)이 파리 오데옹극장에서 공연된다. 4월 13일, 베케트의
    60회 생일을 기념해 「어이 조(He Joe)」가 독일 국영방송 SDR(남부독일방송)에서
    처음 방송된다(베케트 연출). 7월 4일, 「어이 조」가 BBC 2프로그램에서 방송된다.
    7-8월, 「쿵(Bing)」을 프랑스어로 쓴다. 『충분히』, 『쿵』이 미뉘에서 출간된다.
    11-12월 초, 「아무것도 아닌 텍스트들」을 영어로 옮긴다.

1967년 — 녹내장 진단을 받는다. 뤼도빅(Ludovic)과 아네스 장비에(Agnès Janvier),
    베케트가 함께 옮긴 『포기한 작업으로부터(D'un ouvrage abandonné)』가
    미뉘에서 출간된다. 단편집 『죽은-머리들(Têtes-mortes)』이 미뉘에서
    출간된다(「충분히」, 「죽은 상상력 상상해 보라」, 「쿵」 수록). 6월, 『어이 조 그리고
    다른 글들(Eh Joe and Other Writings)』이 페이버에서 출간된다. 7월, 『왔다
    갔다』가 칼더 앤드 보야즈에서 출간된다(「어이 조」, 「무언극 II[Act Without
    Words II]」, 「필름」 수록). 『카스칸도 그리고 다른 단막극들(Cascando and Other
    Short Dramatic Pieces)』이 그로브에서 출간된다(「카스칸도」, 「말과 음악」, 「어이
    조」, 「연극」, 「왔다 갔다」, 「필름」 수록). 8월 중순부터 9월 말까지 베를린에 머물며

실러 극장 무대에 오를 「마지막 승부(Endspiel)」 연출을 준비하고, 9월 26일 공연한다. 11월, 베케트가 1945년부터 1966년까지 쓴 단편들을 묶은 『아니요의 칼(No's Knife)』이 칼더 앤드 보야즈에서 출간된다. 12월, 『단편들 그리고 아무것도 아닌 텍스트들(Stories and Texts for Nothing)』이 그로브에서 출간된다. 이해에 토머스 맥그리비가 사망한다.

1968년 ─ 3월, 프랑스어로 쓴 시들을 엮은 『시집(Poèmes)』이 미뉘에서 출간된다. 5월, 폐에서 종기가 발견되어 술과 담배를 끊는 등 여름 내내 치유에 힘쓴다. 「소멸자」의 일부인 『출구(L'Issue)』가 파리의 조르주 비자(Georges Visat)에서 출간된다. 12월, 뤼도빅과 아녜스 장비에, 베케트가 함께 옮긴 『와트』가 미뉘에서 출간된다. 이달 초부터 이듬해 3월 초까지 포르투갈에 머물며 휴식을 취한다. 이해에 희곡 「숨소리(Breath)」를 영어로 쓴다.

1969년 ─ 「없는(Sans)」을 프랑스어로 쓴다. 6월 16일, 뉴욕의 에덴 극장에서 「숨소리」가 공연된다. 8월 말, 10월 5일 실러 극장에서 직접 연출해 선보일 「크래프의 마지막 테이프(Das letzte Band)」 공연 준비차 베를린을 방문하고, 그곳에서 「없는」을 영어로 옮기기 시작한다. 10월, 영국 글래스고의 클로스 시어터 클럽에서 「숨소리」가 공연된다. 10월 초, 요양차 튀니지로 떠난다. 10월 23일, 노벨 문학상 수상. 미뉘 출판사 대표 제롬 랭동이 대신 시상식에 참여한다. 『없는』이 미뉘에서 출간된다.

1970년 ─ 3월 8일, 영국 옥스퍼드 극장에서 「숨소리」가 공연된다. 4월 29일, 파리의 레카미에 극장에서 「마지막 테이프」를 연출한다. 같은 달, 1946년 집필했으나 당시 베케트가 출간을 거부했던 장편 『메르시에와 카미에(Mercier et Camier)』와 단편 『첫사랑(Premier Amour)』이 미뉘에서 출간된다. 7월, 「없는」을 영어로 옮긴 『없어짐(Lessness)』이 칼더 앤드 보야즈에서 출간된다. 9월, 『소멸자』가 미뉘에서 출간된다. 10월 중순 백내장으로 인해 왼쪽 눈 수술을 받는다.

1971년 ─ 2월 중순, 오른쪽 눈 수술을 받는다. 「숨소리(Souffle)」 프랑스어 버전이 『카이에 뒤 슈맹(Cariers du Chemin)』 4월 호에 실린다. 8-9월, 베를린을 방문해 9월 17일 「행복한 날들(Glückliche Tage)」을 실러 극장에서 연출한다. 10-11월, 요양차 몰타에 머문다.

1972년 ─ 2월, 모로코에 머문다. 3월 말, 무대에 '입'만 등장하는 모놀로그 「나는 아니야(Not I)」를 영어로 쓴다. 『소멸자』를 영어로 옮긴 『잃어버린 자들(The Lost Ones)』이 런던의 칼더 앤드 보야즈와 뉴욕의 그로브에서 출간된다. 『잃어버린 자들』 일부가 '북쪽(The North)'이라는 제목으로 런던의 이니사먼 출판사(Enitharmon Press)에서 출간된다. 단편집 『죽은-머리들』 증보판이 미뉘에서 출간된다(「없는」 추가 수록). 「필름 / 숨소리(Film *suivi de* Souffle)」가 미뉘에서 출간되고, 이해 출간된 『코메디 및 기타 극작품』 증보판에 수록된다. 『숨소리 그리고 다른 단막극들(Breath and Other Short Plays)』이 페이버에서 출간된다. 11월 22일, 「나는 아니야」가 '사뮈엘 베케트 페스티벌'의 일환으로 뉴욕 링컨센터에서 공연된다(앨런 슈나이더 연출, 제시카 탠디[Jessica Tandy] 주연).

1973년 — 1월 16일, 「나는 아니야」가 런던 로열코트극장에서 공연된다(베케트와 앤서니 페이지 공동 연출, 빌리 화이트로[Billie Whitelaw] 주연). 같은 달 『나는 아니야』가 페이버에서 출간된다. 2월, 『첫사랑』의 영어 번역을 마친다. 『나는 아니야』를 프랑스어로, 『메르시에와 카미에』를 영어로 옮기기 시작한다. 7월, 『첫사랑(First Love)』이 칼더 앤드 보야즈에서 출간된다. 8월, 「이야기된바(As the Story Was Told)」를 쓴다. 이 글은 이해 독일의 주어캄프에서 출간된 시인 귄터 아이히(Günter Eich) 기념 책자에 수록된다.

1974년 — 『첫사랑 그리고 다른 단편들(First Love and Other Shorts)』가 그로브에서 출간된다(「포기한 작업으로부터」, 「충분히[Enough]」, 「죽은 상상력 상상해 보라」, 「땡[Ping]」, 「나는 아니야」, 「숨소리」 수록). 『메르시에와 카미에(Mercier and Camier)』가 런던의 칼더 앤드 보야즈와 뉴욕의 그로브에서 출간된다. 6월, 「나는 아니야」에 비견되는 실험적인 희곡 「그때는(That Time)」을 쓰기 시작해 이듬해 8월 완성한다.

1975년 — 3월 8일, 베를린 실러 극장에서 「고도를 기다리며」를 연출한다. 4월 8일, 파리 오르세 극장에서 「나는 아니야(Pas moi)」(마들렌 르노 주연)와 「마지막 테이프」를 연출한다. 희곡 「발소리(Footfalls)」를 영어로 쓰기 시작해 11월에 완성한다. 텔레비전용 스크립트 「고스트 트리오(Ghost Trio)」를 영어로 쓴다. 12월, 「다시 끝내기 위하여(Pour finir encore)」를 쓴다.

1976년 — 2월, 단편집 『다시 끝내기 위하여 그리고 다른 실패작들(Pour finir encore et autres foirades)』이 미뉘에서 출간된다. 5월 말, 베케트의 일흔 번째 생일을 기념해 런던의 로열코트극장에서 「발소리」(베케트 연출, 빌리 화이트로 주연)와 「그때는」(도널드 맥위니 연출, 패트릭 머기 주연)이 공연된다. 『그때는』이 페이버에서 출간된다. 8월, 「죽은 상상력 상상해 보라」를 쓰기 전해인 1964년에 영어로 쓴 글 「모든 이상한 것이 사라지고(All Strange Away)」가 에드워드 고리(Edward Gorey)의 에칭화와 함께 뉴욕의 고담 북 마트(Gotham Book Mart)에서 출간된다. 10월 1일, 「그때는(Damals)」과 「발소리(Tritte)」를 베를린 실러 극장에서 연출한다. 10-11월, 텔레비전용 스크립트 「오직 구름만이…(...but the clouds...)」를 영어로 쓴다. 12월, 『발소리』가 페이버에서 출간된다. 「고스트 트리오」를 처음 수록한 8편의 희곡집 『허접쓰레기들(Ends and Odds)』이 그로브에서 출간된다. 산문 모음 『실패작들(Foirades / Fizzles)』이 뉴욕의 페테르부르크 출판사(Petersburg Press)에서 프랑스어와 영어로 출간되고,

『다시 끝내기 위하여 그리고 다른 실패작들(For to End Yet Again and Other Fizzles)』이 런던의 존 칼더에서, 『실패작들(Fizzles)』이 뉴욕의 그로브에서 출간된다.

1977년 — 3월, 『동반자(Company)』를 영어로 쓰기 시작한다. 『영어와 프랑스어로 쓴 시 전집(Collected Poems in English and French)』이 런던의 칼더와 뉴욕의 그로브에서 출간된다. 4월 17일, 「나는 아니야」, 「고스트 트리오」, 「오직 구름만이…」가 '그늘(Shades)'이라는 타이틀 아래 영국 BBC 2프로그램에서 방송된다(앤서니 페이지, 도널드 맥위니 연출). 10월, '죽음'에 대해 말하는 남자에 대한 작품을 써 달라는 배우 데이비드 워릴로우(David Warrilow)의 요청으로 「독백극(A Piece of Monologue)」을 쓰기 시작한다. 11월 1일, 남부독일방송에서 제작된 「고스트 트리오(Geistertrio)」와 「오직 구름만이…(Nur noch Gewölk)」, 그리고 영국에서 방송되었던 빌리 화이트로 버전의 「나는 아니야」가 '그늘(Schatten)'이라는 타이틀 아래 RFA에서 방송된다(베케트 연출). 전해에 그로브에서 출간된 동명의 희곡집에 「오직 구름만이…」를 추가로 수록한 『허접쓰레기들』이 페이버에서 출간된다. 『발소리(Pas)』가 미뉘에서 출간된다.

1978년 — 『발소리/네 편의 밑그림(Pas suivi de Quatre esquisses)』이 미뉘에서 출간된다(「발소리」, 「연극용 초안 I & II(Fragment de théâtre I & II)」, 「라디오용 스케치(Pochade radiophonique)」, 「라디오용 밑그림(Esquisse radiophonique)」). 4월 11일, 「발소리」와 「나는 아니야」가 파리의 오르세 극장에서 공연된다(베케트 연출, 마들렌 르노 주연). 8월, 『시들/풀피리 노래들(Poèmes suivi de mirlitonnades)』이 미뉘에서 출간된다. 「그때는」을 프랑스어로 옮긴 『이번에는(Cette fois)』이 미뉘에서 출간된다. 10월 6일, 「유희」를 베를린 실러 극장에서 연출한다.

1979년 — 4월 말, 「독백극」을 완성한다. 6월, 런던의 로열코트극장에서 「행복한 날들」이 공연된다(베케트 연출). 9월, 『동반자』를 완성하고 프랑스어로 옮기기 시작한다. 『동반자』가 런던 칼더에서 출간된다. 10월 말, 『잘 못 보이고 잘 못 말해진(Mal vu mal dit)』을 쓰기 시작한다. 12월 14일, 「독백극」이 뉴욕의 라 마마 실험 극장 클럽에서 초연된다(데이비드 워릴로우 연출 및 주연).

1980년 — 『동반자(Compagnie)』가 파리 미뉘에서 출간된다. 5월, 런던의 리버사이드 스튜디오에서 샌 퀜틴 드라마 워크숍의 일환으로 창립자 릭 클러치(Rick Cluchey)와 함께 「마지막 승부」를 공동 연출한다. 이듬해 75번째 생일을 기념해 뉴욕 주 버펄로에서 열리는 심포지엄에서 선보일 「자장가(Rockaby)」를 쓰고(앨런 슈나이더 연출, 빌리 화이트로 주연), 역시 이듬해 미국 오하이오 주립 대학에서 열릴 베케트 심포지엄의 의뢰로 「오하이오 즉흥곡(Ohio Impromptu)」을 쓴다(앨런 슈나이더 연출).

1981년 — 1월 말, 『잘 못 보이고 잘 못 말해진』을 완성한다. 3월, 『잘 못 보이고 잘 못 말해진』이 미뉘에서 출간된다. 『자장가 그리고 다른 짧은 글들(Rockaby and Other Short Pieces)』이 그로브에서 출간된다(「오하이오 즉흥곡」, 「자장가」, 「독백극」 등 수록). 4월, 텔레비전용 스크립트 「콰드(Quad)」를 영어로 쓴다. 7월, 종종 협업해 온 화가 아비그도르 아리카(Avigdor Arikha)를 위해 짧은 글 「천장(Ceiling)」을 영어로 쓰기 시작한다(훗날 에디트 푸르니에[Edith Fournier]가 옮긴 프랑스어 제목은 'Plafond'). 8월, 『최악을 향하여(Worstward Ho)』를 영어로 쓰기 시작해 이듬해 3월 완성한다(에디트 푸르니에가 베케트와 미리 상의한 후 1991년 펴낸 프랑스어 번역본의 제목은 'Cap au pire'). 10월 8일, 독일 SDR에서 제작된 「콰드」가 '정방형 I+II(Quadrat I+II)'라는 제목으로 RFA에서 방송된다(베케트 연출). 같은 달 『잘 못 보이고 잘 못 말해진(Ill Seen Ill Said)』이 그로브에서 출간된다. 베케트 탄생 75주년을 기념해 파리에서 '사뮈엘 베케트 페스티벌'이 개최된다.

1982년 — 체코 대통령이자 극작가였던 바츨라프 하벨(Václav Havel)에게 헌정하는 희곡 「대단원(Catastrophe)」을 쓴다. 7월 20일, 「대단원」이 아비뇽 페스티벌에서 초연된다. 『독백극 / 대단원(Solo suivi de Catastrophe)』과 『대단원 그리고 또 다른 소극들(Catastrophe et autres dramaticules)』, 『자장가 / 오하이오 즉흥곡(Berceuse suivi de Impromptu d'Ohio)』이 미뉘에서 출간된다. 『특별히 묶은 세 편의 희곡(Three Occasional Pieces)』이 페이버에서 출간된다(「독백극」, 「자장가」, 「오하이오 즉흥곡」 수록). 『잘 못 보이고 잘 못 말해진』이 칼더에서 출간된다. 마지막 텔레비전용 스크립트 「밤과 꿈(Nacht und Träume)」을 영어로 쓰고 독일 SDR에서 연출한다(이듬해 5월 19일 RFA에서 방송됨). 12월 16일, 「콰드」가 영국 BBC 2프로그램에서 방송된다.

1983년 — 2-3월, 9월에 오스트리아 그라츠에서 열리는 슈타이리셔 헤르프스트 페스티벌의 요청으로 희곡 「무엇을 어디서」를 프랑스어로 쓰고('Quoi Où') 영어로 옮긴다('What Where'). 이 작품은 베케트가 집필한 마지막 희곡이 된다. 4월, 『최악을 향하여』가 칼더에서 출간된다. 9월, 베케트가 1929년부터 1967년까지 썼던 비평 및 공연되지 않은 극작품 「인간의 소망들」 등이 포함된 『소편(小片)들: 잡문들 그리고 연극적 단편 한 편(Disjecta: Miscellaneous Writings and a Dramatic Fragment)』(루비 콘[Ruby Cohn] 엮음)이 칼더에서 출간된다. 『오하이오 즉흥곡, 대단원, 무엇을 어디서(Ohio Impromptu, Catastrophe, What Where)』가 그로브에서 출간된다. 「독백극」, 「이번에는」이 파리 생드니의 제라르 필리프 극장에서 프랑스어로 공연된다(데이비드 워릴로우 주연). 「자장가」, 「오하이오 즉흥곡」, 「대단원」이 파리 롱푸앵 극장 무대에 오른다(피에르 샤베르 연출). 6월 15일, 「무엇을 어디서」, 「대단원」, 「오하이오 즉흥곡」이 뉴욕의 해럴드 클러먼 극장에서 공연된다(앨런 슈나이더 연출).

1984년 — 2월, 런던을 방문해 샌 퀜틴 드라마 워크숍에서 준비하는 「고도를 기다리며」를 감독한다(발터 아스무스[Waltet Asmus] 연출, 3월 13일 애들레이드 아츠 페스티벌에서 초연됨). 『대단원』이 칼더에서 출간된다. 『단막극 전집(Collected Shorter Plays)』이 런던의 페이버와 뉴욕의 그로브에서 출간되고, 『시 전집 1930–78(Collected Poems, 1930–1978)』이 런던의 칼더에서 출간된다. 8월, 에든버러 페스티벌에서 '베케트 시즌'이 열린다. 런던에서 오스트레일리아 순회공연을 위해 「고도를 기다리며」, 「마지막 승부」, 「크래프의 마지막 테이프」 연출을 감독한다.

1985년 — 마드리드와 예루살렘에서 베케트 페스티벌이 열린다. 6월, 「무엇을 어디서(Was Wo)」를 텔레비전 방송용으로 개작해 독일 SDR에서 연출한다(이듬해 4월 13일 방송됨). 「천장」이 실린 책 『아리카(Arikha)』가 파리의 에르만(Hermann)과 런던의 템스 앤드 허드슨(Thames and Hudson)에서 출간된다.

1986년 — 베케트 탄생 80주년을 기념해 4월에 파리에서, 8월에 스코틀랜드 스털링에서 사뮈엘 베케트 페스티벌이 열린다. 폐 질환이 시작된다.

1988년 — 마지막 글이 될 「떨림(Stirrings Still)」을 영어로 완성한다. 이 글은 뉴욕의 블루 문 북스(Blue Moon Books)와 런던의 칼더에서 출간된다. 『영상』이 미뉘에서, 『단편 산문 전집 1945–80(Collected Shorter Prose, 1945–1980)』이 칼더에서 출간된다. 7월, 쉬잔과 함께 요양원 르 티에르탕에 들어간다. 그곳에서 프랑스 시 「어떻게 말할까(Comment dire)」와 영어 시 「무어라 말하나(What is the Word)」를 쓴다.

1989년 — 『동반자』, 『잘 못 보이고 잘 못 말해진』, 『최악을 향하여』가 수록된 『계속할 도리가 없는(Nohow On)』이 뉴욕의 리미티드 에디션스 클럽(Limited Editions Club)과 런던의 칼더에서 출간된다(그로브에서는 1995년 출간됨). 『떨림(Stirrings Still)』을 프랑스어로 옮긴 『떨림(Soubresauts)』과 1940년대에 판 펠더 형제에 대해 썼던 미술 비평 『세계와 바지(Le Monde et le pantalon)』가 미뉘에서 출간된다(「장애의 화가들[Peintres de l'empêchement]」은 1991년 증보판에 수록).
　　　　7월 17일, 쉬잔 사망. 12월 22일, 베케트 사망. 파리의 몽파르나스 묘지에 함께 안장된다.

작품 연표

영어	프랑스어

영어

1929년
비평문 「단테…브루노. 비코‥조이스
(Dante…Bruno. Vico‥Joyce)」
단편 「승천(Assumption)」
기타 단편들

1930년
시집 『호로스코프(Whoroscope)』(1930)
비평집 『프루스트(Proust)』(1931)
단편들

1930-2년
장편 『그저 그런 여인들에 대한 꿈(Dream
of Fair to Middling Women)』
(사후 출간)

1932-3년
시들
단편집 『발길질보다 따끔함(More Pricks
Than Kicks)』(1934)

1934-5년
시집 『에코의 뼈들 그리고 다른
침전물들(Echo's Bones and Other
Precipitates)』(1935)

1935-6년
장편 『머피(Murphy)』(1938)

1937년
희곡 「인간의 소망들(Human
Wishes)」(1983)

1941-5년
장편 『와트(Watt)』(1953)

프랑스어

1937-40년
시들
『머피(Murphy)』(알프레드 페롱과 공동
번역, 1947년 출간)

1945년
미술 비평 「세계와 바지(Le Monde et le
pantalon)」(1989)

1946년

단편 「끝(La Fin)」(1955)

장편 『메르시에와 카미에(Mercier et Camier)』(1970)

단편 「추방된 자(L'Expulsé)」(1955)

단편 「첫사랑(Premier amour)」(1970)

단편 「진정제(Le Calmant)」(1955)

1947년

희곡 「엘레우테리아(Eleutheria)」(1995)

1947-8년

장편 『몰로이(Molloy)』(1951)

장편 『말론 죽다(Malone meurt)』(1951)

미술 비평 「장애의 화가들(Peintres de l'empêchement)」(1989)

1948-9년

희곡 「고도를 기다리며(En attendant Godot)」(1952)

1949년

미술 비평 「세 편의 대화(Three Dialogues)」(사후 출간)

1949-50년

장편 『이름 붙일 수 없는 자(L'Innommable)』(1953)

1950-1년

단편 모음 「아무것도 아닌 텍스트들(Textes pour rien)」(1955)

1953-4년

장편 『몰로이(Molloy)』(패트릭 바울즈와 공동 번역, 1955년 출간)

희곡 『고도를 기다리며(Waiting for Godot)』(1954)

1954-5년

장편 『말론 죽다(Malone Dies)』(1956)

1955(?)년

단편 「포기한 작업으로부터(From an Abandoned Work)」(1958)

1954-6년

희곡 「마지막 승부(Fin de Partie)」(1957)

희곡 「무언극 I(Acte sans paroles I)」(1957)

1956년

라디오극 「넘어지는 모든 자들(All That Fall)」(1957)

1956-7년

희곡 「으스름(The Gloaming)」

장편 『이름 붙일 수 없는 자(The Unnamable)』(1958)

1957년

희곡 「마지막 승부(Endgame)」(1958)

1958년

희곡 「크래프의 마지막 테이프(Krapp's Last Tape)」(1959)

단편 「아무것도 아닌 텍스트 I(Text for Nothing I)」

라디오극 「타다 남은 불씨들(Embers)」 (1959)

1960-61년

희곡 「행복한 날들(Happy Days)」(1961)

단편 「추방된 자」(리처드 시버와 공동 번역, 1967년 출간)

1961년

라디오극 「말과 음악(Words and Music)」 (1964)

1961-2년

장편 『그게 어떤지(How it is)』(1964)

1962-3년

희곡 「연극(Play)」(1964)

「연극용 초안 I & II(Rough for Theatre I & II)」(1976)

「라디오용 초안 I & II(Rough for Radio I & II)」(1976)

1963년

라디오극 「카스칸도(Cascando)」(1964)

시나리오 「필름(Film)」(1964년 제작, 1965년 상영, 1967년 출간)

1957년

라디오극 「넘어지는 모든 자들(Tous ceux qui tombent)」(로베르 팽제와 공동 번역, 1957년 출간)

「무언극 II(Acte sans paroles II)」(1966)

1958-9년

희곡 「마지막 테이프(La Dernière bande)」(피에르 레리스와 공동 번역, 1960년 출간)

1959-60년

장편 『그게 어떤지(Comment c'est)』 (1961)

「연극용 초안 I & II(Fragment de théâtre I & II)」(1950년대 후반 집필, 1978년 출간)

1961년

라디오극 「카스칸도(Cascando)」(1963)

「라디오용 스케치(Pochade radiophonique)」(1978)

「라디오용 밑그림(Esquisse radiophonique)」(1978)

1962년

희곡 「오 행복한 날들(Oh les beaux jours)」(1963)

1963-4년

희곡 「코메디(Comédie)」(1966)

1963-6년
단편 모음 「아무것도 아닌 텍스트들
(Texts for Nothing)」(1967)

1964-5년
단편 「모든 이상한 것이 사라지고
(All Strange Away)」(1976)

1965년
희곡 「왔다 갔다(Come and Go)」(1)*
(1967)
텔레비전용 스크립트 「어이 조(Eh Joe)」
(1) (1967)
단편 「죽은 상상력 상상해 보라
(Imagination Dead Imagine)」(2) (1974)

1965년
희곡 「왔다 갔다(Va-et-vient)」(2) (1966)
단편 「죽은 상상력 상상해 보라
(Imagination morte imaginez)」(1)
(1967)
텔레비전용 스크립트 「어이 조(Dis Joe)」
(2) (1966)
라디오극 「말과 음악(Paroles et
musique)」(1966)
단편 「충분히(Assez)」(1) (1966)

1965-6년
단편 「충분히(Enough)」(2) (1974)
단편 「땡(Ping)」(1974)

1965-6년
단편 「소멸자(Le Dépeupleur)」(1970)

1966년
단편 「쿵(Bing)」(1966)

1966-8년
장편 『와트(Watt)』(아녜스 & 뤼도빅
장비에와 공동 번역, 1968년 출간)

1968년
희곡 「숨소리(Breath)」(1972)

1969년
단편 「없어짐(Lessness)」(2) (1970)

1969년
단편 「없는(Sans)」(1) (1969)
희곡 「숨소리(Souffle)」(1972)

단편 모음 「실패작들(Foirades)」
(1960년대 집필, 1976년 출간)

1971-2년
단편 「잃어버린 자들(The Lost Ones)」
(1972)

1971년
시나리오 「필름(Film)」(1972)

---

* 제목 옆의 숫자 (1), (2)는 집필 연도가 같은 작품들의 집필 순서를 표시한 것이다.

1972-3년
희곡「나는 아니야(Not I)」(1973)
단편「첫사랑(First Love)」(1973)
단편「정적(Still)」(1973)
단편「소리들(Sounds)」(1978)
단편「정적 3(Still 3)」(1978)

1973년
장편『메르시에와 카미에(Mercier and Camier)』(1974)
단편「이야기된바(As the Story Was Told)」(1973)

1973-4년
단편 모음「실패작들(Fizzles)」(1976)

1974-5년
희곡「그때는(That Time)」(1976)

1975년
단편「다시 끝내기 위하여(For to End Yet Again)」(2) (1976)
희곡「발소리(Footfalls)」(1) (1976)
텔레비전용 스크립트「고스트 트리오(Ghost Trio)」(1976)

1976년
텔레비전용 스크립트「오직 구름만이…(...but the clouds...)」(1977)

단편「움직이지 않는(Immobile)」(1976)
1973년
희곡「나는 아니야(Pas moi)」(1975)

1974-5년
희곡「이번에는(Cette fois)」(1978)
1975년
단편「다시 끝내기 위하여(Pour finir encore)」(1) (1976)
희곡「발소리(Pas)」(2) (1978)

1976-8년
「풀피리 노래들(Mirlitonnades)」(1978)

1977-9년
단편「동반자(Company)」(1979)
희곡「독백극(A Piece of Monologue)」(1981)

1979-80년
단편「잘 못 보이고 잘 못 말해진(Ill Seen Ill Said)」(1981)
희곡「자장가(Rockaby)」(1981)
희곡「오하이오 즉흥곡(Ohio Impromptu)」(1981)

1979년
단편「동반자(Compagnie)」(1980)
1979-82년
희곡「독백극(Solo)」(1982)

1981년

텔레비전용 스크립트 「쾌드(Quad)」
(1982)

단편 「천장(Ceiling)」(1985)

1981-2년

단편 「최악을 향하여(Worstward Ho)」
(1983)

텔레비전용 스크립트 「밤과 꿈(Nacht und
Träume)」(1984)

1983년

희곡 「무엇을 어디서(What Where)」(2)
(1983)

희곡 「대단원(Catastrophe)」(1983)

1983-7년

단편 「떨림(Stirrings Still)」(1988)

1989년

시 「무어라 말하나(What is the Word)」

1981년

단편 「잘 못 보이고 잘 못 말해진(Mal vu
mal dit)」(1981)

1982년

희곡 「자장가(Berceuse)」(1982)

희곡 「오하이오 즉흥곡(Impromptu
d'Ohio)」(1982)

희곡 「대단원(Catastrophe)」(1982)

1983년

희곡 「무엇을 어디서(Quoi Où)」(1) (1983)

1988년

시 「어떻게 말할까(Comment dire)」

단편 「떨림(Soubresauts)」(1989)